旋律的奥秘

外国经典散文名家名译

谢大光◉主编

歌剧
关于音乐和歌剧的笔记
旋律的奥秘
司鼓
关于音乐的形而上学
表演唱
爵士乐
贝多芬百年祭
莫扎特：根据他信札的一幅画像
乐思
夏里亚宾
一篮云杉球果
肖邦故园
迷向音乐
成名
筝和我
回归
杰出的音乐家

天津出版传媒集团
百花文艺出版社

图书在版编目（CIP）数据

旋律的奥秘 / 谢大光主编. -- 天津 : 百花文艺出版社, 2014.3
(外国经典散文名家名译)
ISBN 978-7-5306-6395-0

Ⅰ. ①旋… Ⅱ. ①谢… Ⅲ. ①散文集-世界 Ⅳ. ①I16

中国版本图书馆 CIP 数据核字(2013)第 302116 号

选题策划：李家文　　**装帧设计：**刁子勇
责任编辑：李家文　　**责任校对：**魏红玲

出版人：李华敏
出版发行：百花文艺出版社
地址：天津市和平区西康路 35 号　　**邮编：**300051
电话传真： +86-22-23332651（发行部）
+86-22-23332656（总编室）
+86-22-23332478（邮购部）
主页：http://www.bhpubl.com.cn
印刷：唐山天意印刷有限责任公司
开本：787×1092 毫米　1/32
字数：137 千字　　**插页：**3
印张：9.5
版次：2014 年 3 月第 1 版
印次：2014 年 3 月第 1 次印刷
定价：23.00 元

目录

歌 剧(外一篇)

〔英国〕伍尔芙

歌剧季节已经来临。几个星期以来，那张供挑选歌剧的节目单一直在被人们讨论着。当然，没有人觉得满意，但是要想获得众口一词，只有我们的想法全都如出一辙才有可能。事实上，格兰特歌剧院辛迪加不得不考虑到各种各样的趣味爱好，它们的节目单所显示的那种含含糊糊的心灵状态就是在暗示着公众趣味的多样性。我们将在格鲁克的《阿尔密德》和威尔第的《茶花女》[1]、德彪西的《佩利亚斯与梅丽桑德》[2]和

[1] G.威尔第(1813—1901)，意大利杰出的作曲家。

[2] C.德彪西(1862—1918)，杰出的法国作曲家，“印象主义”音乐的创始人。《佩利亚斯与梅丽桑德》系根据比利时诗人梅特林克的同名戏剧所创作的歌剧。

瓦格纳的《女武神》[1]之间进行选择。从那些暗示中，我们可以把公众以这种样式编号入座。有一部分人喜欢的是：《茶花女》而不是《女武神》；还有一些人干脆就不赞成歌剧，但是——可真够有讽刺味儿的——却为了他们名之为无价值的东西而奔赴歌剧院；还有第三种观众则是把格鲁克与瓦格纳对立起来了。

这最后一种不同见解是最值得讨论的。因为无论是格鲁克还是瓦格纳的拥护者都是认真地对待歌剧的，同时又从对手的艺术理论中寻找着差错。自然，这是一种持续有时的争论，可是它的苟延残喘却显示：这种差异是深刻的，而且浏览一下他们所表达的观点也有助于我们洞察公众心灵的其余部分。某些区别显露在表面上，故而格鲁克的爱慕者们能指出他们的大师所涉猎的是截然不同于普通体验的那种情感；那种情感在语言中，远不如在乐章和色彩中表达得淋漓尽致。他的音乐确实与演员的情感关系密切，但是这些情感本质上不是戏剧性的。这种音乐在我们心中所唤起的是一种普遍性的情感，与某个特定个人的体验无关。这种音乐与其所表现的情感之间是如此的对应一致，以致那些情感似乎就是音乐自身所激发的，而舞台上的男女演员只不过是在强化它们。总之，那些神奇的形状、舞蹈以及优雅的

[1]R.瓦格纳(1813—1883)，德国伟大的作曲家、指挥家。《女武神》是由他编剧并作曲的一部歌剧，为其连环歌剧《尼伯龙根的指环》的第二部。

旋律不可思议地聚合在一起，产生了一个尽善尽美的整体，其中的各个部分似乎就是为了体现那整体之美，而这种美我们决无别的途径可加以实现。然而瓦格纳则极其不同，他不仅在表现人类情感方面比格鲁克更为细腻准确，而且这些情感还具有最为明显的特征。当剧情曲曲折折地向前推进时，剧中的男男女女在激烈的对抗重压下会突然地闪现流露出这些情感。追随及表达着这些情感的音乐会在我们心中激起一种强烈的同情心。然而，在我们于某个时刻被其左右，似乎又要陶醉其中而不能自拔时，却出现了另一些东西。是不是在歌剧和音乐之间存在着某种罅隙呢？音乐(或许如此) 在心灵中所唤起的是一种与别的艺术所唤起的不相一致的联想，而要把它们消融为一个清晰的概念的努力则是极其艰巨的，那心灵会始终处在产生共鸣和幻想破灭的状态中。某种像这样的东西，我们觉得，就是一位绅士在离开上演瓦格纳的作品的歌剧院时，抗议说“这不是音乐”的含义。

然而，毫无疑问的是，瓦格纳是两人中更为大众化的一位作曲家，主要就是因为这个原因，他的故事和他的人物对从未到音乐厅听过音乐的人们也会有吸引力。他们发现瓦格纳的歌剧与戏剧非常相像，但却更容易理解，因为音乐在强调其中的情感。他们发现那些男男女女颇像他们自己，只是多了一种感觉事物的奇特能力。当歌剧上演时，会有多少人把自己视为特里斯坦和伊索德❶为他们自己的更大能力欣喜，但又为他们未能承担片段出现的角色而感到些微的怜悯呢？在瓦格纳作品之夜，那些廉价座位上将会出现陌生的男人和女人；在他们的外貌上有一种原始性，仿佛他们尽了最大的努力以便能在森林中生活下去，能保持着那种质朴的情感；仿佛他们敏于觉察到他们同类对于"现实感"——就如他们所称呼的——的缺乏。他们在歌剧中发现了一种生活的哲学。他们哼着"主题"以把他们思想的注意中心符号化，裹在黑色的大斗篷里漫步于泰晤士河的河堤上以消磨掉刚才唤起的激情。更上一层次的观众是"瓦格纳学者"。他们用他们电灯的闪光来侦探"主题"，就其核心的错综复杂而指教那些卑微的女性亲属。最后则是真正的热衷者。他们会因为或全然不为这些理由而崇仰他们的大师，宣称他所写的那种歌剧就是音乐艺术最终的也是最高的发展。

确实没错：吸引着大多数人前去欣赏瓦格纳歌剧的理由是因为他们从中发现了有着与我们相同情与欲的真正的男人和女人；同样确实没错的是，就是这同一特性在使其他人产生着反感。对于大多数听众来说，特拉茨西尼夫人❷在演唱

❶《特里斯坦和伊索德》是瓦格纳创作于1865年的一部三幕歌剧。特里斯坦和伊索德为剧中男女主人公，陷于一场绝望的爱情中而无法自拔，终至双双殉情。

❷露易莎·特拉茨西尼是著名的花腔女高音。

《拉摩默尔的露契亚》[1]发出那柔和的声音时，成了一个完美的偶像。这首先是因为简直无法想象她怎么竟能唱得如此美妙；其次是她的音调完美无缺；但最主要的是，那优美的服饰、体态、旋律以及与死亡的结合是无法抗拒的。这正是那些从本性或职业上看有着精明务实性格的男人和女人的世界。见解是简单易懂的，但是歌剧中有很罗曼蒂克的故事，而且伴随着它们出现的是极端豪华奢侈的场景。然而对于意大利歌剧的看法并非仅此一种，在那些观众中，毫无疑问，人们能够找到一些上了年纪的老派绅士，他们在回想着玛丽布朗[2]和马里奥[3]的时代——“那时，唱歌可是一门艺术。”眼前的歌剧对他们来说，仅仅是一个容纳许多美丽的歌曲的场合，与戏剧——那些女主角曾为此而慷慨地施展了她所有的技巧——没有任何的关联。

这些仅是少数几种观点，然而那差异似乎已在表明：总而言之，对于歌剧的真正本质并没有什么普遍性的见解；而

---

❶意大利歌剧作家 G.唐尼采蒂根据英国小说家司各特的小说《拉摩默尔的新娘》改编的歌剧。

❷M.F.玛丽布朗(1808—1836)，著名的意大利女低音歌唱家，音域极其广阔。1825 年首次来伦敦演出，扮演《塞维尔的理发师》中的女主角罗西娜。

❸G.M.马里奥(1810—1883)，意大利著名男高音歌手，1839 年曾来伦敦演唱，担任意大利歌剧作曲家唐尼采蒂的歌剧《路克雷齐亚波契亚》男主角基纳罗。

那些相信歌剧是一种严肃的艺术形式的人更是为数极少。单是“歌剧”这个词就引起人们极其复杂的幻想。我们看到了宏大的房屋以及它巨大的曲边，它那玫瑰色和奶油色的柔和色调，从那些包厢里花边成圈地垂挂下来，里面则有着钻石的闪光，我们想起了光柱闪耀、所有的色彩都在变幻时所产生的嗡嗡声和勃勃生气；想起了舞台的布景呈现出来、歌声伴着小提琴声响起时那一阵奇异的寂静和朦胧。毫无疑问，这如此华丽壮观地在那些白菜地和贫民区棚子中兀然突起的宏大圆屋是所有那些天地——辉煌的、美丽的、荒谬的——之中最为奇特的一个。

街头音乐

“街头音乐家真是令人讨厌”，大多数伦敦广场的那些直率的居民这样认为，他们甚至不嫌麻烦地把这简短的批评标饰到一块写有维护广场宁静和财产的规则的木板上。然而，没有艺术家对这批评有所在意，那些街头艺术家恰如其分地藐视着不列颠大众的这种判断。引人注意的是，尽管有如我所指出的那些劝阻——偶尔有警察来强制执行——那些流浪音乐家甚至有可能还在增加。德国乐队就像“女王会堂管弦乐团”一样有规律地每周举行一次音乐会；意大利风琴演奏家也同样忠实于他们的听众，准时地重新出现在同一平台上；除了这些已熟悉的大师，每条街还偶尔有某个浪游明星的来访。这些结实的条顿人和黑黝黝的意大利人肯定是靠某种比能使自己灵魂得到艺术满足更为实质性的东西而生存的，因此，那些不顾音乐的真正爱好者的尊严从起居室窗子里扔出来的硬币，有可能就是在那些广场的台阶上被拣走的。总而言之，是有着一批听众，愿意为甚至像这样一种拙劣的旋律付钱。

在街头能获取成功的音乐，首先必须是震耳欲聋的，然后才是美妙的。因此，铜管乐器就是最为适合的乐器了。而人们也能推论：运用自己的嗓音或小提琴的街头音乐家在这种选择之后肯定有着一个真正的理由。我曾见到过一些小提琴手，当他们在舰队街的人行道上摇晃着时，显然是在用他们的乐器表达自己心中的某种东西。而那些铜板，虽然能被破衣烂衫的音乐家接受，但就像它对所有热爱自己工作的人来说却是一种极其不协调的工钱。有一次，我真的去跟踪过一个穿着破破烂烂的老人，他闭着眼睛，以便能更好地沉浸于他灵魂的旋律中；在一种狂热于音乐的恍惚状态中，他实际上是从肯星顿广场一直演奏到骑士桥。在这过程中一个硬币将是一种令人难受的唤醒信号。人们确实不可能不去尊敬心中有着如此一个神灵的人。因为能占据灵魂以致使衣不蔽体和饥火中烧都被忘却的音乐，就其本质来说必定是神圣的。从他那辛劳的小提琴中发出的乐声确实是可笑的，但他却肯定不可笑。不管取得什么样的成就，我们始终必须小心体贴地对待那些真诚地刻苦着以表达他们内心音乐的人的努力。因为天赋的概念肯定要优越于表现这个概念；而这也并非是一种不合理的推测！那些在车声人声的喧嚣中刺耳地吹拉着乐器以寻求一种从未曾露面的和声的男男女女，拥有着以流畅的雄辩迷惑着千百万人去倾听的大人物一样的财宝，纵然命运注定他们永远得不到手。

为什么广场的居民们看着街头音乐家觉得讨厌也许有着不止一个的理由。他们的音乐骚扰着那些合法居住着的住户。这种手艺的流浪者和他们的异端本性使一颗秩序井然的心灵感到火冒三丈。各种各样的艺术家全都一成不变地受到冷遇，尤其是受到英国人的冷遇。这不仅是因为艺术家性情上的偏异性，而且因为我们已把自己驯化到如此完美的文明高度，以致认为任何内心表现几乎总是有着某种不上品的——而且肯定不谨严的——东西，我们可以观察到，极少有父母亲愿意他们的儿子成为画家、诗人或音乐家，这不仅是因为一些世俗的理由，而且因为在他们的心目中认为艺术所表现的思想和情感是懦弱和矫揉造作的，好的公民应该尽力地去抑制它。在这种情况下艺术肯定是未曾得到激励，而且比起任何其他职业的成员来，艺术家也许更容易坠落到人行道上，这些艺术家所面对的是轻蔑以及毫无忌讳的怀疑。他们被一种普通人无法理解的精神所支配，这种精神很清楚非常的有力，对他们施展着如此之大的影响，以致他们一听到它的声音就总是不由自主地起来跟它走了。

现在，我们对任何东西都不会轻易相信，而且虽然我们对于艺术家的出现感到不舒服，我们还是尽了最大的努力以归化容纳他们。对于那些成功的艺术家，我们从来没有像今天那样给予过如此的敬意。或许我们可以把这看作许多人曾做过的预言的一个信号：在第一座基督教祭坛建起时被放逐的神灵将再次返回来寻欢作乐。许多作家已尝试过追溯这些古老的异教徒，而且声称在伪装的动物和遥远的森林与群山的隐蔽处找到了他们。但是，设想在大家都在搜寻他们时，他们却正在我们中间施展他们的魅力，也并非天方夜谭；而推测那些奇特的异教徒，他们遵照非人之令行事，受到传到他们耳朵中的声音的激励——那是神灵自己或是他们派到地球上来的牧师和先知的声音，这也绝非荒谬之谈。我确实倾向于无论如何也要把这种神的渊源归属到音乐家的身上，或许就是某种这一类的怀疑在驱使着我们如我们现在做的那样去迫害虐待他们。因为，如果捆缠在一起的文字——它们不管怎样总能给心灵传送一些有用的信息——或者涂抹色彩——它们可呈现某个确确凿凿的客体——充其量不过是些可以容忍的使用工具，那我们又该怎样去看待那些把他们的时间花在制造曲调上的人呢？难道他们的职业不是三者中最让人鄙视——最无用和不需要——的吗?即使你花了一天的时间去听音乐，你也肯定得不到任何对你有用的东西,但是音乐家并非仅是有益的生物,对于许多人来说,我相信,他们是整个艺术家的部落中最为危险的人。他是所有的神灵中最狂野者的首领,还未学会用人类的声音说话,或者向心灵传送人类事物的相似物。正因为音乐在我们身上煽起了某种像它一样狂野和无人性的东西——一个我们愿意把它邮走和忘却的精灵,所以我们不信任音乐家,憎恨让自己处于他们的控制之下。

所谓文明化,就是估量我们自己的能力并且使之处于一种完美的纪律状态中。但是我们的天赋之一,在我们的想象中具有如此少的爱心和如此大的伤害力,以致我们不仅没有去培养它,反而尽了最大的努力去残戕和窒息它。我们就像基督徒看待某种东方偶像的盲目崇拜者一样看待那些把自己的生命奉献给音乐这个神灵的人。这种态度也许是源起于一种令人忧虑的先知先觉:当异教神灵回来时,那个我们从未顶礼膜拜的神灵将对我们进行报复。音乐之神将把疯狂吹进我们的大脑,粉碎我们心中神殿的庙墙,驱使我们去厌恶我们那种毫无韵律的生活,服从他的命令之声永远地去舞蹈和转圈。

那些若无其事地声称自己(宛如在坦白他们具有某种人类常见的免疫力似的) 无法欣赏音乐的人的数量正在增加,

供认不讳本来是应该和承认自己是色盲一样令人担忧。为此乐神的使节教授和演出音乐的方式在一定程度上必须承担责任。就如我们所知道的，音乐是危险的，而那些教授音乐的人没有勇气把音乐自己的力量给予音乐，因为他们害怕那将会在孩子身上发生的情况——在喝了这样一剂毒药以后，节奏与和声就像干枯的花朵一样，被压缩进干净利落地划分开来的音阶以及钢琴的全音程和半音程里。音乐最安全和最容易的属性——它的曲调——是教给了孩子，但是作为音乐灵魂的节奏却被允许像有翅翼的生物一样逃逸了。于是，那些学过安全的音乐知识的有教养之士就是那些经常"夸耀"自己需要音乐之耳的人；而那些节奏感从未曾被分离或附属于曲调感的无知无识者，则是挚爱着音乐并且经常在创作着音乐的人。

也许确实是这样：节奏感在那些心灵还未被精心地训练去追求别的东西的人们那儿要更为强烈些；同样，没有任何文明人的艺术的野蛮人，在他们能对音乐做出适当的反应前，对于节奏就极其敏感。心灵中的节拍接近于身体脉动的节拍，故而虽然许多人对曲调一窍不通，却几乎没有人是马马虎虎的，以致在话语、音乐以及运动中竟听不到自己心脏跳动的节奏。就是因为这节奏是我们生来俱有的，所以我们永远不可能让音乐沉默下来，恰如我们无法让心脏停止跳动一样；也正是因为这个理由，音乐才具有了全球性，才拥有那种自然的奇异而无限的能力。

尽管有着所有那些我们用以抑制音乐的手段，可是每当我们让自己放纵于音乐中时(没有任何美妙的绘画或庄重的文字能具有音乐的影响力)，它仍然能够支配我们。满屋文明人在乐队的伴奏下按着节律移动是我们已变得习惯了的一种奇特景象，但是也许将来有一天，它将显示出存在于节奏的力量中的巨大可能性，而我们的整个生活都将因之而发生翻天覆地的变化，恰如人类初次意识到蒸汽的力量一样。比如说，手摇风琴由于其天然地强调节拍，能使所有行人的腿都及时地迈步；一支乐队，在那车马声狂乱的中心地区将会比任何警察都更为有效：不仅是车夫，而且连马都会发现自己被约束着去合上这舞蹈的节拍，去跟上那喇叭所指示着的各种速度的疾行或慢跑。这条原理在某种程度上已被军队认识到：军队就是由音乐的节奏鼓舞着步入战场的。当节奏感在每个心灵中都彻底复活时，我们将注意到，如果我没搞错的话，一个极大的进步——它不仅表现在日常生活中所有事务的秩序上——也将出现在写作艺术中(写作艺术是倾向于同音乐结盟的，可是因为它忘掉了它的忠诚而退化)。我们应该发明——或不如记起——那数不清的、我们一直在虐待着的拍子。这拍子将恢复古代人听到和观察到的散文和诗歌的和声。

单调的节奏很容易显得过分；然而当耳朵洞悉了它的秘

密，曲调及和声就将与之融合起来，而那些按着节奏准确和及时地进行着的动作，也将随着任何自然的旋律而完成。举例来说，会话不仅将服从于我们的节奏感所指示着的适当的节律，而且也将受到慈善、爱心和智慧的激励，而坏脾气和嘲笑对于肉耳来说，犹如可怕的不协和音与虚浮音一样。我们全都知道，在听过一支美妙的乐曲后，朋友们的声音就显得不堪入耳。这是因为他们扰乱了和谐的韵律的回声，这回声在此时此刻使得生活成了一个亲密无间的音乐般的整体。看来或许是考虑到这一点，人们才会觉得空中有着音乐声。我们就是为它而总是竖着耳朵；而且它也仅有一部分通过伟大的音乐家才能保存下来，并为我们所聆听到。在森林和寂寞荒凉的地方，一只专心致志的耳朵能够察觉到某种事物巨大的脉动，而如果我们的耳朵训练有素，我们也能听到伴随着这种东西的音乐。虽然这不是人类的声音，但却是我们能够理解的声音，或许就因为音乐并非仅是由人类所创造的，故而它永远也不会显得卑鄙或丑陋。

所以，如果要取代图书的位置，慈善家准会把免费的音乐赠予穷人，这样一来，在每一个街角，就都能听到贝多芬、勃拉姆斯以及莫扎特的旋律声了；有可能所有的犯罪以及争吵很快就会销声匿迹；而手的劳作与心的思索也将顺应于音乐的法则而优美地涌流着。到那时，把街头音乐家或任何译介着神灵的声音的人不视为圣人就将是一种犯罪，而我们的生活也将从黎明到日落都在音乐声中流逝。

孔小炯　译

良宵妙曲

〔英国〕赫胥黎

没有月亮，满天繁星，六月天的夜晚越发显得有生气。夜里弥漫着从菩提花丛间飘拂过来的阵阵馨香，夹杂着潮湿的泥土气味，浸透了看不见的藤蔓的绿意。周围一片宁静，但这宁静与大海柔和的呼吸合拍，织进了蟋蟀尖细的鸣叫，断续地，持续不断地加强了它自身静谧的极境。远处，有一列火车通过，像一次和缓而慢长的抚摸，带着不可抗拒的温柔，从夜的温暖的肌体上驶过。

要说音乐吗，这是一个欣赏音乐的良宵。但我这儿的音乐关在一个匣子里，像《天方夜谭》故事中被收进瓶里的精灵，只消一碰就会冲出牢房。我碰了一下这个魔术般的机械(摸黑选了一张唱片，不知道这机械会放出什么音乐)，完全出于某种神秘莫测的偶然性，蓦然响起了贝多芬的《庄严弥撒曲》的《祈福》序曲，乐音飘向无月的夜空。

《祈福》。福兮福兮，这支乐曲可说与今晚相宜，与这深沉而富于生气的黑暗合拍，时而单音宛转，时而悦耳的旋律交织，时而乐音停滞欲凝，时而急速冲刺，像时光，像抑扬有致的节奏，像江河日下的生命轨道。这支乐曲仿佛是良宵的另一种形态，像花精从百花中提炼了出来。

在事物的内部，至少有时候是如此，仿佛蕴藏着一种被赋予的自在，一种神秘的赐福，由于偶然的时机或天意，我们才能朦胧地或清晰地，但只在短暂的数瞬之间，感到它的存在。(对于我来说，今宵便是这样的时刻。)在《祈福》中，贝多芬传达出了这种感受。他的乐曲便是地中海今夜的化身，或者是蕴藏在今夜内部的自在安宁，或者是这种安宁滤去了一切芜杂，再经过净化而后分离出来的纯晶。

"祈福，祈福……"和着交响乐队的演奏，合唱的歌声一再揭示这个主题，更通过一个独唱歌手在一把小提琴的单独伴奏下，深沉悠远地长段地加以讴歌。(静谧常常为孤单的心灵所感知。)"祈福，祈福……"然后乐音戛然而止，飞腾的精灵重又摄入瓶中，只听见一丝儿昆虫般的嗡声，钢针收拨时发出的刺鸣。

在学校里，当人们教我们理解英语的确切涵义时，总叫我们"用你们自己的话来表达"。譬如说，我们正在读莎士比亚的某个剧本的某个段落，便连同有关的注释——尤其是注释——一股脑儿地灌进我们不情愿下咽的喉咙。于是，我们这些满身墨迹的顽童，一排排坐在那儿，绞尽脑汁地把"绫罗艳衫置柜橱"转述为"漂亮的丝绸衣服放在衣柜里"，或把"生兮死兮"变成"我不知是去寻死或是活下去"。完成之后交卷，执教的老先生便给我们打分，多半按我们用"自己的话"去"表达"诗人原意时的准确程度。

他完全可以给我们打零分，既然他老是给我们布置这种愚蠢的练习，该由他自己去转述一百行诗句。除了莎士比亚本人，无论是谁，他"自己的话"绝不可能"表达"莎士比亚要说的意思。艺术作品的内容不能与其形式分割，它的真和美看似二实则一，尽管令人不可思议。即使是一条玄奥的哲理或一套伦理准则，也同一首爱情诗一样，很接近一件艺术品。用乔依特❶"自己的话"来表达的柏拉图哲学不再是柏拉图的观点；同样，用比利·森德❷"自己的话"来宣讲的圣保罗教义，也不再是圣保罗的训导。

"我们自己的话"连用来表达其他字句的意思都难以胜任，要用来说明音乐或某门视觉艺术所具有的独特涵义，就更无能为力了。譬如说，音乐"说"的什么？几乎在所有的音乐

---

❶本杰明·乔依特(1817—1893)，英国学者，牛津大学的希腊文教授，他翻译的柏拉图的著作，被许多人视为最优秀的译文。

❷比利·森德(1862—1935)，美国的福音传教士，以其成功的宣讲，为振兴基督教起了不小作用。

会上，你都可以买上一张解说详尽的节目单。但问题恰好在于，解说得太详细具体了。每个评介者各有自己的说法。试想，法老的梦有多少人成功地解释过：约瑟，埃及的预言者，弗洛伊德，里弗斯，艾德勒，荣格，沃尔吉穆斯❶。经过不同解释，这个梦的“说法”就千差万别了。但这比不上强加于贝多芬的《第五交响乐》的分析，也比不上对《岩间圣母》❷、《西斯廷圣母像》❸所做的富于抒情的诠释。

被那些连篇累牍、自作聪明的荒唐“释义”所激怒，有的批评家公开声称：音乐和绘画除了它们自身以外，什么也不说明。它们只“表明”诸如：变调，赋格曲，色彩，三度立体形式。认为它们谈了什么关于人类的命运、广袤的宇宙之类的看法，纯粹的艺术家会嗤之以鼻，当作胡说八道。

倘若纯粹的艺术家的说法不谬，那么我们只好把画家和音乐家看作怪物，因为一个人对宇宙不持某种观点是绝不可能的，一个人不表示自己的观点(即使是含蓄的)是很难办到的。这样，画家和音乐家是不是怪物成了一个见仁见智的问题了……得出那种结论是不可避免的。

作曲家和画家并不仅仅在标题音乐和问题画中表示他们对宇宙的看法，在这方面，最纯粹最抽象的艺术创作，也以

---

❶弗洛伊德……沃尔吉穆斯：20世纪五位著名的心理学家，他们各有一套解释梦的理论。

❷《岩间圣母》：意大利画家达·芬奇(1452—1519)的作品。

❸《西斯廷圣母像》：意大利画家拉斐尔(1483—1520)的作品。

自身独特的语言表示了明确的倾向性……

评论很快就会到达自身的极限。当评论家以“自己的话”说长道短，竭尽“自己的话”之能事，他最好是让读者去读原作，让他们自己去鉴别，得出自己的结论。那些超越评论极限的评论者要不是愚蠢便是爱好虚荣；他们津津乐道“自己的话”，满以为他们“自己的话”更能揭示事物的本质。除非他们是聪明的哲学家或文艺批评家，能够轻而易举地把批评别人作品的文字变成自己的创造。

适用于绘画的道理同样适用于音乐。音乐以自己独特的音乐用语来“表现”世界，任何想以“自己的话”来复制音乐所表现的内容的努力都注定要失败。我们不能将一支乐曲所包含的真正内容孤立出来，因为真与美是不可能分离的。我们最好以最普通的用语暗示某曲音乐的真与美的性质，引导热心的探索者去欣赏原曲。因此，《庄严弥撒曲》中《祈福》序曲的本质可说是表现接受赐福的恬适心境。我们“自己的话”只能说到如此程度。假如进一步发挥，用我们“自己的话”去描写贝多芬对恬适心境的具体感受，他的感想和认识，我们便会发现自己像节目评介者那样，自作多情地瞎编乱造。只有音乐，贝多芬的音乐，而且是这一曲音乐，才能准确地告诉我们贝多芬对恬适心境的真实感受是什么。假若我们要想知道，就必须听——最好能在一个宁静的六月之夜，以大海的无形呼吸为背景，伴着穿过黑夜的菩提树的芬芳和沙沙声，像一支优雅柔和的乐曲正为另一个感官所领受。

蓝仁哲　译

关于音乐和歌剧的笔记

〔英国〕奥登

歌剧在一些经过刻意安排的场面中包含意味深长的情境。

歌德

歌唱是接近奇迹的，因为它是对在其他情况下属纯粹自我主义的工具——人类声音的掌握。

胡·冯·霍夫曼斯塔尔

音乐的功能是什么?一如柏拉图会发问的:它模仿什么?它关乎我们在时间的两个方面的经验,即自然或有机的重复和由选择产生的历史新奇感。音乐的全面发展有赖于承认这两个方面乃是有差别的，以及承认作为一种仅限于人类的经验，选择是比重复更为意味深长的。两个音符的连接是一种选择；第一个带来第二个，不是在科学意义上必然地把它创造出来，而是在历史意义上挑动它、为它提供出现的动机。一个成功的旋律是一种自主的历史；它是它自由自在地想成为的东西，但却是一种有意义的整体，而非音符的随意连接。

音乐作为一门艺术，即是说，已经来到有意识地实现其真正本质的音乐，是只局限于西方文明，并且是只局限于过去四五百年的事情。其他文化和时代的音乐与西方音乐的关系就像神奇的口头惯用语与诗歌艺术的关系。一句原始的魔术咒语也许是诗歌，但它不知道它是，也不想是。因此，可以说除了在西方音乐中，历史都只是含糊的；它只知道它正在以一种重复的伴随物装饰诗歌或运动。只有在西方吟咏才变成歌曲。

缺乏历史意识的希腊人在他们的音乐理论中试图把它与纯粹的存在联系起来，但是音乐中正在变成的含糊却在他们的和谐理论中背叛它自己，其中数学变成数字学，而一个和弦在本质上比另一个"更好"。

西方音乐在采用拍号、小节线和音拍器节拍时，就宣布它对自身的意识。如果没有严格意义上自然或循环的拍子，从每一个历史独特性中净化出来，作为一个供其出现的框架，则音符本身那不可逆转的实际存在就会是不可能的。

在原始太初音乐中，敲击乐器出色地模仿了循环节奏，但由于不能成为旋律，它一点也不能模仿新奇感，从而难以扮演最伟大的角色。

最令人振奋的节奏似乎都是难以预料和复杂的，而最优美的旋律则是简单和不可避免的。

音乐不能模仿自然：一场音乐风暴听起来永远像宙斯的愤怒。

口头艺术，例如诗歌，是思考性的，它停下来沉思。音乐则是直接的，它继续发生下去。但两者都是主动的，两者都停下来或继续下去。被动反映的媒介是绘画，而被动的直接性是电影，因为视觉世界是一个直接地给予的世界，在那里命运是女主人，我们难以在经选择的运动与非自愿的反应之间作出区别。选择的自由并不在于我们所见的世界，而在于我们把眼睛转到这个方向或那个方向或干脆闭上的自由。

因为音乐表达了与纯粹的意志力和主观性相反的经验(我们不能闭上耳朵的事实使得音乐可以断定我们不能选

择），电影音乐不是音乐而是一种为了防止我们使用耳朵去听外在噪音的技术，而如果我们开始意识到它的存在，那它就是拙劣的电影音乐了。

人的音乐想象力似乎都毫不例外地来源于他的早期经验——他对自己身体及其紧张与律动的直接经验，以及他的愿望和选择的直接经验——而很少与通过他的五官感受到的外在世界的经验有关。即是说，创造音乐的可能性，主要不是依赖于人对听觉器官即耳朵的拥有，而是依赖于他对制造音乐的器具即声带的拥有。如果耳朵是基本的，则音乐将会以程序田园交响曲的形式开始。换句话说，就视觉艺术而言，视觉器官即眼睛才是基本的，没有它，那种刺激手法变成一种可表达的乐器的经验就不可能存在。

这种差别可见于我们在音乐空间和视觉空间感受中的差别。

声带的紧张增加时，在音乐空间中给人感到是在“上升”，松弛则是“下降”。但是在视觉空间里，画面的底部(同时是前景)才是给人觉得压力最大的部位，随着眼睛抬起，就能够感到轻松和自由。

聆听时紧张伴随着上升以及观看时伴随着下降，似乎与存在于我们对自身引力的经验和我们对别人身上引力的经验之间的差别相吻合。当一个人希望跌下，我们可以内在地感到自身的体重，因此升起是克服我们自身想休息愿望的努力。但是其他物体的重量(相近)却可以感到是压向我们的，它们是在我们“上面”的，因而升起就意味着摆脱它们约束性的压力。

我们所有人都可以学习谈话，甚至大多数人都可以学习把诗歌朗诵得可以听进去，但是很少人学习唱歌甚至难以学习唱歌。在任何一个村子，二十个年轻人就可以凑在一起演出《哈姆莱特》，不管它多么不完美，也足以传达该剧的伟大，值得一看，但是如果他们也想演出《唐·乔瓦尼》，他们很快就会发现并不是演出好还是坏的问题，而是他们根本不会唱那些音符。谈论一个演员，甚至一部诗剧中的演员，当我们说他的表演很好时，我们的意思是说他通过艺术，也即是说他有意识地去模仿他所扮演的角色在真实生活中自然的也即无意识的举动。但是对一个歌唱家来说，如同对一个芭蕾舞演员，并不存在模仿，不存在“自然地”唱出作曲家的音符的问题；他的行动自始至终都是毫无掩饰、很光彩的艺术。隐含于所有戏剧之中的悖论，即真实生活中是悲伤痛苦，到了舞台上却变成快乐源泉的情感和情境，在歌剧中却变得明白不过。歌手可以扮演一个因被新郎抛弃而准备自杀的新娘，但是当我们聆听时，我们可以很肯定地感到不仅是我们，连她也在经历一段奇妙的时光。在某种意义上,可以说不可能有悲剧歌剧,因为不管剧中人物犯了什么错误,不管他们受了什么苦,他们都是在一丝不苟地做着他们希望做的事。因此,人们才会觉得“正歌剧”不应渗入当代题材,只应局限于神话情境,即我们作为人类都必须置身其中因而不论发生什么事也必须接受的情境。像门诺蒂《领事》中那种当代悲剧情境是太真实了,即是说在那种情境中有些人置身其中有些人(包括听众)不在其中都太明显了,观众不会忘记这点并把它视为一种象征,例如人在存在中的疏离感。结果是我们和歌手明显正在享受的快乐却毫无必要地侵袭良心。

在另一方面,纯粹的技巧使歌剧成为传达悲剧神话的理想戏剧媒介。有一次我在同一周去观看《特里斯坦和伊索尔达》的演出和科克托根据同一个故事拍成的电影《永恒的回归》。在前者,两个重量都超过两百磅的幽灵被一种超然的力量改变样貌;在后者,一个漂亮的男孩遇到一个美丽的女孩,双双坠入情网。这种价值的丧失不是因为科克托缺乏任何技能,而是因为电影作为媒介的本质使然。如果他使用一对中世纪的肥胖情侣,效果将会是荒唐可笑的,因为电影最重要的特色即那些断断续续的语言并不具备足够的力量去超越他们的肉体外表。然而,如果情人们是年轻美丽的,他们的爱情历程便会显得“自然而然”了(这是他们的漂亮的结果),于是整个神话的意义也就荡然无存了。

> 那个谱写《第八交响曲》的人,有权去叱责那个把洋洋得意、温柔和高贵放进一个喝醉的浪荡子、一个愚蠢的农村姑娘和一个普通的时髦女子口中,却不向自己坦白这些、不以这些为荣、不把这些作为普遍的遗产条理分明地讲述出来的人。(萧伯纳)

我相信,萧伯纳,还有贝多芬,都错了,而莫扎特却是对的。对快乐、温柔和高贵的感受并不局限于"高尚的"人物,而是谁都可以体验到的,哪怕是那些最普通的、最愚不可及的和最堕落的。歌剧的光荣之一是它可以展示这点,而话剧的耻辱则是它不可以展示这点。由于我们使用日常语言,当别人看我们时,便会以我们的风格和词汇辨认我们的社会角色。而在戏剧中,甚至在诗剧中,让任何角色都能够讲的语言幅度是非常有限的,超乎此,剧作家创造的人物便令人难以置信。但是正因为我们不能以歌唱来沟通,所以一首歌可能是不相称的,但不会是不适合角色的。可以相信一个愚人能够把一首歌唱得跟一个聪明人唱的一样动听。

如果音乐总的来说是对历史的模仿,那么歌剧就尤其是对人类的任性的模仿。歌剧根植于这个事实,即我们不但拥有感觉，而且执意要不惜代价拥有它们。因此，歌剧不能以小说家对文字的感觉来刻画人物，例如某个人是潜在的好人或坏人，主动的或被动的，因为音乐是直接的实际存在，这存在中既没有潜在性也没有被动性。这可以说是歌剧的歌词作者绝不会忘记的。在我看来，作为一个作曲家，莫扎特比罗西尼伟大，但是《婚姻》的费加罗就不如《理发师》的费加罗那么令人满意。我想，这应归咎于达蓬特。他的费加罗这个人物太有趣了，难以完全移入音乐，于是当费加罗正在唱歌，我们却意识到一个不在唱歌而是在想心事的费加罗。换句话说，那位塞维利亚理发师并不是一个人物，而是一个音乐忙人，他完完整整地进入歌曲，没有一点儿多余。

我也觉得《波希米亚人》不如《托斯卡》，不是因为它的音乐不如，而是因为那些角色太被动了，尤其是米米；在他们歌唱时的决断与他们表演时的无决断之间存在着可怕的差距。

所有伟大的歌剧角色，例如唐·乔瓦尼、诺玛、露西亚、特里斯坦、伊索尔达、布伦希尔德，都具有一个共同特质，即他们个个都是一种热情而任性的存在状态。在真实生活中他们却会是令人厌烦的人，就连唐·乔瓦尼也不例外。

然而，音乐在补偿这种欠缺心理复杂性时，却能做到文字不能做的事，把这些状态的直接和共时的关系传达给对方。歌剧的最高顶峰是大合唱。

在歌剧中合唱可以扮演并且只能扮演两个角色，即群氓角色和忠诚、忧伤或欢乐社群的角色。只要一点儿合唱即能起很大的作用。歌剧不是清唱剧。

戏剧乃是基于误会。我以为某个人是我的朋友，而事实上他却是我的敌人；我以为我可以自由地娶一个女人，而事实上她却是我的母亲；我以为这个人是女仆，却原来她是公子哥儿扮成的；我以为这个衣着考究的青年人是个富家子，却原来他是个身无分文的冒险家；或者我以为如果我干了这事，就会有如此这般的结果，事实上结果却远非如此。所有的好戏剧都有两个情节，首先是创造误会，然后是发现这原来是一场误会。

歌词作者在创作剧情时必须遵守这个规律。与戏剧家相比，他所能制造的误会更加有限。例如，戏剧家只要显示人们如何自欺，他就可以收到一些最好的效果。自欺在歌剧中却是不可能的，因为音乐是直接的，而非思考的；唱什么，就是什么。至多自欺也仅能由管弦乐进行不同于歌唱家的伴奏，例如在《茶花女》中，随着热尔蒙走近维奥莱特的临终床，出现欢快的音乐；但是除非用得十分谨慎，否则这种技巧会导致混乱而不是洞察力。

再有，在话剧中发现误会可以是一个缓慢的过程，并且事实上经常出现这种情况，即愈是逐步展开戏剧味就愈浓；而在歌剧歌词中，辨认的剧情必须是热烈地突如其来的，因为音乐不能存在于不明朗的氛围中。歌曲不能走，只能跳。

另一方面，歌词作者毋须为或然性伤脑筋，而剧作家却必须伤透脑筋。在歌剧中，一个可靠的情景意味着那个情景是可靠的，有人会唱歌。一个好的歌词情节是严格意义上或普通意义上的传奇剧，它把角色置于对“文字”来说过于悲剧性或过于幻想性的情景中，给他们提供尽可能多的机会去狂热起来。好的歌剧都不可能合情合理，因为人们在合情合理的时候是不唱歌的。

“音乐剧”的理论预先假定有这样一个剧本，在这个剧本中没有一个合情合理的时刻或一句合情合理的讲话：这不但很难应付(虽然瓦格纳应付过来了)，而且会使歌手和观众极端疲累，两者都不能有片刻的松弛。

在一个有任何合情合理的段落例如有对话而非歌曲的剧本中，这个理论就变得荒诞不经了。如果为了推进剧情，剧中一个人物需要对另一个说“快跑到楼上给我拿块手帕来”，那么，除了节奏外，这句话里就没有什么可以使一个音乐布景比另一个更可取。一旦音符的选择是随意的，那么唯一的解决办法便是选择传统手法，例如清宣叙调。

在歌剧中，管弦乐是对歌手而非对听众演奏的。一个歌剧爱好者将会容忍甚至享受管弦乐间奏，条件是他必须知道歌手此时此刻因疲累或布景置换员在工作而不能唱歌，但是如果管弦乐在不是利用空隙时间的情况下演奏,他就会觉得是在浪费时间。《利奥诺拉三世》在音乐厅里是一首很好听的乐曲,但是在歌剧院里,当它在《菲德利奥》第一场与第二场之间的过门被演奏出来时,却变成了极其沉闷的十二分钟。

如果歌词作者是一位职业诗人, 那么最困难的问题,也即他最有可能出错的地方将是做诗。诗歌就其本质而言是一种思考性的行动,拒绝满足于突然插入直接的情绪,以便了解所感觉到的东西的实质。音乐就其本质而言是直接的,它清楚歌词不能成为诗歌。在这里我们必须分清抒情诗和歌曲的界限。一首抒情诗是一首希望被吟咏的诗。在吟咏中诗从属于文字,后者则限制音速的幅度。在一首歌曲中,音符必须是任由选择的,文字必须是可以做它们被要求做的。

在《梦游者》中,《啊,难以置信》那些诗篇虽然读起来不甚有趣,但却一丝不苟地做了它们应该做的:启发贝利尼写下音乐史上一首最动听的旋律, 并且让他完全自由地写下它。这位歌词作者所写的诗篇并非针对听众而是一封致作曲家的私人信件。这些诗篇拥有辉煌的时刻,在这个时刻中它们启发他某种旋律;一旦这个时刻结束,它们就会被弃之如敝屣,如同一位中国将军抛弃一名步兵:它们必须把自己抹掉,停止关心它们发生了什么事。

有一些作曲家,例如坎皮恩、胡戈·沃尔夫、本杰明·布里顿，他们的音乐想象力是由超凡的诗歌刺激的。问题是，到底听众是把那些歌词当作诗中的文字来听呢，还是如我相信的那样，只不过是当作被唱的音节来听。剑桥心理学家 P.E.弗农曾经做了一个实验，用一些音值与原作相等的打油诗来唱坎皮恩的歌曲。在接受试验的听众中，仅有百分之六觉察到出了什么问题。我之所以不大赞成演出经过翻译的歌剧，恰恰是因为我相信在聆听明显不同于吟咏的歌曲时，我们听到的并非歌词，而是音节。瓦格纳或施特劳施在英语中令人难以忍受，并且，如果翻译中的诗歌成就高于原著，也仍会令人难以忍受，因为新的音节与原著音符的音高和速度的关系不相称。歌词的诗歌价值也许能够激发作曲家的想象，但决定他写哪个谱线的却是歌词的音值。在歌曲中，诗歌是可以弃之如敝屣的，音节却不可以。

"历史，" 史蒂芬·德达卢斯说，"是一个我必须从中苏醒过来的梦魇。"历史转变的快速性和个人在影响集体历史方面的明显的软弱无力，已导致在文学中躲避历史。从爱伦坡开始，很多现代长篇小说家和短篇小说家不再追踪一个人出生、成长和死亡的历史，而是把注意力集中于一个人生命中永恒的激情时刻和存在的状态。在我看来，在某些现代音乐中，也可以觉察出同样的趋势，即编排一种静态的音乐，其开头、中间和结尾并没有明显的差别，这种音乐很有点像原始的太初音乐。我没资格去批评一位写这类音乐的作曲家，不过，我们却可以说，他绝对无法写一部歌剧。但是，很可能他并不想写。

从莫扎特到威尔第的歌剧黄金时代，刚好与坚信自由和进步的开明人文主义黄金时代同时发生。如果今天好的歌剧少了，这也许是因为，我们不但认识到我们的自由比19世纪人文主义所想象的更少，而且也越来越不敢肯定自由是无可辩斥的幸福以及自由就一定是好的。说歌剧更难写，并不意味着不可能。这种情况只有在我们完全停止相信自由意志和个性之后才会发生。每一个准确的高音C都会摧毁这种理论，即认为我们是命运或机遇的不负责任的傀儡。

黄灿然 译

旋律的奥秘

〔英国〕安·伯吉斯

任何人都能写出某种旋律。像中国人那样，给音阶上的每个音符都编上数字。多、来、米、法、索、拉、梯、都，1 2 3 4 5 6 7 $\dot{1}$。你也可以把自己的电话号码或汽车牌照号码变成由一组音符构成的乐句。这也许短得称不上是真正的乐曲，但可形成一个主旋律。所谓主旋律，或可定义为亟待展开的乐曲片断——它不仅可以发展为一支真正的乐曲，而且可以发展为一个完整的交响乐乐章，一部完整的歌剧。所有的音乐都是从这样的胚芽发展而来的，此刻它或许正酣睡在某个护照号码之中。

但是我们知道，世界上那些伟大的旋律可不是用这种方法创作的。伟大旋律的诞生并没有先兆。它们产生于冥冥之中,并且只垂青于那些伟大的音乐天才。

口头语言和音乐语言之间也许有某些相似之处。在任何一个口语短句中,甚至在一个单词中,都可能暗含着某种旋律。以埃德加·爱伦坡的诗中一句短语"铃儿响叮当"("the tintinnabulation of the bells")为例,诵读多遍之后,从其与含义无关的纯粹韵律中即可产生音乐短句。

"伸出你的小手"("La ci darem la mano")。达蓬特为莫扎特的歌剧《唐璜》写了这样一句歌词,莫扎特从中听到了悦耳的旋律,创作了一首优美的二重唱。在贝多芬最后创作的一首弦乐四重奏中,我们听到了"必须如此吗?"以及回答"必须如此!"贝多芬还特意在音符下面注明了歌词,但这些词不是为了演唱的,因为这些音乐家都是弦乐乐师,而不是歌手;作曲家纯粹是为了真诚地披露他写主旋律时的灵感。

美妙的旋律往往并不一定需要歌词。巴赫的《G弦上的咏叹调》或《众赞歌前奏曲》中的"醒来吧"那绝妙的主旋律,都是纯粹的声音,并未借助于歌词的力量。它们来自何方?任何一个像我一样作过曲的人,都能给予某种答案。头脑里闪过一段乐曲,仿佛突然想起某些东西,想起那一直存在但忘却已久的东西，此刻它突然浮现出来。有时，这段乐曲真是出于回想起某些东西，回想起他人写下的某些东西。这会引起麻烦，会被控以剽窃之罪。20年代时有一首流行歌曲，名为《是的，我们没有香蕉》，它是根据亨德尔的合唱曲《哈利路亚》、民歌《我的邦尼横卧在海上》以及巴尔夫的歌剧《波希米亚女郎》中的咏叹调"我梦见住在大理石的庄园里"拼凑而成的。剽窃乎？有可能。流行歌曲作者经常剽窃。纯粹是记忆吗？也有可能。谁知道到底是怎么一回事？这种事法庭是难以验证的。

真正伟大的曲调是决不会雷同的，它无疑是从天堂或虚无缥缈之中突然降临，有时也应召而来。设若你受托谱写一首交响乐，两个月后由一个出色的交响乐团演奏。最不费劲的工作是配器，但那是最后的事。最难办的是为第一乐章选择主旋律。在这里你需要有两组主旋律，一组雄健有力，另一组则优雅柔弱。这些主旋律必须能扩展，也就是说，能变换为其他的旋律，或与其他旋律配合，或发展为若干激扬高亢的曲调。有时由于时间紧迫，你无意之中会创造出潜力极大的旋律胚芽。或者，某些童年时谱写的小乐曲突然有可能发展成为交响乐。旋律的另一个不可思议之处是，你可能在7岁而不是在70岁时与它相遇。

旋律的奥秘依然没有解开。但在我们这个对奥秘不以为然的时代,创作伟大的旋律不再被认为是作曲家的职责。老实说，近二十年来的流行歌曲或摇摆舞曲都没有纯粹的旋律。你会从,比如说,乔治·格什文或甲壳虫乐队的作品中听到美妙的旋律，但这在滚石乐队的音乐中却是绝无仅有的。对新的一代来说,充满性刺激的节奏,或对社会愤愤不平的歌词比旋律本身更为重要。

适用于通俗音乐的东西甚至更适用于所谓的严肃音乐。以阿诺德·勋伯格为首的十二音作曲家表明，音乐学院那些不成熟的作品是以非常流行的机械方式创作的。人们用半音音阶的 12 个音符写主旋律(只有 12 个音符。因为一个原则是,每一个音符只许出现一次),然后用倒置或逆行,或逆行后再上下倒置的手法进行演奏。这样,音乐技巧将体现在对音色、强弱和高潮的处理上,而不是我们所熟悉的旋律创作上。你会感到,这种音乐简直就无法演唱。

现在到处都有人在说，不可能再有什么伟大的乐曲了。他们说,音阶上只有这么 12 个音符,所有具有独创性的主旋律肯定都已有人写过,因此,再去寻找新的主旋律已毫无意义。这样说是站不住脚的。人们既然可以用字母表上的 26 个字母继续写出无数的新书，那么也可以用 12 个音符创作出无穷尽的旋律,变化无穷的节奏组合尚有待我们去探索。我们已经抛弃了为创作旋律绞尽脑汁的好习惯，这对于我们来说非常糟糕，因为世界上再没有比优美的曲调更能令人感到鼓舞。

如果没有一位名叫鲁热·德利尔的士兵一时为灵感所动写下了《马赛曲》，还会有法国革命吗？没有《国际歌》(一支远不如《马赛曲》的曲子)，共产主义革命又从何谈起？但比歌曲更伟大的是那些被我们称之为交响乐和协奏曲的历时50分钟、优美动听的创意曲。这些乐曲像工程技术成品一样，历来是有意识地运用技巧和独创性的产物；但是，如果没有从无意之中迸发出来的灵感，它们也不可能存在。我们不清楚有什么奇异的内在力量在起作用，编织出旋律和曲调，但我们对其成果推崇不已。音乐的伟大奥秘依然没有解开。

信使　译

为蹩脚的弹钢琴者一辩

〔英国〕普里斯特利

倘若不把那些在电影制片厂和舞厅干活的音乐工作者算在内，他们的收入靠弄出某种有节奏的音响，一小时得若干报酬来计算，那么所有弹钢琴的人，我认为，可以分为四类。首先是那些杰出的独奏艺术家，帕德列夫斯基[1]，巴奇曼[2]，还有其他的大师们，他们似乎对一切困难不在话下。就他们来说，钢琴，一件由金属弦和音锤组成的死东西，变成能引起灵妙反应的机体；它的音锤是一种特殊的肌肉，它的琴弦是增添的神经，随着每一下飞快的冲力而跳动；他们的演奏如同他们的风度和语言，洋溢着他们的个性。第二类的成员却不是

---

[1]帕德列夫斯基(1860—1941)，波兰钢琴家。

[2]巴奇曼(1848—1933)，俄国钢琴家。

如此，照我看，他们能不能称得上家是可疑的。他们可说是严肃认真的业余爱好者。他们每每用高薪请某个教授教琴，后者负责把他们"带出来"。但是他们从来没有给"带出来"过。业余爱好者的标志是他不倦地练习某个音乐作品，也许是肖邦[1]的《练习曲》，也许是勃拉姆斯[2]的《奏鸣曲》，直至他不看乐谱而能弹出来，做到这一步，于是他邀集一批朋友，(或更惯常是新交) 不让他们交谈——在紧张的沉默中开始表演——或者如他常说的，"阐释"——他的下了功夫掌握的独奏。第四类包括零星的乱弹琴的人，即席伴奏者，敲打者；弹圆舞曲的年轻小姐，弹赞美诗的老太太，嘴里衔着纸烟的小伙子，他们的表演风格是乒乒乓乓，哐啷哐啷；不屈不挠的折磨人的一切噪音制造者，从那些坚持敲打——而不是弹奏——拉赫马尼诺夫[3]的升 C 小调序曲以至那些购买星期日版报纸，为的是可以用一个手指一个音一个音地弹奏一支滑稽歌曲的调子的人都包括在内。所有这样的人都是破坏宁静与和谐的人，因为他们不能在任何其他的地方等闲视之，这儿对他们反倒是可以愉快地不加考虑。

现在剩下来是对第三类人说几句话了，如果把他们限制到这样狭窄的范围之内，那么我也可以算作一个。在把别人

---

❶肖邦(1810—1849)，波兰作曲家、钢琴家。
❷勃拉姆斯(1833—1897)，德国作曲家、钢琴家。
❸拉赫马尼诺夫(1873—1943)，俄国作曲家、钢琴家。

随随便便排除之后，用这么长的篇幅来写自己这号人，似乎有点以自我为中心的味道。然而事实是，我们——我以兄弟般的情谊说——直至现在受到这么厉害的恶意中伤和误解，我们默默地忍受了这么多的嘲笑，所以我们有权在我们最后受到不可挽回的谴责之前，让别人听听我们的申辩。

只不过在技巧水平上，纯粹是经验的问题上，我们才不如严肃认真的业余爱好者；我们属于人类的最高层次，我们有比较高尚的灵魂，在精神上我们比较接近那些大师们。严肃认真爱好者的动机并非不容怀疑。在他勤奋刻苦的练习中，在他有限的全部节目中，在他半公开表演的风格上，难道就没有一点虚荣心的表示吗？他的有意识的技巧炫耀伴随着他对不熟悉的作品的畏惧心理，难道就是对音乐的热爱标志吗？我怀疑是这样。

但我们的动机却是光明磊落的。音乐再没有比我们更不带利害关系的忠仆了，因为我们不仅在为她服务的过程中不采鲜花做花环，而且每天，为了她的缘故，冒着让自己当傻瓜的风险，对纯粹的赤诚热爱再没有比这更伟大的考验了。我们，再说，也是弹钢琴中铤而走险的冒险家。每逢我们坐在键盘前我们就产生一个可怜的希望，不管我们中途碰壁或偶然一帆风顺，我们希望得到的唯一的报酬是从音乐女神投来的和蔼友好的一瞥。

人性上既然我们是易于犯错误的，我们的演奏有毛病，我们的弱点多年来成了音乐学究和小人的攻击目标，这都简直没有必要去细论。在已经记不清的过去年代里，我们曾经接受过一点指导，大概上了不多几年的课，但由于是自有主张的聪明的儿童，我们认为只要有球可打，有石头可玩，有廉价的惊险故事刊物可读，按泽尔尼❶的平淡作品苦练什么音阶和琶音❷根本没用。一扇没有锁上的门，一扇打开的窗户——就可以让我们逃开乏味倒霉的学习，这样，打从童年时期起就表现出的对生活的那股热爱，它依然是我们这帮人的标志。

如今，光是一股热情使我们坚持到底。我们对"难度一般的作品"(如出版商说的) 的演奏并不缺乏一系列神来之笔。在我们眼盯着乐谱，使劲赶着我们的指头在琴键上飞舞时，可怕的深渊在我们前头张开大口，大块的岩石在上面砸下来，浓密的丛林下满布坑洞陷阱，都不能使我们却步不前。虽然我们不知前面出现什么音符，或者我们将要使用哪个指头，如果乐谱说是急板，那就必然是急板；调子的精神必须解放，不管它的肌肉怎么割碎。所以我们表演令人头晕目眩的琶音犹如一个被野兽追逐的登山者那样从一个巉岩跳到另一个巉岩，我们以飞速通过尼亚加拉河❸急流的划手的盲目

❶泽尔尼(1791—1857)，奥地利作曲家、钢琴家。
❷从低到高的音阶的弹奏。
❸尼亚加拉河：北美的一条河流，在安大略湖与伊利湖之间。

自信弹奏三十二分音符。只有精神伟大坚强的人才能从事这些危险而了不起的冒险行动。

不同于严肃认真的业余爱好者，我们对作品不挑肥拣瘦，不是非要找到一篇可以用无懈可击的演奏使它熠熠生辉，然而听众未必欢迎的作品才罢休。我们参加音乐会(因为，首先，我们是音乐会的常客，或如奥夏内希[1]所谓的做梦的梦想家)，为音乐所陶醉，摇摇晃晃地出来；有好几天我们的脑子里盘旋着一个可爱的主题，或一个使人惊异的高潮，直到我们再也受不了；我们拔腿奔向卖音乐作品的商店去看是否能找到这个使人入迷的新作品，买下来永远保存；更常见的是我们胜利地达到目的归来，几乎还没来得及弄明白乐谱就一下子投入开头的几小节，进行试弹了。如果我们的热情一旦激发出来，改编成钢琴演奏的任何形式的作品或是不管用什么方式能够在这种乐器上弹奏的作品就不成为问题了；交响曲，歌剧，音诗，弦乐四重奏，通通都受到欢迎。不，我们常常偏爱有乐队伴奏的改编作品，因为我们不认为钢琴是一种独奏乐器；对我们来说它是进入音乐王国的由熠熠生辉的象牙和乌木构成的入口。我们的手指在琴键上来回轻拢慢捻之际正是我们梦想中的乐队精神抖擞之时。

我相信，归根结蒂，如果我们的愚昧无知的根柢得到充

---

[1] 亚瑟·威廉·埃加·奥夏内希(1844—1887)，英国诗人，他的名诗《颂》以这样两行开头：我们是音乐的创造者，我们是做梦的梦想家。

分暴露，如果我们弹错的音符载入某个音乐天使的令人生畏的总记录，那么人们会发现，对我们，这帮蹩脚的弹琴者的看法是错误的，我们也曾经为这种神圣的艺术奉献出热爱和苦辛。倘若我们列队进入伊利寻[1]，孤孤单单，胆战心惊，一个寒酸的小乐队，给贝多芬看在眼里，他是我们宰了这么多回的，我相信从他像要发出雷电的森严的脸上会冒出微笑。“呵哈！你们进来吧，小子们，”他会吼道，“蹩脚的琴手，呃？……我听说……非常拙劣的琴手。但你们当中还有更糟的……你们身上有股精神，你们倒还用心听……进来吧……我写了一百五十多首交响曲、奏鸣曲，你们将会把它们一一都听听。”

林荇　译

[1]希腊神话中的乐园。

全家听音乐(外一篇)

〔法国〕普鲁斯特

因为音乐柔美，让心灵和谐，犹如神圣的唱诗班唤起千百个在心中歌唱的声音。

对于一个确有生气，每个成员都有思想、有爱心并且付诸行动的家庭来说，拥有一座花园是一大快事。春季、夏季和秋季的夜晚，白天的劳作结束之后，全家聚集在花园里，尽管花园很小，篱笆挤挤挨挨，又低又矮，甚至露出一大截天空，但大家都默默无语，抬起眼睛望着天空，沉溺于梦想中。孩子梦到他未来的计划，梦到他跟要好的同学一起居住不再分开的房屋，梦到地球上和生活中的陌生人物；少年梦到恋人的神秘魅力；年轻的母亲梦到孩子的前途；与丈夫失和的妻子在这些晴朗的时辰从丈夫冷漠的外表底下发现了他的怜悯和痛苦的悔疚；父亲的目光追随着屋顶上冉冉升起的炊烟，思绪却停留在往日宁静的情景：远处夜晚的灯火十分迷人，他想到自己将不久于人世，想到他死后孩子们的生活。就这样整个家庭的灵魂在宗教气氛中朝着夕阳飞升，此时此刻，高大的椴树、栗树或冷杉在它周围用美妙的芳香和可亲可敬的阴影播洒福音。

然而，对一个确有生气，每个成员都有思想、有爱心并且付诸行动的家庭，一个有灵魂的家庭来说，如果这个灵魂能够在傍晚化为一种声音则更加美妙，那是拥有音乐和歌唱天赋的少女或少年清亮而又源源不断的声音。全家人在花园中默默无语，路经花园门前的陌生人唯恐在靠近它的时候打断这宗教梦幻般的一切。但是纵使陌生人发现了正在聆听歌声的这亲朋好友的聚会而没有听见这歌声，参加这个聚会也无异于望一场看不见的弥撒，就是说，尽管态度不同，然而彼此相同的表现形式反映出灵魂的真正统一，这种统一由于对同一理想剧情的交感、对同一梦幻的沟通而暂时得以实现。有的时候，一声叹息突然间就像狂风吹弯了小草、久久地摇撼着树木那样让人低下或者抬起脑袋。正如一个看不见的使者正在讲述一个扣人心弦的故事，所有的人都在焦急地期待着，心情激动而又满怀恐惧地聆听一个相同的，然而又在每个人心中唤起不同反响的故事。音乐的焦虑登峰造极，激越的乐曲转为低沉，继之而来的激越更加令人失望。辉煌的无尽、神秘的暗夜在老人看来是生命和死亡的宏大景象；在孩子眼里却是大海和地球的匆匆漫步；对恋人来说是神秘的无限，是爱情的辉煌暗夜。思想者看着他的精神生活在自己面前全部展现，逐渐减弱的旋律消失了，他的思绪也随之逐渐减弱和消失，而他心灵的一切却在旋律再度响起之时重新振作，奋勇向前。和弦强劲有力的呢喃震撼着他记忆中黑暗而又富饶的深处。一个运动中的人在和弦的混合之中活泼轻快地奔跑喘息，庄严地以胜利的姿态进入柔板。不贞的妻子觉得自己的过失得到了原谅，被化解了，她的过失自有其天性的根源，往常的欢乐无法平息心灵的不满，于是心灵就误入歧途，同时又在寻找其中的秘密，而眼前这钟声般饱满的音乐则满足了最最博大的憧憬。仅仅从音乐中品尝某种技巧乐趣的乐师也表现出种种意味深长的激情，但是他对美的音乐的感情掩盖了这些激情，以致他竟然对此熟视无睹。而我却终于在聆听这种音乐的过程中品味出生与死、大海与天空的最博大最普遍的美。噢，亲爱的恋人，我重又感受到你那份最别致最独特的娇媚。

颂扬拙劣的音乐

请你们憎恨拙劣的音乐而千万莫要等闲视之。人们演奏、演唱得更多更有激情的倒是拙劣的音乐而并非优美的音乐，逐渐充盈人们的梦幻和眼泪的拙劣音乐远远多于优美的音乐。由此可见，拙劣的音乐令人肃然起敬。它在艺术史中不登大雅之堂，却在社会情感史中举足轻重。对拙劣音乐的尊重，我不是指爱慕，不仅仅可以称之为对美好情趣的宽大或者对此表示怀疑的一种形式，而且是对音乐的社会作用的重要性的认识。有多少在一位艺术家眼里分文不值的旋律被成千上万热恋中的浪漫青年引以为知己。有多少曲《金指环》，《啊！久久地沉睡吧》让人世间最美丽的眼睛充满泪水，知名人士的手每天晚上颤抖着翻过这些乐谱，名副其实的大师会羡慕这种忧郁而又快意的贡品——才华横溢而且启迪灵感的知己激发了梦幻，使忧郁变得高尚，进而呈现出令人陶醉的美之幻境作为对人们赋予它们的神秘热情的报答。人民、资产阶级、军队、贵族都属于同样的范畴，怀着打击他们的悲哀和满腔的幸福，他们都有同样隐藏不见的爱之使者，同样衷心爱戴的忏悔神甫，那就是拙劣的音乐家。像这样令人恼火、极有音乐天赋教养良好的人充耳不闻的老调子却收到了发自千万人心灵的瑰宝。为千万人的生活保守秘密、给这些人以生动的启示、自始至终的安慰的乐谱，永远搁在钢琴的谱架上微微翻开，那是梦寐以求的美惠和理想。这样的琶音、这样的"再现"，在一个恋人或一个梦幻者的心灵中回荡出天堂的和谐或心上人的声音。一本翻破的拙劣浪漫曲的曲谱犹如一处坟地或一个村寨使我们怦然心动。房屋不成格调，坟墓湮没在品位低劣的墓碑和点缀之中又有何妨。在一种非常惬意和恭敬、足以暂时掩饰其美学缺陷的想象面前，这种尘垢会消散而去。云集的灵魂嘴里衔着让他们预感到来世的那个绿色的梦，他们即将在这个世界中欢乐或者哭泣。

张小鲁　译

星期天的音乐学院[1]

〔法国〕普鲁斯特

我来到音乐学院，这个乐团的“元老院”、《辩论报》或《两世界杂志》以间接的形式倚仗影响有限的左派中心，而后者依靠的是被称为权威的某种声誉。这幢古老的房屋就像圣日耳曼市郊的某些地方，它那常见的不舒适感却使它平步青云。它与某种原则、某种特权联系在一起，有点自以为是而且洋洋得意，这里值得向客人炫耀，那里值得向订户吹嘘，好像他们才是客人。这里的演奏比其他各处的演奏更加完美。就在昨天，这里还传出一位妇女和一位少女奏出的源源不绝的声音，仿佛泉水潺潺流过古老的岩石，古色古香的住宅在云

[1]这篇文章发表在1895年1月14日的《高卢人报》上。——原注

雀和夜莺的啭鸣声中宛如阿里斯托芬构想的那种国度[1]。

这一天演奏的是贝多芬第五交响曲。跟我同行的有我的一个兄弟和S中尉。音乐会尚未开始，我们言不由衷地交谈了几句，每个人都沉湎在自己的忧虑之中。包厢里渐渐坐满了人。某夫人带着她那天邀请的两位音乐家和两个上流社会人士走进来，她显然品尝过这种在她看来味道独一无二的生菜。另外几个包厢里的组合也大同小异，她或者奚落挖苦这些人，或者对他们表示由衷的冷漠。就这样，她在热烈的想象中构思着她挑选出来与她共进晚餐的那些人的幸福，每天晚上，她都要带着麻木的烦恼，勉为其难地准备到其他人家里去赴类似的晚宴。

我走出来跟一位朋友说话。第一小段已经开始，但我无法进去，我在走廊里迷了路。我来到一个还能听到窃窃私语的地方，看见了几排扶手椅、一些几乎陷入催眠状态的"家伙"和一些抽着大麻兴奋陶醉的人，这就是大厅一隅呈现在我眼前的景象。尽管所有这些在日常生活中也许安分守己的人舒适地坐在扶手椅上，从衣着打扮看像是去品尝和领略一种安宁、凝重的社会乐趣，可他们的脸上却不时地洋溢着疲惫的快感和一种近乎好斗的生气。有时，他们的眼睛由于忧伤而变得阴沉，可渐渐地又放纵自己去接受即将使他们恢复

[1]《鸟》中的仙境"云中鹁鸪国"。——原注

宁静的宽慰许诺。所有的人像是在全神贯注地聆听来自一个可爱的不速之客的不可改变的逻辑推论。现在，他们的嘴巴都在情不自禁地微笑，脑袋转向肩膀，勉强保持着优雅的行礼姿势，仿佛是在潇洒地散步或者随着小步舞曲跳舞。所有的人都慷慨激昂，仿佛从城堡的围墙高处追随着激动人心的剧情起伏着，那也许是一场没有把握的战役，一个宫廷舞会，一个赢得每个人心的爱情誓言，一次葬礼和日出。一种不可思议而又牢不可破的纽带现在把所有这些刚才还彼此陌生的人联系在一起。我看见我的兄弟和S中尉在门口交换着友善热情的目光，这种友善犹如冬天里的火，把每个人都凝聚在它周围。那就像行进中的一队士兵，他们以各种不同的方式通过自己毫无表情的军容表达着同样的失望或欢悦。只有一位背靠一根圆柱站立、仿佛一头白鹗或一个苦行者般的老先生放下了他的架子，在体会和品尝那些无止无休的欢乐。所有的人都比刚才缺乏特殊环境、超出自己之外、远远徜徉在过去之中时显得更美。S中尉不再褊狭吝啬，某夫人不再滑稽可笑。在仔细端详他们的时候，我很少感到个人的厌恶，而更多地体验到利藏德勒上尉和妓女普拉克佐出现在我面前时的那种审美乐趣。

第一小段已经结束，我回到大厅，坐在我兄弟旁边。然而他似乎没有意识到我已经回来，并且回答了我带着一种心不在焉、宽容欣喜的微笑向他提出的一个问题。为用一种同样不可抗拒的力量在这些聆听音乐的人们心中启发出各种不同的激情起见，音乐首先应该让他们的注意力厌倦其余的一切。在音乐会再度开始的时候，立即被节奏深深吸引的我已经不再是那个对交响乐的暗示和指令唯唯诺诺的“家伙”了。

我刚才没有注意的乐队在我面前高低起伏。乐队指挥如痴如醉，犹如统帅自己的军队打仗的将军，不过他指挥投入的是一场没有空间和时间痛苦的战役。他脑袋的每一个动作、手的每一次挥动都在向所有的乐师、向音乐展开的事件、向我们的心灵乃至我们的举动传递着支配他的同一种热情或同一种庄严。老实说，在另一种场合，他没有自由行使这种至高无上的权力的自由；他在指挥中没有丝毫的犹豫，丝毫的不协调，丝毫的狂热，然而他本人却不受任何人指挥。但是他的脑袋和指挥棒发出的每一个信号立即产生出这些不可胜数、美妙无比的结果。如果我们的理性没有提前感受这种信号的能力，那么我们心灵最猛烈的冲动就会出来回收这个信号。每一秒钟，我们都进一步而且强烈地意识到我们的极度惊讶和我们的最大心愿，对此我们既忧虑又幸福。我在和谐的峰顶浪尖追随着一股带领我穿越暴风雨的成千上万种喧嚣的潮流，我感到自己呼吸急促。音乐犹如一颗暂时在我心中跳动的心，随心所欲地放慢或者加快我的血液在静脉中搏击的速度——有时我甚至感到体力不支，它在我身上凝固滞留，有时则使我力量骤增，仿佛一个少年见习水手正在挥舞斧头往缆绳上攀援。

此时此刻，使我们每个人统一协调的音乐相继倾泻出焦虑、雄壮的热情和恐惧，驱除了其余的一切，协调着我们的心灵，使我们全身充实。这情景就像八面来风集中在每一片船帆上，推动海面上的一叶轻舟。我怎能忘记在《C小调交响曲行板》中感受到的在巨大的希望吹鼓下风帆般饱满而又绷紧的心灵！在庆祝酒神节的时候，林神和酒神的女祭司只消轻轻摇动酒神之杖，或者把她们的嘴唇凑向串串葡萄；然而天神的喜悦狂热感染了她们，她们毫无痛苦地体验着痛苦以及比痛苦更加难熬的欢乐——就这样，这两百名乐师手执小提琴，挥舞着酒神之杖那样的棍棒，把嘴唇凑向长笛，仿佛那是串串葡萄，乐曲就从这里流泻出来。难以理解而又神秘的这些传统仪式产生出一种浓浓的醉意。现在，饱受创伤的希望再度陨落，那是迅速而又秩序井然地在深夜中沿着昏暗的道路进行的撤退。我莫明其妙，不问原由地为乐队速度没有减慢的离别哀叹，我先是感到一种雄浑的庄严，继而是一种陌生而又实在的痛苦。

这时，我听到一位贵妇在我身边很近的地方对另一个女人说："您要糖果吗？"我感到一种充满怜悯、忧虑和惊讶的痛苦，尤其是在当时雄壮的气氛之中。所有的注意力都集中在一种崇高的思想上，居然有人感到肚子饿，无所事事。我仅仅注意到当时许多在场的人对音乐带来的这种摇撼、这些快意或可怕的启示无动于衷。音乐会之后来到外面时，我们还能感悟到这些启示。我们几乎喘不过气来，心灵刹那间排除了妨碍我们看见真和美的一切障碍。棕榈树形状的云遮住了天空中熊熊燃烧的花园，继而又像小姑娘那样懒洋洋地躺在那里。风解开了她们的腰带，她们就像大海在辽阔的沙滩上留下的粉红色贝壳那样逐渐缩小，深深嵌入天空中，然后像交响曲中音调那样迅速而协调地变化着——宛如飘逸的披巾、枯萎的花冠，有时又像是带着愧疚那样久久地微笑。在西方的彩画玻璃窗上，一团雾气顷刻间就能使它粉红色的脸鼓胀得像一个小天使。山冈和河谷周围云雾缭绕，一大块灰蒙蒙的薄云慵懒地包围着东方，却又带着比一只充满爱情的眼睛更多的激情。我们的眼睛已经在天空中找到了如此丰富宁静的音乐激情，不禁热泪盈眶。此时此刻，我们轻而易举就能走进索福克勒斯的一出悲剧，柏拉图的一则对话，斯宾诺莎的生平，菲洛皮门[1]之死的境界。然而生活立即把我们拉了回来。我们还是决定去卢浮宫。几分钟后，S 中尉又想起他还要去做客，我的兄弟去了王家街茶馆，他希望在那里遇到某夫人，其他人则要去背弃他们的灵魂，某些人这样做是出于自

---

[1]菲洛皮门(约公元前 252—前 182)，亚该亚联盟的将军，公元前 182 年被人下毒害死。

愿,而绝大多数人则是出于习惯。

张小鲁　译

司鼓

[法国]阿兰

乐队中的司鼓比操定音鼓的乐师还更令人惊诧，他手底下通常还有一面大鼓以及铙钹和唱铃一类的东西，因此颇有些气派。这位乐师演奏时虽总露出烦倦的表情，却从不会失锤。司鼓们几乎都是同一副模样：大腹便便，常常闭紧双唇暗暗地打哈欠。希波克拉特[1]曾解释说，这种自然的抑制性打哈欠动作可使横膈膜下移，便于吸入大量空气，同青蛙鼓肚的原理是一样的。不过乐师也会因此而患消化不良症——也就是现在人们常说的所谓"停食"。

司鼓一般在乐队最高处就座，就像主持晚祷的司铎。由

---

[1]希波克拉特(公元前 460—前 377)，古希腊医生。

管弦乐器奏出的优美旋律提不起他的精神。然而，倘若他一眼瞥见两位竖琴师开始将手指放在琴弦上来回抚弄，便知道乐曲需要加些色调了——评论家们是这么说的——于是操起手中的武器，以机灵的目光打量一下乐队指挥，随后敲击出一连串顿挫有序、节拍准确的鼓点儿。这鼓声也许意味着浴血搏斗，宣告胜利凯旋，表现乡村节日的喧闹，描写牛羊回圈的情景或晚祷的气氛，具体内容依手头乐器的不同而定。

我同许多人一样，常常被这纪律严明的小乐队所奏出的优美乐章所陶醉。我发现，一切节奏整齐的声音必然是严明的纪律的产物，然而我也注意到，“走调”的现象总是免不了的。大号是以经常走调而闻名的；横笛、小喇叭和巴松管也常出问题；甚至乐队的主体——小提琴，偶尔也会奏出几个生硬的音符。而我们的司鼓却永远不会错：每当乐队指挥扬起双臂，他便像卸木料一样送出一阵节奏准确的轰鸣。

如果说凯旋进行曲的精粹全部蕴含在这一连串的鼓声之中，那是毫不过分的。它惟妙惟肖地模仿了凯旋大军的步伐，丰富了人们的想象，无怪乎相比之下乐队中其他乐器要显得大为逊色。然而我们不能忘记，这鼓声毕竟像服从军令一样听从那位双手握锤的司鼓的发落，我们的司鼓因此也就无愧为世界上威力无比的英雄好汉了。他用鼓声奏出凯旋大军的坚定步伐，激荡着我们的情感，命运的脉搏再没有更好的象征了。

那么司鼓手本人都有哪些情趣和嗜好呢?他到底喜爱古典作品还是现代作品?喜欢旋律还是喜欢和声?喜欢俄罗斯的节日还是西班牙的节日?我想,他在做出选择之前须先问问手下那几面鼓。也许他还捉弄一下乐队指挥。他常常看见乐队指挥嘴里嚼着口香糖,将手指卷成小喇叭筒对着铜管乐队比比划划;或者挥动棒尖令乐队奏出一连串震音,最后挥手指着全体乐师向观众躬身施礼,似乎在说,“若没有他们我可就一筹莫展了”。上述种种都是美国人的把戏,而且很时兴。不过有时我却很怀疑这些音乐家们是否真喜欢音乐,如果这样的话恐怕他们早就在风华正茂时夭亡了吧。我还记得有一回听一位首席小提琴家的独奏,看他那副表情真比吃泻盐还难受。乐曲终了,在一片掌声中他匆匆站起身,慌慌忙忙好像还要去赶午夜十二点一刻的火车。但是,优美的音乐毕竟是真正的主宰,在上乘音乐面前,乐队唯有俯首听命而已。

我这里还想顺便提一提竖琴,这种乐器所奏出的声响绝不比铙钹的声音更富于音乐性,然而乐曲的最佳效果却往往取决于这类乐器的功劳。怎样使旋律和嘈杂之音相得益彰,怎样使弦乐器凭借洪水般的涛声扬长避短,这无疑是音乐家们最感兴趣的问题。必须承认,音乐脱离了锣鼓的渲染就会变成一场奇特的悲剧。至于和声、旋律乃至指挥的效果会因此而变成什么样子,也是我们十分想了解的。但是,这些问题未免太复杂了。值得庆幸的是,我们能够在乐曲中感受到奔放的力量，这说明司鼓手应当成为世界上最受敬重的人物。

罗竞　译

论悲剧中合唱队的运用[1]

〔德国〕席勒

一部诗的作品应该自我表白，然而在行动不表明什么的地方，言语也不会帮多少忙。因此，人们可能会很愉快地让合唱队来充当他自己的代言人，只要它本身刚好适合于表演。但是，悲剧诗作只有通过舞台表演才成为一个整体：诗人仅仅提供语言，音乐和舞蹈必须添加进去，它才变得富有生气。因此，只要合唱队缺乏这种富有感性力量的伙伴，那么在悲剧的经济结构中它同样永远将是一种外在事物，一个奇特物体，也只是中断情节发展、干扰幻觉和向观众进行说明的一个间歇点。为了让合唱队行使自己的权利，人们就不得不使

[1]本文是席勒为自己的最后的一部悲剧《墨西拿的新娘》写的序，也是他最后一篇散文。

自己由现实的舞台转移到一个可能的舞台，不过，凡是人们想要达到某种更高东西的地方就必定有这种情况。艺术应该获得它还没有的东西，手段方面的偶然缺陷不应该限制诗人的创造性想象力。他使最有价值的东西成为目的，他为理想而奋斗，表演艺术则要迁就环境。

经常听到有人断言，观众使艺术堕落了，那是不符合事实的；是艺术家使观众堕落了，而且在艺术衰落的任何时代，都是艺术家使艺术堕落了。观众只需要敏感性，而他们也有这种敏感性。他们怀着一种不确定的渴望，带着多方面的能力来到帷幕之前。他们把一种一种才能带向最高的东西，他们欣赏聪慧的人和合理的事，而且，一旦他们开始满足于坏人坏事，那么他们就肯定会不再要求优秀的东西，即使把这种东西给予他们，他们也不会要。

大家听到的反对理由是，按照理想进行创作，诗人就是好的，根据观念进行判断，艺术鉴赏家就是好的，但受条件限制的表演艺术以需要为基础。老板要生存，演员要表演，观众要消遣和受到感动。他们寻求满足，又总是不满足，当人们指望他们紧张的时候，他们却在期待游戏和休息。

但是，当大家严肃地对待剧院的时候，大家并不想取消而是要净化观众的满足。观众应该持续进行游行，不过进行的是一种诗意的游戏。一切艺术都是致力于给人愉悦的，而且没有比使人们感到幸福快乐更高尚和更严肃的任务了。那种努力获取最高乐趣的艺术才是真正的艺术。然而最高的乐趣就是人在他的所有能力的生气勃勃游戏中获得的自由。

每个人虽然都期待借助想象力的艺术而在一定程度上摆脱实在事物的限制,可他更愿意为可能的事物感到高兴和给他的想象提供空间。即使这个人最少期待,然而他也愿意忘记他的职业,他的平庸生活,他的个体,他还希望感到自己处在特殊的境况之中,希望欣赏偶然事物的奇异组合,如果他具有严肃认真的天性,那他就希望在剧院中发现合乎道德的天下大治,而这种天下大治是他在现实生活中感到已经失落了的。但是,他自己也很清楚,他不过在进行一种空泛的游戏,在本来意义上他只是在欣赏梦幻,而且一旦他从剧场重新回到现实世界之中,那种完全压抑人的困境又会包围他,他像从前一样是他的牺牲品,因为它本来就仍然是它曾经是的东西,而且在他这一方也丝毫没有变化。因此,通过看戏得到的仅仅是一个悦人耳目的瞬间的幻象,清醒过来时它就消失了。

正因为在这里目的仅仅是一个短暂的假象,所以也就仅仅是一个真实性的假象,或者说,令人喜爱的可能性是必需的,人们那样乐意把这种可能性放在真实性的位置上。

但是,真正的艺术之目的不仅仅在于一种短暂的游戏,它的严肃目的在于,不仅使人进入自由的瞬间梦境,而且使他在活动中实际上得到自由,而达到这个目的的手段是,它在他身上唤醒、训练和提高一种能力，而把感性世界，那种反而仅仅作为一种盲目的感力压抑着我们的感性世界，移到一个客观的远方，变为一个我们心灵的自由产品，并且由观念控制物质的东西。

也正因为真正的艺术要求某种现实的东西和客观的东西，所以它就不可能仅仅满足于真实性的假象；它要在真实性本身之上，在自然的牢固深厚的基础之上建立起它理想的大厦。

如此说来，那艺术就既是完全理想的，而在最深刻的意义上同时又是现实的——它应该和可能既完全离弃现实事物而又最严格地与自然相一致，这是很难预料的东西，它那样贪婪地创造诗歌作品和造型作品的景象，因为两种要求在共同的判断中似乎完全相互抵消了。

的确常常遇到这种情况，即人们力图以牺牲一者而达到另一者，而正因为此二者就都达不到。尽管自然对某人丧失了一种忠实感和亲切感，但是，假如创造性想象力不起作用了，那么这个人就会成为现实事物的忠实描绘者，他会捕捉到偶然的现象，可是根本把握不住自然的生命。他只不过会把世界的材料归还给我们，然而正因为如此这就不是我们的作品，不是我们创造精神的自由产品，因而也就不可能具有以自由为内容的那种艺术的有益作用。一个那样的艺术家和诗人允许我们离去时所怀的心情，虽然是严肃的，然而是不愉快的，而且我们甚至通过应该解放我们的艺术想象而感到自己又痛苦地重新回到了平庸窘迫的现实之中。相反，如果有谁虽然得到了一种活跃的想象却部分地丧失了情感和性格，那么这个人就不会关心真实性；而力图仅仅用世界的材料来游戏，力图仅仅借助幻想的奇异组合来骇世惊俗，而且就像他的全部行动仅仅是泡影和假象那样，他虽然得到了片刻的消遣，可是在情感中却一无所获和毫无根底。他的游戏就像另一种人的严肃那样，不是诗意的。想象的产物彼此任意地排列着，即没有形成理想，而现实事物又刻板地带回来，即没有表现自然。两种要求那样少地相互冲突，以致相反他们都是同一个东西，以致艺术只有完全离弃现实事物和成为纯粹观念的东西才是实在的。自然甚至仅仅是一种从不俯就感觉的精神观念。尽管自然处在现象的表层之下，但是它甚至从来没有达到过现象。只是理想的艺术就消失了，或者确切地说，它不再去把握宇宙的这种精神，也不再凝结成一个实体的形象。而且，即使理想的艺术本身从来就不可能使宇宙精神出现在感觉面前，但是借助它的创造威力，宇宙精神终究会被带到想象力面前，而且借此就比现实更真实而比经验更现实。由此自动产生的结果是，艺术家可能不需要来自现实的单独因素，而且他发现，如果他的作品应该是一个现实的整体并与自然相一致，那么这个作品的任何部分都必须是观念的。

属于诗和艺术的东西总体上是真实的，这也适用于诗和艺术的一切种类，而且从现在所说的一直到悲剧，它都可以轻而易举地加以运用。即使在这里大家会感到腻烦，现在还是得同自然事物的一般概念作斗争，这种概念恰恰会取消和毁灭一切诗和艺术。尽管人们将就造型艺术，然而与其说是由于内在的原因倒不如说是由于形式的原因它才达到某种理想性，但是，人们要求诗而特别是戏剧体诗提供幻觉，假如这种幻觉也实际上产生了，那么它就会始终只是变戏法者的一种可怜的欺骗。一切外在的东西在进行戏剧表演的情况下都是与这个概念对立的——一切只不过是现实事物的象征。在剧场里，甚至白昼也不过是一种人为的东西，建筑物仅仅是一种象征性的东西，合辙押韵的语言本身就是理想化的，但是，情节既然是现实的，那么部分也就必定破坏整体。所以，首先完全误解古代精神的法国人在剧院里实施了按照最平庸的经验主义理解的地点和时间的一致，似乎在这里另一个地点会是纯粹理想的空间，而不同的时间会纯粹是情节的固定顺序。

由于采用了合辙押韵的语言，人们对诗体悲剧却已经更加靠近了一大步。一些抒情的尝试在剧院里幸运地被通过了，而且诗由于它的一些活力而在个别之中获得了对流行偏见的一些胜利。但是，如果整体不出现差错，个别就很少取得胜利，而且不足之处就在于，人们把那种无论如何是一切诗的本质的东西仅仅当作一种诗的自由来容忍。采用合唱队可能是最后的,决定性的步骤——如果这个步骤也仅仅是为了公开正当地向艺术中的自然主义宣战,那么对于我们它肯定是一堵活生生的墙,这堵墙使悲剧围绕着自身进行,完全与现实世界隔绝,并且保持它的理想的基础,维护它的诗的自由。

众所周知,希腊人的悲剧是起源于合唱队的。但是,一旦悲剧历史地即按照时间顺序地从合唱队中逐渐分离出来了,那也就可以说,它诗意地即按照精神实质地从合唱队中产生出来了,而且假如没有情节的这些固定的见证人和承担者,就会从情节中产生出一种完全不同的诗。因此,取消合唱队以及把这个具有强大感性力量的工具集中到那个无聊地重复贫乏的熟悉事物的无个性的角色身上,并不像法国人及其应声虫所自夸的那样是什么悲剧的伟大改进。

那种本来只与神、英雄和帝王打交道的古代悲剧,需要合唱队作为一种必不可少的随从,她在自然中找到了它而且需要它,因为她找到了它。英雄和帝王的行动和命运本来就是光明正大的,而且在原始时代情况更是如此。因此,合唱队在古代悲剧中更多是一种天然的工具,它早就从现实生活的诗化形态中产生出来了。在现代的悲剧中它成为一种技巧工具,它帮助诗产生出来。现代诗人不再在自然中找寻合唱队,他必须诗化地创造和采用它,也就是说,他必须用他所处理的情节进行那样一种变革，借此情节就会重新回到那种天真无邪的时代并重新恢复那种纯朴单一的形式。

正因为合唱队使现代的平庸世界变为古代的诗意世界，因为它创造出一切对他无功利关系的东西，并把与诗对立的东西提高为最单纯、最纯朴和最天真的题材，所以，合唱队对现代的悲剧作家所作的贡献比对古代的诗人所作的贡献还要重要得多。帝王的宫殿现在已经关闭了，法庭从城市的大门口退回到房屋的内部，文字取代了活生生的言语，甚至人民，感性活跃的群众，在他们不是作为粗野的暴力起作用的地方，就成了国家，因而成了抽象的概念，诸神回到了人的胸中。诗人应该重新打开宫殿，他应该把法庭带到自由的天空之下，他必须重新创造诸神，他必须重新建造一切直接被人为安排现实生活所抬高的东西，并且像雕塑家抛弃时髦的衣服那样，抛弃人们身旁和周围的一切矫揉造作的拙劣作品，这些作品阻碍着表现人的内在天性和他的纯朴性格，而且他应该从人的一切外在环境中仅仅采纳那种体现着最高尚的合乎人性形态的东西。

但是，正如造型艺术家为了豪华优雅地填塞他的形象的空间，为了使形象的各个单独部分牢固地结合成静态的总体，为了使耀眼悦目的色彩大有用武之地，为了同时机智地掩盖和揭示合乎人性的形态，他为他的人物披上满是褶皱的衣服，悲剧诗人也同样让一种抒情的浮华杜撰浸透和包裹他认真斟酌过的情节和他所处理人物的固定轮廓，在这种杜撰之中那些行动着的人物仿佛穿着满是褶皱的紫袍，怀着矜持的尊严和高度镇静，自由而高贵地转动着。

在一个高级的结构中材料或组成各部分的东西再也不可能是显而易见的了，化学的颜色消失在有机体的优美肉色之中。不过，材料仍然具有它的美妙之处，并且可以作为这样的材料被容纳进一个艺术体。然而，在这种情况下它必须凭借生命、丰富与和谐获得它的位置，而且它周围的形式必须不会由于它的沉重而被压死。

在造型艺术的作品中这对每个人都是很容易理解的，但是在诗中，而且在这里所说的悲剧诗中，这种情况确实存在。理智在一般情况下所表白的一切东西，同样也就像那种单纯刺激感官的东西一样，在一篇诗歌作品中仅仅是材料和粗糙的因素，而在这种东西泛滥的地方诗意的东西也就必然会被毁灭；因为这种东西恰恰存在于观念的东西和感性的东西不起作用的地方。可是现在，人是那样的有教养，以致他总是想从特殊走向一般，因而反思也就必定在悲剧中保持着自己的位置。不过，它应该得到这个位置，所以他不得不借助表演重新赢得它在感性生活方面所缺乏的东西，因为，如果诗的两种要素，理想的东西和感性的东西不内在地结合起来共同发生作用，那么它们就必定并列地发生作用，或者诗就被取消了。当天平不完全处于中点上的时候，这时平衡只能通过两个秤盘的摇摆来建立。

而现在合唱队在悲剧中就在实现这种平衡。合唱队本来就不是一个个体，而是一个一般的概念，但是这个概念通过一个具有强大感性力量的群体体现出来，这个群体由于完全在场而使感觉得到深刻印象。为了完整地阐述过去和未来，遥远的时代和民族以及合乎人性的东西，为了吸取生活的伟大成果和说明智慧的理论，合唱队离开了情节的狭隘范围，然而，它做成这件事情是凭借想象的全部威力，凭借一种有独创性的抒情自由，这种自由达到了人类事物的最高峰并且伴随着诸神的脚步一起出现——同时它做成这件事情也由于伴随着声调动人的韵律和音乐的全部感性威力。

因此，当合唱队把反思同情节分离开来的时候，它就使悲剧诗纯洁了，而且正是由于这种分离反思本身也具有了诗的力量；正好像造型艺术家借助一种富有美和魅力的衣褶改变了服装的平庸简陋一样。

然而，正好像画家为了使重大题材保持平衡而强迫自己注意加强有生命事物的色调那样，合唱队的抒情语言迫使诗人按比例地提高诗的全部语言并借此特别加强表情的感性威力。只有合唱队才使悲剧诗人可以这样提高声调来使耳朵得到满足，因为这样提高声调使心灵紧张起来，扩展着整个心境。在他的印象中的这样一个巨人形象迫使他让他的一切人物都穿上厚底靴，并借此使他的生动描绘具有悲剧的伟大。如果抛弃合唱队，那么悲剧的语言就不得不整个降低，或者现在是伟大和强大的东西就会显得勉强和夸张。古代的合唱队被引进了法国的悲剧，它被表现得非常不充分并被毁灭了；毫无疑问，正是它才使莎士比亚的悲剧具有了真正的价值。

如同合唱队使语言生气勃勃那样，它使行动沉着冷静——不过是美好高尚的沉着冷静，这种沉着冷静是一个高尚的艺术作品必需的品格。因为观众的心境即使处在最强烈的激情之中也应该保持它的自由，它不应该是印象的掠夺物，而应该始终清楚明白地同它所承受的激动区分开来。平庸的判断力经常对合唱队所做的指摘是：它会取消幻觉，它会破坏激情的威力。这为它作了最高的推荐，因为这种激情的盲目威力恰恰是真正的艺术家所回避的，激发这种幻觉恰恰是他所鄙弃的。假如悲剧用来击中我们心灵的打击不间断地接二连三出现，那么痛苦就会战胜悲剧性。我们就会与题材混杂在一起并且不再超脱于题材之上。由于合唱队互相分离地保持各个部分，并在激情与它的冷静观察之间徘徊，它就把我们的自由归还给我们，而这种自由是会失落在激情的狂飙之中的。就是悲剧人物本身为了全神贯注也需要这个立足点，这种沉着冷静；因为他们不是仅仅听命于瞬间威力和仅仅表现个体的现实的人，而是他们类型的理想人物和理想代表，而这种代表人物表现出人性的深层。合唱队作为进行审判的证人审问他们,并且由于它的干预就控制着他们激情的第一次爆发,这种合唱队在场就会提出了他们冷静地行动和庄严地说话的理由。他们似乎本来就处身在一个天然的舞台上,因为他们在观众面前说话和行动,正因为此他们也就更加合适地从艺术舞台中出来对观众说话。

关于我赞同把古代合唱队引回到悲剧舞台的话说了这么多。尽管大家早就在现代悲剧中认识了许多合唱队,但是,古希腊悲剧的合唱队,像我在这里所运用的,作为一种出色的理想角色承担和伴随整个情节的合唱队,与那种歌剧的合唱队有着本质的区别,如果我有机会听到谈论的是古希腊的合唱队而不是一般合唱队,那么我就会怀疑,人们对所谈论的东西并不真正懂得。据我所知,古代悲剧的合唱队自从悲剧衰落以来就从来没有重新在剧院里出现过。

尽管我把合唱队分解为两部分并以自我争论的形式表演,但是,这样做的条件仅仅是,它同时作为真正的角色和盲目的人群在活动。作为合唱队和作为理想人物,它始终是自我同一的。我改变了地点并且多次让合唱队下场了,不过,就是悲剧的创造者埃斯库罗斯和悲剧艺术大师索福克勒斯也运用过这种自由。

我容许自己享有的另一种自由,可能更难以辩护。我把基督教和古希腊神学混合起来应用, 甚至提到摩尔人的迷信。不过,情节的发生地点是墨西拿,在那里这三种宗教一部分继续活跃着,一部分在纪念碑上继续发生作用并且显示出意义。而在这种情况下我认为,把各种不同的宗教作为一个想象力的共同整体来处理,这是诗的一种权力,在这个整体中一切具有独特性质的东西,都表现出独特的感受方式,取得自己的位置。神圣东西的观念,甚至宗教存在于一切宗教的外壳之中,而且它应该允许诗人以他每次都最方便和最准确地发现它的那种形式来阐明这种情况。

张玉能　译

关于音乐的形而上学[1]

〔德国〕叔本华

从我的，在下列所引第一卷段落中已有过、这里将让读者再读到的，这种奇妙艺术之特殊意义的阐述中，已经得出如下结论：在这门艺术的成就与作为表象世界即自然之间，虽然没有任何相似性，但一定有一种明确的对应，它此后也已被证实。我还要对它补充若干值得注意的详细规定——一切和声的四音，即低音、高音、女低音和女高音，或称基音、三度音、五度音和八度音，符合生存序列的四个阶段，即矿物界、植物界、动物界和人类。这还得到对音乐的基本规则的一种异乎寻常的证明，即低音始终远远低于上三音彼此之间的

[1]译自叔本华的《作为意志与表象的世界》第39章。

距离；所以它从不更接近它们，充其量到八度音为止，但通常远远低于它。然后，正规的三和弦才在基音的第三个八度音中找到它的位置。与此相应，低音在这里总是很远的、扩大的和声的效果，要比那些狭窄的、被挪上来很近的和声的效果更洪亮、更美得多，后者只因乐器的狭隘范围而被采用。但是，这整个规则决不是随意安排的，其根源在于音响系统之天然的起源；就是说，只要最近的、借助于附带震动而共鸣的和声音阶是八度音及其五度音。按照这个规则，我们认识自然的基本特性之音乐性的类似物，由于那种特性，有机物彼此之间比同矿物界无生命的无机团块有更密切的近似性，在无机团块与有机物之间有着最明显的界线和整个自然界最宽阔的鸿沟。——演唱曲调的高声也是和声的组成部分，其中甚至与最深沉的低音相调和，这一点可以作为如下事实的类似情况来观察，即同一物，既在一个人的有机体中是人的理念的载体，同时还必须表现并承载重量与化学特性、即意志客观化的最低级阶段的理念。

音乐不像其他一切艺术，它不表现理念或意志客观化之各阶段，而是直接表现意志本身；所以由此可以说明，音乐直接影响倾听者的意志，即感觉、热情和情绪，于是它很快增高这一切，或者还改变它们。

音乐远不是诗歌的一种单纯的辅助，肯定是一门独立的艺术，甚至是一切艺术中最强有力的，所以完全凭借自己的手段达到其目的；它肯定不需要歌曲的歌词，或歌剧的情节。音乐作为音乐只认识声音，但不认识造成这些声音的原因。因此对于它来说，连人声在来源上和本质上都无非是一种被修饰过的声音，甚至像一种乐器的声音，并和每种其他声音一样，有固有的优点和缺点，这些都是造成这种声音的乐器的一种后果。在这种情况下，如果这种乐器从另一方面作为语言的工具，还用以传达概念，这是一种偶然的情况，音乐当然也可以利用它，以便与诗歌发生联系；但音乐决不可以把这当作主要任务，完全只关心通常甚至(像狄德罗在《拉摩之侄》中让我们明白的)在本质上淡而无味的诗篇的表达方式。歌词对于音乐是而且始终是一件陌生的附加物，具有次等价值，因为声音的效果比歌词的效果强烈得多，可靠得多，迅速得多。所以歌词如为音乐所合并，必定只占有一个完全次要的地位，全盘适应于前者。但是，至于一定的诗篇，如歌曲或配上音乐的歌剧剧本，关系则变得相反。因为音响艺术立即在它们身上显示了它的力量和高级本领，对于歌词所表达的感觉，或者歌剧所表现的情节，给予了最深刻的、最后的、最机密的阐释，宣示了它本身的真正的本质，并教导我们认识行动和事件之最内在的灵魂，而舞台上所上演的不过是它们的躯壳而已。关于音乐的这种优势，尽管它对于剧本、对于情节的关系，犹如普遍之于个别，规则之于例证，但与其说音乐为歌词而作，不如说歌词为音乐而作，也许更恰当些。不过，按照通常的方法，歌词的词句和情节，把作曲者引到意志以它们为基础的爱慕上来，并在他的身上唤起了将要表达的感情；这些感情因此作为他的音乐幻想的兴奋剂而发生作用。——此外，对音乐附加诗文之所以令我们高兴，一首附有易懂歌词的歌曲之所以令我们心悦，正由于我们最直接的和最间接的认识方式同时并一起被引发了。最直接的是音乐为之表现意志本身的触动的认识方式，而最间接的则是以言词表示的概念的认识方式。鉴于感觉的语言，理性不愿意一味静坐，无所事事。音乐诚然能够利用自己的手段表达意志的每种运动，每种感觉；但通过词句的附加物，我们此外还得到感觉的对象，使它们得以产生的动机。——一出歌剧的音乐，如它在总谱中所表现的，有一个完全独立的，分开的，仿佛抽象的自在生存，它对剧本的情节和人物都感到陌生，只遵循它自己的不变的规则；所以它即使没有台词也完全生效。但是，这种音乐既是照顾剧本而创作的，便仿佛是后者的灵魂，因为它在与情节、人物和歌词的联系中，表示了所有那些情节的内在意义，和以之为基础的、最后的而又机密的必然性。观众如果不是一个单纯爱凑热闹的人，他的乐趣在这里原本以一种模糊的感觉为根据。然而，尽管如此，音乐在歌剧中，由于对情节的所有物质性全然冷漠，便显示出它的异类性质和高超的天性；其结果它到处以同样的方式表现了热情的风暴和感觉的激昂，并以其音响的同一种豪华气概来伴奏，无论是阿伽门农和阿希里斯，还是一个市民家庭的纠纷，都可以提供剧本的素材。因为对它来说，只有热情，意志运动才是现存的，而它像神一样，只看得见心灵。它决不与素材同化；所以即使它伴随诙谐歌剧之最可笑的和最荒唐无稽的恶作剧，它仍然保持其本质上的美丽、纯洁与崇高；它与那些事情相融合，不可能把它从其原本少见一切可笑性的高处拉下来。所以，我们的生存之深刻而严肃的意义，漂浮在人生的闹剧与无尽的悲惨之上，片刻也离不开这一些。

现在让我们来看一下纯粹的器乐；一曲贝多芬的交响乐会给我们显示以最完整的规章为基础的最大的混乱，在下一瞬间将形成最美的和谐的最剧烈的斗争：这是贺拉斯所谓的"世界之不和谐的和谐"，世界本质之真实而完美的反映，世界一直滚转在无数形态之无从估计的混乱之中，并通过持续的破坏以维持生存。但是，从这种交响乐中同时说出了人类一切的热情与情绪：无数细微差别的喜悦、悲伤、情爱、仇恨、恐惧、希望等等，但一切仿佛只在抽象中，而无任何特殊化可言：这就是它们的没有实体的纯形式，正如一个没有物质的纯精神世界。当然，我们倾向于在倾听中将它实现，在想象中赋予它以骨肉，并在其中看见人生和自然的种种场景。但是，从总体看来，这并不能促进对音乐的理解或享受，毋宁给予它一种异样的任意的补充：所以直接地、纯粹地理解它，会更好些。

在我迄今如在歌词中，单从形而上方面、亦即鉴于其成就的内在意义，观察了音乐之后，还对它在作用于我们的精神的同时，用以树立同一物的手段，做一番普遍的观察，同时证实音乐的那些形而上方面与充分研究过并众所周知的物质方面的联系，是适当的。——我从众所周知的决不因新近的异议而动摇的理论出发，即一切声音的和谐取决于震颤的重合，当两个声音同时鸣响时，这种和谐往往在每第二次，或每第三次，或每第四次震颤时应验，因此它们然后是彼此的八度音，五度音，或四度音等等。这就是说，只要两个音的震颤彼此有一个合理的可表现为小数字的关系，它们就可以通过它们一再反复的重合，凝聚在我们的领悟中：这些音响互相融合，并因此协调起来。与此相反，如果那个关系是一个不合理的、或一个只可表现成大数字的关系；那么没有任何可理解的震颤之重合可以应验，而是它们经常不断地互相喧嚷，因此它们抗拒凝聚在我们的领悟中，所以称为一个不和谐音。依据这种理论，音乐是一种不怎么像算术那样，借助概念而使合理的和不合理的数字关系可理解，而是使之成为一种完全直接的同时进行的感性认识的手段。音乐的形而上的意义与它的这种物质的算术的基础相结合，取决于抗拒我们的领悟者，不合理者，或称不和谐音，变成了抗拒我们的意志者的天然的形象；反之，和谐音，或称合理者，轻易地顺从了我们的领悟，便变成意志的满足的形象。因为此外震颤的数字关系中那种合理者和不合理者容许无数的程度，微差，后果和变化；于是借助于它，音乐变成素材，其中人心即意志的一切活动，以最细致的明暗变化与修饰，忠实地得以描摹和反映，这是借助旋律的发明而发生的，而那些意志活动的本质内容则永远导致满足和不满足，虽然在数不清的程度上。我们因此在这里看见意志活动渐渐过渡到纯表象的领域，这是一切美的艺术的成就之独有的活动场所；因为这些艺术完全要求，意志本身不介入，我们无例外地采取纯认识者的态度。所以，被激发的决不是意志本身的爱慕，即真正的痛苦和真正的快意，而只是它们的代用品，适应智力者，作为意志满足的形象，和多少抗拒智力者，作为大小痛苦的形象。只有这样，音乐才不会使我们感到真正的悲痛，而即使在其最痛苦的和弦中仍然令人愉快，我们则乐意在它的语言中倾听我们的意志之隐蔽的历史及其一切激动和追求，连同其各种各样的拖延、阻碍和烦恼，即使还在最悲哀的旋律中。与此相反，在现实及其恐怖中，我们的意志本身却是如此被激动和被折磨着；因为我们毫不涉及音响及其数字关系，现在甚至毋宁是绷紧的、被拨动的颤栗的弦。

因为此外，依据作为基础的物理学理论，音响的固有音乐性与其震颤的迅速性成比例，但不是在其相对的强度上；因此，爱好音乐的听觉永远首先追随最高音，而不是最强音。所以，即使有最强的管弦乐伴奏，女高音也显得突出，并因此对曲调的演奏保持一种天然的权利，这种权利同时为演奏的、基于震颤之同一迅速性的、巨大的敏捷性所支援，正如它显示在华彩化的(被妆饰过的，激动而华丽的)乐章中，因此女高音是被提高的、易于接受最轻微印象并通过这种印象而可测定的敏感性之适宜的代表，从而也是位于本性阶梯之最高阶段的、提升得最高的意识之适宜的代表。从相反的原因，构成它的对立面的，则是僵硬的低音，它只在巨大音程，三度音、四度音和五度音中有所升降，同时每一步都由固定的规则所引导，它所以是无感觉的、不易感受轻微印象的、只可按照普遍规律测定的、无机的自然界之天然的代表。它甚至不可提高一个音，例如从四度音到五度音；因为这样会在较高音中造成错误的五度音序列和八度音序列；所以原本按其本性而言，低音决不能演奏曲调。如果给它分配了曲调，那是借助于对位法而发生的，就是说，它是一个被变音的低音，即较高音之一被降下来，伪装成低音；其实它还需要一个第二基本低音作为它的伴奏。一种位于低音的旋律的这种矫揉造作导致，充满伴奏的低音咏叹调决不像女高音咏叹调，给我们提供纯洁的、未被污染的享受，唯有后者在和声的前后关联中才是符合自然规律的。顺便说一下，这样一个富于旋律性的、因变音而显得勉强的低音，在我们的音乐形而上学的意义上，可比作一个被强加以人形的大理石块：它正因此奇妙地适宜于充当《唐璜》中的那位石客。

但是，我们现在还想稍微深入地研究一下旋律的起源，这须将旋律分解为其组成部分才办得到，而且无论如何会给我们提供乐趣，这种乐趣是由于使人人具体意识到的事物突然变成抽象而又明确的意识，从而赢得新颖的外貌。

旋律由两个因素构成，一个是节奏因素，一个是和谐因素：前者也可称作数量因素，后者可称为质量因素，因为前者涉及声音的时间长短，后者涉及它们的高度和深度。在记谱法中前者依垂直线而定，后者依水平线而定。二者基本上是纯算术关系，即时间关系：一是声音的相对长短，另一是震颤的相对快慢。节奏因素是最根本的；因为它自然而然地，不需要另一个，就能表现出一种旋律来，例如在鼓上那样；但完美的旋律却需要两种因素。就是说，它存在于二者的一种交替的纠纷和和解之中；正如我即将指出，但首先却想比较详细地观察一下节奏因素，因为迄今为止已经说到过和谐因素了。

节奏在时间上正如对称在空间上，划分成相等的互相适应的部分，虽然首先分裂成较大的、然后变成较小的、从属于前者的部分。在我所开列的艺术序列中，建筑和音乐构成两个极端。按照它们的本质、它们的力量、它们的领域范围与它们的意义，它们还是最异质的，的确，真正的相对极。这种对立甚至扩展到它们的表现的形式上，因为建筑只是在空间中，与时间没有任何关系，音乐只是在时间中，与空间没有任何关系[1]。由此产生它们独特的类似，即在建筑中，对称是排列者和集合者，而在音乐中，节奏也是这样，由此还可证明，两极端相接触。正如一座建筑物的最后组成部分是完全同样的石头，一个乐曲的最后组成部分是完全同样的节拍；但是，后者还通过上拍和下拍，或者一般通过标志节奏风格的数字分数，分成相等的部分，必要时可以拿它来比较石头的大小。乐段由更多节拍构成，它同样具有两个相等的一半，一个是上升的，进取的，通常走向属音，另一个是下降的，抚慰性的，重新发现基本音。两个或几个乐段构成一个等份，它大多通过重复标志而同样对称地倍增：两个等份构成一个小乐曲，或者仅是一个大乐曲的一个乐章；正如一个协奏曲或奏鸣曲惯于由三个乐章，一个交响乐则由四个乐章，一个弥撒曲由五个乐章组成。我们于是看见乐曲，经过对称性的划分和再划分，下降成为节拍及其分数，处于其肢体之无例外的下级、上级和侧级，正是这样聚合成一个整体而结束，正如大型建筑物通过其对称而结束一样；只是前者仅仅在时间上，而后者仅仅在空间上。这种类似的单纯感觉引出了近三十年来经常重复的时髦的妙语，建筑是冻结的音乐。这个妙语的起源

[1]认为雕塑和绘画在表现生活、动作、情节时，因为其作品虽然不是直接地但却是间接地与时间相关联，便也只是在空间中：这是一个错误的异议。说诗歌作为话语也只属于时间，同样是错误的。正是这样，只是直接说到词语；认为它们的素材都是存在物，因此是空间性的，也应当说是错误的。——原注

可以追溯到歌德，因为按照艾克曼似的谈话录第二卷第88页，他曾经说过，“我在我的原稿中找到一页，我在那里把建筑艺术称之为一种凝固的音乐：它真有几分相似：从建筑艺术发出的情调，接近音乐的效应。”大概他很早在谈话中无意间说过这个妙语，然后众所周知，少不了这样一些人，把他无意说过的那句话捡了起来，然后走过来用它打扮一番。此外，无论歌德说了些什么，我在这里将音乐与建筑的类似归之为其唯一的依据，即归之为节奏与对称的类似，相应地只能延伸到外在的形式，但决不涉及两门艺术的内在本质，二者有天渊之别。想把一切艺术之最迟钝者和最软弱者同本质上最扩大者和最有效者等量齐观，实在是可笑的。作为上述类似的发挥，还可补充如下：如果音乐仿佛在一次独立欲望的发作中，抓住一个延长符号的机会，以便从节奏的束缚中解脱出来后，大肆炫耀一个华彩乐段的自由想象，那么这样一个被剥夺节奏的乐曲便类似被剥夺对称的废墟，用那个妙语的勇敢语言，可以称之为一个冰冻的乐段了。

在这样探讨节奏之后，我现在必须说明，旋律的本质是怎样存在于它的节奏因素与和谐因素之永远更新的纠纷与和解中。就是说，它的和谐因素以基音为前提，正如节奏因素以节拍种类为前提，并通过一切音阶的声音，存在于对基音的偏离中，直至它经过或长或短的弯路，达到一个和谐的阶段，通常是属音或下属音，它给和谐因素提供一种不完美的抚慰作用；然后接着，按同样长的道路，是它对基音的回归，随之出现完美的抚慰。但二者必须这样发生，即对上述阶段的抵达，像对基音的重新发现一样，须与节奏的某种被偏爱的时刻相巧合，否则不发生作用。因此，和谐序列需要某些声音，首先是主音，除了它，还需要属音等等；这样，节奏就它这方面来说，需要某些时刻，某些被数出的节拍和这些节拍的某些等份，人们称之为重的或好的时刻、或强调的节拍等份，与轻的或坏的时刻、或未强调的节拍等份正相反。这两种基本因素的纠纷在于，一个的要求得到了满足，另一个的要求却没有，但和解却在于二者同时并一次得到满足。就是说，后者在一定数目的节拍之后，然后在节拍的一个良好的时间等份，必定遇见音列的那种漫游，直至抵达一个或多或少的和谐阶段，这个阶段因此变成那些节拍的某一个间歇点；正是这样，对主音的回归在一种同样数目的节拍之后，并同样在一个良好的时间等份，重新发现后者，然后由此出现充分的满足。只要两种因素的满足之这种被要求的巧合没有达到，那么一方面节奏会按其常规进行，另一方面被要求的音符会经常足够地出现；虽然如此，它们始终完全没有那种借以产生旋律的效果：下列最简单的例子，可能有助于说明这一点：和谐音列在第一个节拍的结尾立即遇见主音；只是它并不因此获得满足，因为节奏正处于最坏的节拍等份。紧接着在第二节拍中，节奏有了良好的节拍等份；但音列已来到第七音。

于是旋律的两种因素在这里完全陷于纠纷；我们便感到了不安。在乐段的下一半，一切颠倒过来，它们在最后一个音产生了和解。这个过程将在每个旋律中得到证实，虽然一般在大得多的范围内。这两种因素在这种情况下经常发生的纠纷与和解，形而上地来看，则是新希望得以产生、随后得以满足的反映。音乐永远为充分满足我们的心的愿望而给它演奏，正是这样赢得了我们的欢心，仔细观察一下，我们在旋律的这个过程中，看见一种近乎内在的条件(和谐的)与一种外在的(节奏的)条件，似乎通过一种偶然相巧合——这种巧合当然是作曲家造成的，就这一点而言，它可以比作诗歌中的韵脚；但这正是我们的愿望同不依赖于它们的、有利的外在情况、即幸运的形象相巧合的反映——在这种情况下，延留音的作用还值得注意一下。它是一个不和谐音，拖延着肯定被期待的、最后的和音；因此对它的要求加强了，它的出现便越是令人满足。显然这是意志因延宕而被提高的满足之类似物。完美的华彩乐段对属音要求前面的七音和弦；因为只有在最迫切的要求之后，才可能是被感觉得最深刻的满足和完全的抚慰。这就是说，音乐无例外地存在于或多或少使人不安的、即引起渴望的和弦同或多或少使人安静而又满足的和弦之一种持续不断的更迭中；恰如心(意志)的生命，是由于希望或恐惧而产生的或大或小的不安，与稳重得如此不同的宽慰之一种持续不断的更迭。据此看来，和声的连续进行在于不和谐音与和音之合乎艺术规律的交替。倒是一系列纯和音的和弦会令人腻味,令人厌倦,而且显得空洞,犹如一切愿望得以满足所导致的那种 languor(倦怠)。所以不和谐音虽然使人不安,几乎使人痛苦,却必须加以推广,但只为了带着恰当的准备,重新转变为和谐音。的确,在整个音乐中本来只有两种基本和弦:不和谐的七和弦和和谐的三和弦,一切出现的和弦都归属这二者。这正与下列情况相符:对于意志而言,根本上只有不满足和满足,尽管它们也可能以多种多样形态表现自己。而且正如性情有两种普遍的基本情绪,兴高采烈或者至少是精力充沛,和郁郁不欢或者压抑苦恼;因此音乐也有两种普遍的音响风格,和前者相适应的大调和小调,而且它必须永远处于二者之一。但实际上非常奇妙的是,有一个既不是肉体上痛苦的,也不是习俗上常有的虽然如此却立即引人注目而又显而易见的痛苦标志:小调。由此可以判断,音乐是多么深刻地建立在事物与人的本质的基础上——在生活于困难条件下的北方诸民族,尤其是俄罗斯民族中,小调风靡一时,甚至在教堂音乐中——小调中的快板在法国音乐中屡见不鲜,而且是它的特色;这好似是一个人跳舞的时候鞋子夹脚一样。

我还补充几点附带观察——在主音的变换以及一切音程之价值的变换之下 (在其序列中同一音华彩化为二度音、三度音、四度音等等),音阶的各音响近似演员,必须时而接受这个,时而接受那个角色,而其本人则始终是同一个。演员经常不够精确地适应角色,这一点可以比作(在第一卷第52节结尾处提到过的)每种和谐体系之不可避免的污染,这种污染已造成同样悬而未决的平均律(音响体系的确定)。

也许有人会对这样说有所反感,即音乐经常对我们产生如此鼓舞精神的作用,以致使我们认为,它在说另一个比我们的这个更好的世界,按照它的这种形而上学而论,实际上不过奉承求生意志而已,因为音乐向它表现了它的本质,在它面前描绘了它的成功,并在最后表示了它的满意和满足。下列一段《吠陀经》的摘句,可能有助于宽解这样的疑虑:"而拥有幸福感,意味着一种乐趣,因而被称为最高的自我,因为凡有乐趣处,它都是其乐趣的一小部分。"(不是按《奥义书》原文直译)

绿原 译

表演唱

〔奥地利〕阿·波尔加

对这位女歌手的嗓音，我只有一句置评："她原本是一个女中音。"对大多数女低音都可以如此评价，而不必担什么特别的风险。然而，我认为这位女士是一个出色的演员。她的天才从第一瞥就已显露出来，此话毫无夸张。她朝演出大厅居高临下的那一瞥，似乎不是在寻求什么，却又给所有熟客一个感觉，即她已经愉快地注意到了各位的赏光。区区一瞥，足见其台风纯情。

若对那位伴奏者置评，只能说他的伴奏被湮没了。为女中音伴奏，只能是这种效果。

连同加演的节目，这位小姐在大厅内总共倾泻了二十二首歌曲。大小花束，五彩缤纷，烘托着情感的迷宫。女歌手自如地驾驭着歌声的旋律起伏，时而从炙热跃入冰冷，时而从忧郁转向纵情，时而从意大利式的爽朗欢快骤然收敛为德国式的悲惨凄凉。

当她歌颂阳春时，脸庞绽开了花容，眼睛似在鸣啭，嘴角反射着阳光。

当她咏叹严冬时，表情顿若冰霜，颤抖的双臂斜抱在胸前。

若是一首悲哀之歌，女歌手的神情会更为悲恸，俊美的眉宇间刻下了忧伤的皱纹，睫毛低垂，额头后仰，宛若偎在一只痛苦的枕头上。

若是一首诙谐之歌，她则上身微俯，亲亲密密地踱近观众，似在娓娓述说：其中奥秘只有你我知悉，旁人无须知晓。

在我看来，令人惊讶不已的是，那女歌手的表情因歌而异，随曲变化；她把玩着千种表情，将恣情纵容的舞台装点得跌宕洒脱，忽而明亮若白昼，忽而黯淡如黄昏；她在曲调激荡奔流时不胜趔趄，在音律微风涟漪时金步轻摇，煞是一个惹人疼怜的人儿，一位非同寻常的小姐。

她似乎涉足过错综复杂的"演唱大法"山间迷宫，学习过腹肌群训练的种种秘诀。她的吟唱源自肩胛骨，她的发声来自横膈膜，她的底气吸自骨盆区，她把剩余之气储蓄在鼻腔内，她颤抖着卷成"S"形的舌头修饰自己的音色。但是，所有这些魔术般的技巧，均被她的表演天赋所掩盖；外行人窥不透她是如何巧施技艺的。她的演唱技巧,丝毫不露痕迹地融入了表情的和形体的似乎专司表达的各种动作之中。

这位女低音歌手努力使她的表演在钢琴伴奏尾声中达到高潮。她的演唱已经结束,但令人惊叹的是她居然能够胜任地持续内心的乐调,表情毫不松懈,直至钢琴伴奏者曲终收势;此刻,她摆出一副出神走魂的表情,宛若沉迷于乐曲的艺术魅力,而她的呼吸伴随着钢琴的旋律间或休止。此刻的她,灵魂似已飘然而去,空留一副躯壳作为抵押,直至钢琴曲罢方才恢复自我。她的呼吸以精确测定的匀速渐次平缓,从而恰恰在钢琴敲响最后一个音节时恢复到正常点。在这短短几拍伴奏尾声中,她的感情放贷轻而易举地收回了长时间的鼓掌;此类动作虽然只有寥寥数个,但博得的掌声却肯定有增无减。不知道她能否算得上是一位著名的歌唱家?若称之为著名的表演家,或许尚不离谱;至于嗓音嘛,原本不过是个女中音。

王建政　译

纯真的声音

〔日本〕川端康成

这件事，在盲人音乐家宫城道雄担任上野音乐学校教师之后不久就发生了。

“有一天，我在音乐学校让筝曲科的学生演唱了我作曲的歌。演唱者都是女子学校的毕业生，或是她们的同龄人。她们的歌声好坏另当别论，但她们的声音非常纯真，深深地拨动了我的心弦。歌词是吟咏式的。我让她们演唱，自己恍如遨游天府聆听着仙女的合唱一样，油然生起一股难以名状的感情。我曾听过一张巴哈[1]的声乐唱片。这张大合唱的唱片，是特地邀集少女们来演唱的。曲子虽然相同，不过有异于普通

[1]巴哈(1685—1750)，德国作曲家，风琴演奏者。

合唱，它别有一番风味。我曾被那些演唱所打动。当时我心里想：今后试写一曲，把少女们的声音也写进去。”

这是洋溢着美好实感的语言。宫城把这篇文章命题为《纯真的声音》。这时他双目失明，他的喜悦就显得更加纯真。这点我们也是十分了解的。他把自己的歌曲当作是天府仙女们的合唱，听得入迷，内心感到清静、幸福，以致达到了忘我的境地。诚然，这时辰是无比纯洁的。

我们不是音乐家，可是听了少女的“纯真的声音”，也想闭上眼睛，让思绪在梦境的世外桃源翱翔。这种事情，也是很少见的。我上小学时，有位比我低一班的少女，她的声音格外优美。她朗读课本，声音着实清脆悦耳。我打她的教室的窗边走过，听见了她的声音。那声音，至今仍萦绕在我的耳旁。另外，读了宫城的《纯真的声音》，使我想起了不知什么时候收音机里的一次广播，像是播放了女学生辩论大会实况，就是说逐个播放了少女们的简短的演说。她们是由东京几家女校选派的，每校一人。反正都是少女的事，语言稚嫩，内容肤浅，朗读语调大多似鹦鹉学舌。当然这不是唱歌。对女学生的声音之优美，我只是感到惊讶。它洋溢着蓬勃的朝气。比起我眼前见到的她们的形象来，这种朝气更能使我感受到少女青春的活力。犹如双目失明的人只听见声音一样。我想，倘使多播放几次既不是音乐也不是戏剧，而是少女日常的“纯真的声音”，那该多好啊。论幼儿的声音，还得数西方幼儿的声音甜美。记得有一回在帝国饭店,再不就是夏天在镰仓的饭店,一听到西方幼儿呼唤母亲的声音，我仿佛吸吮着母亲的乳房，又回到幼稚的童年了。

少女们和儿童们的合唱之甜美,在舒伯特的音乐片《未完成的交响乐》中早已为广大群众所熟悉。特别合唱又当别论,作为独唱声乐家,少女或者处女首先就很难是卓越的。因为她们的声音不够圆润和浑厚。这不仅限于音乐。在所有艺术领域里,处女是被别人歌颂的,而她们自己却不能歌唱。戏剧也是如此。成年的女性或非女性的男性,反而可以表演或描写处女的纯洁,这似乎是可悲的。可是,只要想到一切艺术都不过是人走向成熟的道路,那就不用悲叹了。当今日本社会许多方面都阻碍着女艺术家的成长，这才是应该悲叹的……我一边写一边回忆起那位法兰西中年妇女鲁涅·舒美艾,因为我听过她同宫城的合奏。她有粗壮的脖子,厚实的胸脯,以及像拳击家或大力士般的胳膊,野兽般的威武。

在一篇小说里,我这样描述了当时的印象:

"第二部分节目一启幕,只见舞台里边围着金色的屏风,安放在台前的是一只色彩柔和的桐木制七弦琴,而不是冰凉的充满力感的巨型钢琴。舒美艾将宫城道雄作曲的《春之海》里的尺八旋律,改编成小提琴曲,并在原作曲者的琴声伴奏下,演奏了小提琴。

"真没想到今晚一位国际知名的音乐家会和一位日本的

天才音乐家同台演出。他们当中，一位曾每天从法国穷乡僻壤矫健地徒步八英里，去音乐教师家里学习；一位七岁上双目失明，为维持一家贫困的生活，十四岁时流落朝鲜京城，当了琴师。他们两人超越了种族和性别的界限，彼此共鸣，少有地用东西方两种琴和谐地合奏。光是看到他们两人——一人身穿带家徽的黑色日本礼服，一人身穿黑色西式礼服——在舞台上出现，就会深受感动。掌声四起，这是理所当然的。

据说合奏的曲子是描写海浪声、摇橹声、翱翔的海鸥、明朗春天的海洋。而且西住(小说中的人物)也在内心世界里描绘了春之海。听着小提琴声送出的甜美清晰的日本旋律，他不禁回忆起初恋时那股纯真的感情。实际上，他未曾见过这样的少女，然而日本式的少女的幻影却浮现在他的脑海里，使他沉湎在童心纯洁的梦境中。

有时小提琴声听起来就像尺八声，有时七弦琴声又像钢琴声，合奏者如此协调，达到了天衣无缝的地步。

在鲁涅壮实的胳膊下，道雄那瘦小的指头，恍如神经质的小虫在细小的琴弦上颤动。

“简直是男女颠倒过来了。”西住喃喃自语。确实，演奏结束之后，他们接受献花、谢幕。退场时，这两人也好像是骑士和病弱的少女似的，由法国女郎照拂着日本盲人音乐家。

就连道雄也高兴得无以名状，他全然看不见形象，只是听到声音，脸上却泛起这种人特有的温柔而安详的微笑，而微笑中洋溢着一种盲人的虚幻和日本人的谦恭的气氛。她粗壮的手牵着他瘦弱的手,她壮实的胳膊搂着他微向前倾的细小的肩膀。他迈着无力的脚步。人们看到这般模样,心里不免掀起一股像是日本古琴声似的哀愁。

而且在鲁涅那男子般的姿态和道雄那女子般的体形中,没有什么令人厌恶的地方,这是达到高度艺术境界的人所表现出来的美妙的和谐,这加倍地引起听众对音乐的兴致,场上响起了经久不息的暴风雨般的欢呼声。

当然,谢幕再演的还是《春之海》。这回鲁涅退居配角,她亲自牵着盲乐师的手出现在舞台上,让他坐在七弦琴前。

有的听众感动得落泪了。这时宫城露出了纯真的喜悦,可以说这确是艺术家的幸福。宫城本人也在《春之海》这篇文章中提到:"我不管离开多么遥远,艺术的精神始终不变。这使我感到非常高兴。"这篇文章透露,舒美艾在回法国之后,也说过她做了一件很好的工作。她爱听日本的七弦琴,请宫城弹了几曲,其中尤其喜爱《春之海》;一夜之间她改编成小提琴曲,翌日就造访了原作曲者,给原作曲者演奏了。宫城说:"一次就表现出符合我心意的感情了。尽管语言不通,但舒美艾和我是心心相印的。"舒美艾希望将这支曲子作为礼物留在日本,因此灌了唱片,我也曾看过两三次以这张唱片伴奏的舞蹈表演。

可是,为了宫城的名誉,我现在打算重新修改我的小说中的印象记,因为实际的宫城,用"病弱的少女"或"日本古琴声似的哀愁"之类的形容是概括不了的。在泰国舞蹈团访日演出的开幕式上，我第一次在近处看见了宫城。他那纤细而神经质的姿态，表现出一种意想不到的坚强的气派。与他和舒美艾并肩在舞台上表演时，给人的印象迥然不同。

当晚泰国驻日公使举办了晚会，秩父宫、高松宫和其他皇族都莅临了。贵妃殿下带着花束光临，大概是为了对远方来的舞蹈演员表示一点心意吧。以国务大臣为首的朝野知名人士也来了，然而会场上没有戒备森严的样子。我辈很少有机会出席这种场面，不免产生了这种想法：映入人们眼帘的，冈田首相的脑袋同青芋一模一样，是个老实人的派头；而林陆军大臣的面孔则比照片上的面孔显得更加和颜悦色，这是颇有意思的。倘使他们对待本国的艺术家也如此敬重，那该多令人高兴啊。泰国舞蹈团的舞蹈演员们大多是少女，与我国女学生年龄相仿。

要发扬泰国的舞蹈传统，还得下一番工夫。她们的体态也像我国的少女，不过显得更加纤弱罢了。总而言之，很是可怜。如果说少女的声音是"纯真的声音"，那么少女的形体可以说是"纯真的形体"了吧。表现全身功夫的舞蹈，尤其是赤身露体的西方舞蹈，就是这种"纯真的形体"美。它是巨大的令人感动的源泉。说舞蹈极大限度地表现了女性美，也不是没有道理的。只要女性的最高生命是形体美，那么舞蹈也许就应该是女性的本来愿望了。

当前，再没有什么艺术比舞蹈更直接地尊重处女的美了。然而,就是舞蹈里也有许多少女和处女,充当了不能令人十分满意的舞姬。这就是舞姬的矛盾所在,苦恼也因此而扎下了根。这姑且不说。既然有"纯真的声音",又有"纯真的形体",就应该有所谓的"纯真的精神"。古往今来的文学对这种精神当然是赞不绝口的。但是如果认为在少女或年轻姑娘当中,几乎没有优秀的作家,那么,不仅是女性,就是我们男子也会感到遗憾的。女学生无论作为诗人或作为散文家,为什么还不及小学女生呢?首先,少女的歌唱,声音这样优美,这样"纯真";少女的舞蹈,形体这样优美,这样"纯真",在文学上这是看不到的。

一般来说,女性比男性擅长写信。女子的信远比男子的信更容易流露直率的感情,它是生动的、有血有肉的。就是写人物,女子要比男子更能亲自捕捉人物的印象,很多时候更能畅通无阻地靠近她所描写的人物。我认为这就是女子难能可贵之处。读了无名的年轻女子的小说,我感到越写得拙劣就越显出这女子的可贵。这可能就是"纯真的精神"的表现吧。对女性来说,也许少女的纯洁和艺术的关系,是一个难以处理的问题。

1935年7月

叶渭渠 译

卡来利雅之歌

〔日本〕五木宽之

这年的白夜季节就要开始的时候，我在芬兰的赫尔辛基。

赫尔辛基称作“北方的白都”，又名“波罗的海的宝石”。然而，我从列宁格勒来到这里的当天，大街上漆黑一片，给人以阴郁感。也许因为冰冷的小雨不住下着的缘故吧。

后来，我又访问了斯堪的纳维亚半岛的其他各国，那时，我的印象，从某种意义上，可以说触及了芬兰这个国家的本质方面。

谈起北欧，一句话，斯堪的纳维亚四国，是个令人惊奇的不同国家的集合，不仅仅是国体的各异。

每个国家的历史和民族都不同，似乎处在一种对立和抗争的关系之中。大家一谈起北欧，总联想起富裕的生活和享乐的居民。我以为，这完全是错觉。抑或瑞典的形象过于强烈，人们认为北欧一概都是富于浪漫情调的幻想之国。

芬兰绝非富裕之国。它没有瑞典那样丰富的资源和现代工业，也不像挪威有发达的渔业和海洋运输产业，也缺乏丹麦那样丰饶的现代农业。这是一片由无数小型湖沼和森林组成的黑暗、寒冷的风土，人们不把自己的国家称作芬兰，而是叫“斯欧密”。

“斯欧密”直到数十年之前还是受沙俄和瑞典王国统治的国家。数百年间，这两个强国骑在这个国家和国民的头上，像轧地的碳子一样滚来滚去。在压制和战火之中，“斯欧密”铸就了黑暗和死寂般的沉默。它是第二个最靠近北极的国家，酷寒的国土和持续半年的黑暗的季节，在“斯欧密”国民的性格里更加刻印了一层深深的内省和克己的痕迹。我在大街上看到的人们的面孔，和其他北欧国家人们的表情完全不同。

六月下旬，白夜季节，这条街上举行西贝柳斯纪念节。从世界各国来了一些管弦乐队和合唱团，在音乐大厅里演奏西贝柳斯的作品。在人们寄予西贝柳斯的爱里，总感到有一种超越对于音乐的执着的东西。这究竟是什么呢？在细雨飘零的公园的人行道上，我一边走一边思索着。

这个到后来才明白。和西贝柳斯不可分割的，那便是同卡来利雅的紧密关系。

卡来利雅，是一片现属于苏联管辖、有着悠久历史的土地。古代的“斯密欧”人，从遥远的亚洲经过了长途跋涉最后在这里定居下来。可以说这是一片母亲的土地。深浓的雾，裸露的岩石，布满了无数湖沼的黑暗而荒凉的地带。然而，芬兰人同卡来利雅紧紧联结着生存下来了。那首名扬世界的传承诗《卡来利雅》就产生在这里。第二次世界大战中，战败国芬兰将卡来利雅作为赔偿，割让给苏联了。所谓卡来利雅，就是他们失掉的土地。

西贝柳斯的许多作品，都是受到卡来利雅的传承的触发而写作的。他的音乐所流动着的情念的背后，洋溢着“斯欧密”对卡来利雅热爱与悲痛的浓重的激情。

在我们所聆听的音乐的主题和情念的背后，也许时常潜隐着这样的感知吧。

我在《雾中的卡来利雅》这篇作品里，想试图描写这种感知。作为小说，以主观的感慨先行，这就多少失掉了一些平衡。然而，对于我，这是一篇难以忘怀的作品。

奥玛蒂指挥的菲拉德鲁伐管弦乐团演奏的《多乃拉的天鹅》和《芬兰德雅》，我感到有些过于明快了。我觉得“斯欧密”人所具有的那种厚重而黏着的自卑感，似乎有些脱落了。

每当聆听西贝柳斯的音乐，我便感到同强国邻接的小国的悲剧性格。“音乐，不可那般欣赏，应当尽量徜徉于纯粹的艺术感知中。"——一位朋友对我说。但是,我却不以为然。如果说,艺术的根本是反映深刻的人性,那么,一个民族的命运和音乐总是紧紧联系在一起的。

我国的音乐世界里,所缺少的也许正是这样的知识吧。

陈德文 译

爵士乐

〔英国〕金斯利·埃米斯

我生于1922年，大概是英国第一代把爵士乐当成完全自然的事物看待的人之一。它既不新，也不奇，不算异国情调，并且肯定没有被视为不体面，或因为是“黑人的”而受到怀疑。老一辈当时反对它，却只增加它的魅力。当我长大了些，我发现我以前认为是爵士乐的东西其实只是跳舞音乐，或因“商业化”而被我怀疑是跳舞音乐。我已经讲过当我抵达牛津的时候，在主要是菲利普·拉金的影响下，如何热情高涨，见识增长。爵士乐成了我生活的一部分，现在仍是。每天早晨我在家里都要在那个小型收录机上放十来首歌曲，它们大部分都是从电台广播中或从老式78转唱片上录下。例如今天听两三支很久以前录下的强劲的迪士兰爵士乐曲，我竟忘记了乐队的名字，这些乐曲是史利皮·约翰·埃斯特斯的《抛弃妈妈》,这位布鲁斯歌手大概没人知道了,就连划时代的《新格罗夫爵士乐词典》也未必有他的条目;还有一两首乔·透纳与佩特·约翰逊的钢琴弹奏，以及马格西·施帕尼尔一首所谓的"大十六"。明天也许就轮到阿蒂·萧?干吗不?现在他已属于一个消失了的世界,他的东西也似乎变得很不商业化了!

因为……在1941年,我进牛津的第一年,我发现爵士乐不仅可以娱乐和活跃气氛,还可以是很感人的,尽管不见得像某些古典作品的章节那么精彩。我尤其受到我们称为班克斯一派的人吸引,他们在1932年组成一个小乐队打进乐坛,成员包括小号手亨利·艾伦,单簧管手和低音萨克斯管手皮·维·拉塞尔,以及法茨·沃勒,他的名字即使在他死后将近半个世纪的今天,也仍然被人提及。班克斯本人是一个歌手,可称为男声最高音歌手，用某种标准来衡量也许不是很爵士，但却很使我着迷,尤其是他的发音。我那时不知道这类歌手脑子里可记住数百首布鲁斯歌词,他们会在指定的时刻随意地对这些歌词作若干增减。我觉得班克斯是在演唱某种相关的、具有令人叹为观止的超现实主义特色的歌曲或诗歌。《蜘蛛爬行》就可佐证:

啊,瞧那只蜘蛛爬上那堵墙……

让我做你的小狗直到大狗赶来……

墓园无疑是一个简陋的老地方……

我的女郎就像一株低泣的柳树……

在这些歌词行间，小号和单簧管交织起神奇的鸣奏和阿拉伯花式。拉金有一盒，我没有也得不到：录音带已洗掉，也绝版了。这盒录音带对我是如此重要，以致在 1943 年前后它再次上市时，我立即就去买来，尽管那时我正在军队服役，没地方听它。我把它放在我行军床旁边的桌子上，只是为了瞧着它；它就像一个圣像，为了防止不小心扫掉，我从不随便拿起它。从来没有任何古典稀珍能像它那么稀珍。

这个小故事足以印证爵士乐对我的影响，而不必再列举我们百听不厌的阿姆斯特朗和比克塞斯，以及“芝加哥节奏王”的作品，也不必再分析它的魅力：简单、强烈，音调优美(一如布鲁斯·蒙哥马利一再强调的)而非富于节奏感。听它一会儿无异于进入一个未经提及未经写及的浪漫世界，纯真，几乎是天真。要是我在 1941 年这个以查利·帕克和迪士·吉莱斯皮开始在演奏的音乐为特色的“现代”爵士乐产生的年份，知道它竟也是我刚刚喜爱上的音乐开始慢慢地但肯定地走向灭亡的时候，那我一定会吓坏的。

《蜘蛛爬行》像班克斯乐队另三支乐曲，是一首布鲁斯，意思就是说它包含每十二节有一次短暂的合唱，使用尽可能简单的和弦模进[1],实际上只局限于主音的、下属音的和属音第七音程的和弦。其他标准爵士乐音调所使用的模进就不会更复杂了。据一则已讲了上千次的记述,帕克和他的追随者们迫切需要某种更高超、更冒险(天啊)的东西,并谱写和演奏出用和弦改变每个节拍的音调——演奏起来更好玩。要听更好玩的,任何好玩的?看来是不要让这对耳朵听的了。

其他在那时一点也没有觉察到的敌人也从不同的方向进攻我们的爵士乐,我的爵士乐,或者很快就要发动。它的听众增加了。(就像伊赛亚·柏林在讲到另一件事时所说的:"开始流行起来了?那一定是在衰微了。")有爵士乐演唱会。在一群热情的观众面前露面——他们永远是热情的——由于强调经常潜伏于表演者身上的表现狂而损害音乐,并带来了用眼睛看可能很好玩但用耳朵听却会闷坏的劳什子——冗长的鼓击独奏、低音提琴独奏。慢转唱片可能是最致命的一击,它发明于 1948 年,废除了 78 转粗纹唱片所强调的集中和简明。它有额外的三分钟,显然是一开始就有意选择好的,旨在适应普通的舞厅乐曲。爵士乐批评家、杂志、大学课程也纷纷涌现,从而很有礼貌地帮助把它置于死地。

---

[1]模进,指和弦的音型在新的高音上重复出现。

1941年之后很多年，甚至到1948年，爵士乐一直很团结，因为很多富于独创性的乐师仍健在，并以老一套方式演奏；例如，亨利·艾伦生于1908年，拉塞尔生于1906年。但是我1958年去美国时，已能够感觉到混乱。一些老听众死了，爵士乐演奏者短命；有些人离开，有些人"适应"了。那些仍在那里演奏的，则似乎失去热情。希利[1]曾经注意到这点，并在我们1958年12月首次光顾纽约市东五十六街的艾迪·康敦夜总会后(经过那些门道就像进入灵堂)在日记里写道："乐队演奏了出色的芝加哥风格的乐曲，但是未曾达到我们很多老唱片的杰出水平。"

那天晚上出席和表演的乐师包括黑人小号手雷克斯·斯图尔特(1907—1967)，我们从家中的唱片里知道他的一些早期作品。他虽然是一个很出色和很卓越的表演者，但他永远都有一种炫耀技术的倾向，可现在他显然更进一步，一边演奏一边跳踢踏舞，突然放声歌唱，轻声叫喊下流话，并用他的小号制造动物的或其他的声音。我刚才这番评论再好不过地说明了在观众面前演奏爵士乐的危险，不过美国人到那个时候甚至再后来都确实比我这种服膺纯粹主义的欧洲人更加倾向于把爵士乐当成一种杂耍。但是他的表演就像其他人的表演一样，没有我们所知道的那么好。

[1]希利是作者的第一任妻子。

后来雷克斯走来和我们聊了几分钟，他是一个矮胖厚实的人，有点像留胡子的黑人版的蒂博尔·扎穆利。他谈到杜克·艾灵顿，他曾在艾灵顿的乐队呆过十一年。他说他是一位很难相处的、飞扬跋扈的人，在他手下工作不容易，但他也用一个乐师所能有的话赞扬他，而他自己心目中的英雄则是西贝柳斯。我在这里直称他雷克斯，是因为我后来跟他有点交往，我们在纽约吃过两三次饭。我觉得他和蔼可亲、玩世不恭，会看轻另一些人，举个我认为相称的例子，他抱怨阿姆斯特朗早已被好莱坞吞掉了。当我们进一步谈及他在艾灵顿乐队的日子，我问他，他和乐队其他人是否知道英国国王乔治六世收藏有艾灵顿每一张美国原版唱片。"啊，我们知道，"他说，"当田纳西州或南卡罗来纳州的酒店拒绝接待我们，我们会说，'看开点，乔治喜欢我们，乔治喜欢我们。'"

一位喜爱爵士乐的出版商桑迪·理查德逊特别在他位于宾夕法尼亚州霍普威尔的家中安排一场音乐会招待希利和我，雷克斯成了这个音乐会的主脑。桑迪较早前曾带我们去听威尔伯·德帕里斯和他的乐队演奏他们的"新新奥尔良"音乐，这种音乐很不错，那是因为仍可以听出老新奥尔良的余韵，而不是有什么新音调。总之，雷克斯带领了一帮人，包括单簧管手布斯特·贝利、长号手J.C.希金博和另一个叫做乔·托马斯的小号手。舞会和音乐会在花园里进行。我对贝利的风格不太以为然，觉得过于机械，没生气，但因他外表酷似当时阿拉伯联合共和国[1]的总统纳赛尔上校，以及在其他乐师完成独奏后总要声嘶力竭喊出一番通明（通明是或曾经是黑人对白人的巴结）——“难道他不是最了不起的，金斯利！”总算做了一点儿补偿。我曾经认为希金博是所有长号手之中最伟大的；我曾经在另一个场合怀着比对W.H.奥登更大的敬意跟他握手，但是那个晚上他的表演并非登峰造极，甚至可以说走下坡。托马斯是我一直很想听的，但他却因喝醉而不能表演。他松了口气说：“比切特老伯刚死去。”而我直到此刻才发现，其实那时比切特已死去足足一个月了。托马斯这一慷慨的举动似乎是要表明这个悲伤的事件与我有点关系，或至少我对这件事暗自窃喜。但是他喝下另一杯酒之后便把这件事忘光了。

那个晚上既令人高兴、激动，又令人失望。由于屋外太冷，我们便挤进桑迪的别墅，乐队则继续在一间比宽敞的厨房大不了多少的房间里表演。雷克斯开始“通过他的喇叭讲话”，用小号可辨认地说出“为了米克的爱，请给我另一杯酒”和另一些不那么彬彬有礼的社交话。我告诉自己，别计较，这是一个舞会。

我在新泽西州兰贝维尔出席一场爵士音乐会，表演者是杜克·艾灵顿管弦乐队和来自英国的约翰尼·丹克华斯乐队。

---

[1] 1958年埃及和叙利亚合并的国名。

观众对客人很有礼貌，并且没有半点虚假，克利奥·莱恩非常精彩，获得前所未有的热烈掌声。当她唱“I don't stand a ghost of a chance with you”时，用英国音拉长“chance”中那个A，我听了心里有一种怪怪的得意。至于艾灵顿乐队，则是全国性的乐队。然而……我的感觉因我们打道回国之前不久访问了贝德兰德而变得清晰起来。我心中一直想抹掉对他们的大部分表演的观感，但是米勒斯·戴维斯那支内蕴、低沉、酸苦的小号一直缠绕不去。我对爵士乐的前途曾有所闻，那些话听起来是很可怕的。

1961年，美国音乐学家亨利·普利桑茨出版了一本小书，叫做《一种音乐之死？》，书中的论述颇合我意。他说当一种音乐或某种类型的音乐失去与歌曲的所有联系，接着又失去与舞蹈的所有联系时，它也就失去听众，注定灭亡。普利桑茨所说的音乐是严肃的古典音乐，无论你想怎样称呼它。该书最后三分之一有一篇内容充实的附文，辩称说，爵士乐，或者他喜欢说的美国音乐，由于维持其与歌曲的联系，将成为未来的音乐，并将赢得现代严肃音乐失去的那批观众。大约二十年后我在英格兰遇到普利桑茨，我问他：“从自那以后发生的事情看，你现在不会再那样看爵士乐了吧？”——“不会，”他说，“绝对不会。”于是我们接着同意，爵士乐已经走上跟它的老大哥一样的路，没落了。

完全地。只有名字留下来(我略去一些我们曾经拥有的多少有点价值的集成曲不谈)。在这些年中(多少？四十年？)从蒙特威尔第发展到约翰·凯奇,在某种程度上也算不错了。从“热门五大”到奥尔内特·柯勒曼？没有什么比这点更让我感到自己完全老了,即明白到曾经是我生命中最重要的一部分东西,现在什么也不是,只是一个该死的大洞。我是说,诗歌、小说和很多其他东西都已经衰微得很厉害了,但它们并没有消失(除了过去作家的模仿作品)。

最后一批爵士乐师之一,曾经很伟大的“不羁的比尔·戴维森”在1989年5月来到伦敦,当我去看他时,这位八十三岁的小老头正穿着和服坐着吃一碗看上去像炒杂碎的东西。他正在开始一次英国巡回演唱会,拍档是八十四岁的钢琴手阿特·霍迪斯,后者在四十年前简直无与伦比(菲利普·拉金在谈到他时说,他仿佛有三只手,却不知道如何应付它们)。与他们一起登场表演“美国迪士兰爵士乐传奇”的,是一个大概是英国人的乐队,叫做“约翰·彼得斯的迪士兰爵士乐师”。我离场了,就他送给我的他的若干近作的可悲地乏味的成绩而言,我这样做也许是明智的。同年11月,戴维森在加州逝世。

我从未临场听过我心目中伟大的英雄皮·维·拉塞尔,也从未见过他本人,尽管在1959年我曾有一次机会。但是可以肯定这并非什么坏事,因为他也已“适应”或至少衰落了,一如他的唱片所表明的。

我可以在最新的设备上听到至少跟以往一样棒的班克斯乐队的音乐,但是今时听到的东西已不同于往日。

黄灿然　译

布鲁斯的功用

〔美国〕詹姆斯·鲍德温

“布鲁斯的功用”这个题目要谈论的并不是音乐；我对音乐一无所知。它要谈论的是形成布鲁斯的人生经验，或生命状态。现在，我有很多地方用得着布鲁斯，我要把它当成一个隐喻来用——我也可能用上诸如“悲苦的功用”或“痛楚的功用”之类的题目。但是我想谈论布鲁斯，不仅是因为布鲁斯道出这种特殊的人生经验和生命状态，还因为布鲁斯包含一种艰辛，它使得这种经验得以诉说。这样一来，我就是在参与一场有关技巧，或者换一个危险的词，一场有关艺术的讨论了。并且我想说明，接受了在布鲁斯中找到的这种悲苦和对它的表达，也就创造了某种快乐，不管这话听起来有多古怪。现在，这快乐是一种真正的状态，是一种现实；它与大多数人谈及幸福时所想的无关，因那不是一种真正的状态，而且并不真正存在。

想想布鲁斯所涉及的一些东西。它涉及工作、爱情、死亡、洪水、私刑，事实上它涵盖在"严酷人生"这个专横的标题之下所能概括的一系列灾难。现已去世的贝西·史密斯❶来自"南方腹地"的某处。我猜她生于1898年前后；她是一个伟大的布鲁斯歌手，死在密西西比。她的一生漫长而艰辛——不是很漫长，但是很艰辛：猪脚和杜松子酒，很多灾难性的情人，以及一种最初得意继而潦倒的职业。她是在从一间医院转往另一间医院的途中死去的。她遇上了汽车交通事故，她一只手臂脱臼；由于医务人员因为她是黑人而争辩是否让她入院治疗，她就这样死去了。这不是一个霍拉蒂奥·阿尔杰❷想写的故事。话说回来，贝西见得多，包括一次水灾。她谈到这次水灾，她说："下了五天大雨，天空变得暗如黑夜。"她重复："下了五天大雨，天空变得暗如黑夜。"接着是"低洼地在夜里发生不幸。"接着她继续说：

然后打雷闪电狂风骤起

成千上万人没地方可去

❶史密斯（1894—1937），美国黑人女歌手，被誉为"布鲁斯女王"。
❷阿尔杰（1834—1899），美国儿童文学作家。

这首歌讲得很清楚，她是他们之中的一人。但是她以一种奇异的方式结束：

回水[1]布鲁斯来了逼使我收捡细软离开
因为我的房子倒塌
我再也不能住在那里

比利·霍利戴[2]稍后出现，她也有一个不同寻常的故事，这种故事《生活》杂志是绝对不会刊登的，除非那是一篇苦中有甜的硬性伤感故事式的讣告——在讣告里，无论多么无助，那个突出的告示将会令人松一口气。她是一位来自南方的小姑娘，她也曾沉溺于杜松子酒、威士忌和毒品。她死于纽约一间戒毒室，就该城市和美国对她犯下的罪行而言，她死时的环境是极其恐怖和屈辱的，而她具有某种她称之为"比利的布鲁斯"的东西：

我男人不给我正餐
不给我晚饭
抱怨我的晚饭，把我赶出家门
还胆敢在我衣服上放一个挂锁

---

[1]回水，指往后退的流水。
[2]霍利戴(1915—1959)，美国女歌手，曾在妓院当过使女。

我拥有的不是很多，但我有一条很长很长的路要
走

还有，还有一个例子——贝思·史密斯有一首叫做《杜松子酒馆布鲁斯》的歌。这是另一种布鲁斯，而我也许应该向你解释一下——一个黑人遇到难熬的日子，一切都糟透了，最糟的是，他跟电梯司机或出租汽车司机或某个他从未见过的人打了一架，这个人似乎决定要证明他是白人而你是黑人。但是在这个特殊的星期二，事情远远超过你的承受力——你知道，有时候你是能够承受的。但是这一回贝思做不了，于是她坐在杜松子酒馆里唱起来：

别惹我，谁都别惹我
因为你绝不会赢
我会打垮陆军和海军
就凭我和我的杜松子酒

好了，你知道，这些都是非常准确非常具体的。我知道，我看到，我在那里。你见到这些黑人男子和妇女，这些男孩和女孩；你见到他们在大街上。但是我知道他们在工厂、在工作时、在家中、在地铁里是什么样子的，我知道他们怎样度过一天，怎样把它打发掉。这是非常非常容易骗倒人的。这是一条

极危险的钢丝。他们也许是很克制、很有教养的;我也很愿意把自己想象成很克制和很有教养的,但我知道我不是。我还知道某个不大可能的星期三,电梯司机或看门人,警察或房东,或哪个来自布朗克斯区的少年,会因为随便一个理由而讲点什么,而那一天、那一刻刚好是不能向我说那种话的,天知道这时会发生什么事。这种事情我都见过,见得太多了。布鲁斯所描述的,全来自这类事情。

“杜松子酒馆布鲁斯”是一家真正存在的杜松子酒馆。“回水水灾”是一场真正的水灾。当贝思说“我的男人不爱我,”她并不是在无端虚构。这是实情,是实地,是实事。现在,我想申明,个中的成功——这是十分非美国式的成功——是,经历这些事情的人是睁大眼睛看着这一切发生的。因此,当比利或贝思或莱德贝利[1]唱它的时候,他们是在评论它,有点儿置身事外;他们是在认同它。并且有些有趣的事情——在我们的所有灾难里总有些有点儿趣的事情,要是你能够面对一场灾难。因此才有了这种激烈的超然态度,这种内在性连同外在性,这种理解它的能力。好啦,事情一团糟,而你对此一筹莫展……因此,嗯,你得做点什么。你不能留在这里,你不能倒毙,你不能放弃,但没事儿,好啦,像贝思所说的:“拿起我的袋,宝贝,我再来试过。”这使她得以承受生活,无

---

[1]莱德贝利(1888—1949),即胡迪·莱德贝利,美国黑人女歌手,以唱布鲁斯闻名于世。

论生活多么恐怖。这就是使每个人得以承受生活的动力，因为每个人，每个活在世上的人，从他懂事那一刻到他完蛋，他都确知一样东西：他是要受苦的。没有不受苦的途径。

这使我们面对两件事。它使我们面对美国黑人的人生经验，还使我们面对美国梦或生活这桩事。很难再找到两样如此截然对立的事物了。我想表明，当我在这个意义上谈论黑人，我并不是在谈论人种；我不知道人种是什么意思。我是在谈论一个社会事实。当我说黑人，指的不是这回事；我不是在谈论一个民族而是在谈论一个人，记住这点是很重要的。我是在谈论一个男人，我们假设他有过十七岁，而现在让我们假设他已四十岁，有四个孩子，却养不起。我是在谈论在这个时节以及在这种努力中，这个男人遭遇了什么事情。我是在谈论如果你刚刚逃过自杀或死亡或疯狂或你自己的鬼门关，你看着你的孩子长大，而无论你做什么，无论你做了些什么，你都无能为力，真真正正无能为力，去抵抗这个世界的力量，它准备告诉你的孩子他无权活下去。而无论说了多少开明的空洞话，无论说了多少我们如何了得如何进步的话，都无法减轻这个两难困境或为这个困境指明一个解决办法。自从黑人来到这里以后，在每个世代，每个黑人母亲和父亲都要面对那个孩子以及努力在那个孩子身上想出一个在这个特殊的世界上活下去的办法来，想办法让那个注定要受鄙视的孩子不要鄙视他自己。我不知道黑人问题对白人来说意味着什么，但是对黑人来说就是这么回事。现在，既然事情如此，在我看来，我们以现在这样的方式谈论黑人问题，似乎正是为了避免承认这个事实。想象多丽丝·戴[1]试图唱：

> 爸爸也许已经祝福了，妈妈也许已经祝福了，
> 但上帝仍要祝福那个掌握自己命运的
> 孩子。

跟我讲话的人完全沉浸在自我恭维的浴泡里。我是说，我走进一个房间，里边的那个人都感到自己无限骄傲，因为我总算走进那个房间了。这个举动向他证明他活得更好。这是很有趣的，但却是多么地可悲。可悲的是一个人竟然需要这种佐证，更可悲的是一个人竟然如此自欺。在这个意义上，哈利·贝拉丰特[2]赚的钱，让我们假设，跟法兰克·西纳特拉[3]一样多这个事实就变得毫无意义了。法兰克仍然可以在任何地方买一幢房子，而哈利却不能。人们跑去见哈利，排长队等候看他。他们喜欢他在舞台上或在一个鸡尾酒会上，但他们不想把自己的女儿嫁给他。这与哈利无关，却绝对与美国有关。算了吧。因此，当我们谈到我们号称的黑人问题时，我们

---

[1]戴（1924—？），美国女演员和歌手，是美国纯情少女的象征。
[2]贝利丰特（1927—　），美国黑人艺人。
[3]西纳特拉（1917—1998），美国著名黑人歌手和演员，香港译为仙纳杜拉，又名“瘦皮猴”。

无非是在设法回避这种严酷生活罢了。因为为了面对像比利或者在这个意义上像我的严酷生活，一个人就必须——美国白人必须——接受这个事实，即无论他以为他是什么，他都不是他自认的。他必须放弃，他必须交出他自己的形象，而这显然是美国白人最不打算做的。

但是，无论如何，现在的问题不是谴责美国白人对黑人犯下的罪行。这样做已经太迟了。况且，这是不相关的。不公、谋杀、流血、不幸，都是见怪不怪的了。这些事情无时不有无处不在，并且总有个理由。人们总会为它找一个理由。我更关注的反而是白人对他们自己做了什么；我所受的对待是不相关的，原因很简单，你不能对我做出更进一步的事了。但是，在做这样的事的过程中，你也对你自己做下一些事。在巧妙躲避我的人性的同时，你也对你自己的人性做下了一些事。我们一直在做这些事，那当然。人们给别人贴标签；人们叫他们犹太人；人们叫他们法西斯主义者；人们叫他们黑人；人们叫他们白人。但是这样做的时候，你什么也没有说到——当你称我是黑人或当你称我是一个黑人领袖的时候，你并没有说到我。你只说到你自己。我怎么看你，事实上更多地揭示了我自己而不是你。这是一个非常简单的法则，每个打算活下去的黑人都很快就学会了。因此，这个合众国别的不说，总算创造了一群没有什么可失去的人，而在任何共和国、任何国家、任何国度、任何时代，再也没有比没有什么可失去的人更危险的了。

因为你已经给了他自由，美国黑人就能够做他愿意做的任何事；你再也奈何不了他。他不要你拥有的任何东西，他不相信你说的任何话。我不知道为什么，我也不知道美国是怎样抵达这个古怪观点的。检视美国历史，我们找不到明显理由。那是一个血腥的历史，跟任何别人的历史一样血腥，一样骗人，一样狂热。你只要从我们抵达的那一刻检视它就够了。看看那些早期移民，那些清教徒——这些据说逃避在欧洲受压迫的人，却在这里建立一个更压制的社会——这些要求自由的人，这些杀掉印第安人的人。检视所有这些民族进入一个新纪元然后奴役黑人。这就是美国历史的事实，与传奇故事截然相反。我们来自欧洲，我们来自非洲，我们来自世界各地。我们从中国或法国带来我们身上所能有的任何东西。我们带着一切。当我们横渡大西洋，我们并没有变形。是发生了别的事情，更为严重的事情。我们再也没有办法查明或探知我们是谁。

很多人以各种音调讲了很多话，说发生在美国的最不幸的事情是黑人的存在。弗洛伊德用某种愤怒的口气说，黑人是美国的蠢货，并说美国活该如此。当然，我揣摸不透弗洛伊德的真正意思。但我可以看到，在某种程度上，这可能真的是美国碰到的最倒运的事，因为美国跟其他西方大国不同，它的大陆上曾经有过奴隶。他们就在这里。很不幸，我们曾经在奴隶制过时的时候有过我们的奴隶,并且是在《人权法案》之后。因此,在我看来,黑人大众作为我们声称我们所相信的所有事物的对立面存在于美国,而整个白人优越感的教条从未受到质疑,这似乎是我们的历史中最为至关重要的事实之一。现在来读一百年前甚至十年前殖民主义者的手册,将会让人如堕噩梦。但是在那些日子里,黑人比白人低劣这个问题甚至不是问题。美国人发现自己处于一个很古怪的位置,因为他知道黑人是人。法国人可以回避知道这点——他们从未见过一个黑人。英国人可以回避知道这点。但是美国人不能回避知道这点,因为他毕竟在这里,并且不管人们如何拒绝承认,他毕竟是一个人,就像任何别的人。而企图回避这点,回避这个事实,我认为是了解我们可以笼统地称之为美国心理的一把钥匙。首先,它在美国人之中创造了一种永久的、隐蔽的、腋化的、完全未曾承认的内疚。内疚是一种非常古怪的情感。只要你对某事怀有内疚,无论那是什么,都没人会强迫你去改变它。内疚就像暖水浴,或者粗俗点说,就像手淫——你会形成习惯,你会喜欢上它,你也许会达到没有它就不能活下去的地步,因为为了没有它而能够活下去,为了克服这种内疚,你必须行动。而为了行动,你一定要头脑清醒,冒着大风险,准备为一切后果负责。因此,开明派人士,甚至不开明的人士,更愿意讨论黑人问题而不是设法解决黑人这个人对他们本身到底意味着什么。他们仍然宁可去读统计数字、图表、盖洛普民意测验，而不愿处理现实。为了安慰我，他们仍然告诉我今年有多少黑人购买卡迪拉克牌小汽车、卡蒂萨克威士忌、可口可乐和忌廉汽水；明年又会有更多的黑人购买卡迪拉克牌小汽车、卡蒂萨克威士忌、可口可乐和忌廉汽水，目的是要向我证明事情正在好转。当然，现在我认为如果你以为自己或我会为了获得卡迪拉克、卡蒂萨克威士忌、忌廉和可口可乐而在这个国家流血和受苦，那将是一件可悲的事。在我看来，如果接受这种有关奢侈的内疚的推测，那么第二个理由就一定与第一个有关。这必定与我们描绘黑人面容的方式有关，因为我们所有的内疚、野心和欲望是如此显而易见。而如果你怀疑这点，那就想想迄今围绕着黑人的种种传奇故事吧。当你想到这些传奇故事的时候，要想到它们不是黑人创造的，而是由白人集团创造的。问问你自己，珍妮大婶和汤姆大叔可曾在任何地方存在过以及为什么有必要创造他们。问问你自己为什么直到今天，黑人在公众心目中仍然既是天底下最堕落同时又是最善良的民族。问问你自己威廉·福克纳在《献给一个修女的挽歌》中要说的究竟是什么，它涉及一名黑人、妓女、瘾君子、圣徒。福克纳写了它。我从未遇见他所描写的修女南希。他也没有遇见过她，但问题是为什么他和我们非得要死抱这个形象？我们毋须去得那么远。问问你自己为什么开明派那么喜欢《不屈的人们》这部电影。你应该记得，电影结束时，被用链没完没了地和白人汤尼·柯蒂斯连在一起、最终把链砸烂的黑人悉尼·波捷当时正在火车上，正在离开，但是不，他没有走，没有把可怜的汤尼·柯蒂斯留在用链条锁在一起的囚犯队里。完全没有。他跳下火车，然后他们非常友好地一块儿走回同一个老吉姆·克劳的囚犯队。瞧，这是一个寓言。为什么？谁正试图向谁表明什么？我想跟你说几句。这部电影我看了两次。我在市区和我所有的开明派朋友一起看它，当悉尼跳下火车时他们都很高兴。我在城郊和我那些不大开明的朋友们看它，他们都愤怒极了。当悉尼跳下那列火车，他们用各种未曾听过的东西称呼他。话说回来，他们的反应至少较为诚实和直接。时至今日，已不必要对着世界大喊大叫，证明黑人并不真的憎恨你，说他已原谅并忘记了这一切。也许他是这样的，这不是问题。但你不是这样的，这才是问题。

我爱你宝贝，

但不能忍受你那些肮脏手法。

我有必要再说一件事。造成这个我们称之为美国的炼狱的关键，乃是我们历史中最光彩的那一面。我们的确征服了一块大陆，我们赚了很多钱，我们在物质上比世界上任何一个实体都要丰富。作为一个个人或一个国家，你会多么容易认为你的安乐就是你的美德的明证；事实上，绝大多数人现在都在这样说。你知道，我们是世界上最好的国家，因为我们是世界上最富裕的国家。按这些奇特的人的说法，美国的生活方式能证明自己，而这就是我们这么富裕的原因。这叫做新英格兰人的美德，它又来自于加尔文。但是我的观点是，我认为这再一次与美国未能面对现实多少有点关系。既然我们拥有这一切，我们便不可能太坏；既然我们拥有这一切，我们便在某种程度上丧失了离开电视机、卡迪拉克而走进混乱的动力，而我们恰恰必须在这片混乱中才能把自己称为人类。

如今在这个国家谈论这些事情已变得极其困难。甚至这些文字也已经没有意义了。例如，我认为我们号称的美国宗教复兴无非是意味着越来越多人周期性地越来越容易受惊，于是经常上教堂，以确保他们的投资不会泡汤。我认为这是一些与宗教无关的人，例如诺曼·文森特·皮尔[1]，广受欢迎的唯一原因。这只是个例子而已，还有很多像他那样的人。我想这是很可悲的。我想这是很可怕的。但是伟大的悲剧艺术家雷·查尔斯[2]却用可以说是光彩而开明的方式进行一次真诚的宗教告白。他告诉我们，他大声痛哭，使得邻居也沮丧起来。

我该怎么说才好呢？让我们谈论一个人，他已经不再年轻了，他总算活到了，譬如说，四十岁，而我们之中确实有很

---

[1]皮尔(1898—？)，美国新教教士，提倡宗教与精神病学结合治疗。
[2]雷·查尔斯(1930—)，美国歌手、歌词作者和钢琴演奏家。

多人是这样的，从来未曾受到触摸、打垮、干扰、恐吓——像十岁的童男或童女。如果我们说有一个人一生包在棉絮里，那岂不是耸人听闻。如果谈到从未受到伤害，从未流过血，从未失去什么东西，从未获得任何东西，因为生活是美好的，而为了使它保持美好你必须维护现状，并且不要去拿外界的种种可能性来考验你的理论，那么，这将是骇人听闻的。但美国却有点像这个样子。我们未能接受痛楚、悲苦、含糊和死亡的现实，这已经把我们变成一个非常古怪、有时候是骇人听闻的国家。这意味着，在某种程度上，没有经验的人就没有同情心，而这是非常严重的。没有经验的人设想一个男人是一个盗贼，于是他就是一个盗贼；但是，事实上，这并不是他最重要的一面。他最重要的一面是他是一个男人，并且再进一步，如果他是一个盗贼或谋杀犯或无论什么，**你**也有可能是，而你会明白这点的，任何曾经真正胆敢活下去的人都会明白这点的。

现在，你不能通过阅读和观察明白这点。你不能站在岸上就知道河流是什么样的或海洋是什么样的。你不能对生命有任何了解，也不能自以为可以干干净净过一辈子。最骇人听闻的人是那些以为他们可以这样的人。我想，这点已显示在我们所看所做的一切事情上，显示在我们阅读的有关这些古怪的与世隔绝的人的事情上。这些与世隔绝的人是如此古怪，你几乎难以写它们，因为一个人**声称**他正在做的事情与他**实际**在做的事情是毫无关系的。如同你阅读约翰·奥哈拉[1]这类流行小说家的著作，你很难想象他在写哪个国家。如果你阅读《生活》杂志，那简直像在阅读月球。没有人生活在那个国家。那个国家并不存在，更可怕的是，大家都心照不宣。但大家都假装它是存在的。这是令人恐惧的，这是非常危险的，因为这意味着当麻烦出现(而麻烦总是不断出现)，你就不能幸存下来。这意味着如果你的儿子死了，你可能焦头烂额或去看就近的心理医生或去就近的教堂，但你不能靠你自己支撑下来。如果你不能靠你自己的能力克服困难，那你就不算真正幸存下来，你只不过是对它视而不见罢了。布鲁斯根源于奴隶歌曲；奴隶们发现了某种真正可怕的事，之所以可怕是因为它体现了普遍的挑战、普遍的希望、普遍的恐惧：

每当我想到我迷失了
我的土牢就震动，我的铁链就掉落。

这几乎就是我试图要说的话。我是怀着极大的忧虑这样说的，也出于某种希望。如果你能够清清楚楚知道你即将死去，知道你不能永远活着，知道你是伴随着死亡这个现实活着的，那么，你就能够活下去。这并非玄谈，而是事实。这是生

---

[1]奥哈拉(1905—1970)，美国小说家，曾为好莱坞和百老汇改编电影和戏剧。

命的基本事实。如果你做不到，如果你一辈子都在躲避死，那你也是在躲避生。例如，眼下你发现万万意料不到的人正在建造防空洞，这是与犯罪差不多。这是一种私人恐慌，但却造成了一种公众错觉，以为防空洞可救我们一些人的命。作为人类，如果我们在个人和私下的层面上拥有我们的个人权力，我们就会知道得清楚些；但是由于我们对这一切毫无把握，我们一些人显然就宁愿把余生打发在水泥筑成的地下。如果我们与我们自己和彼此有一种更有效的关系，也许我们就可以扭转形势，铲除建造防空洞的宣传伎俩。在某种程度上知道自己是什么人的人总是改变不了这个世界，但他们可以做些事情，使世界有点改变，使生活更有人性些。最高意义上的人性。快乐和自由意义上的人性，它永远是私下的，可敬的，彼此尊重，哪怕只是出乎礼貌。这一切都非常重要，所有这些过时的东西。那些在私下不知道自己是谁的人，都像我们已经接受了将近十五年那样，接受了这场被我们称之为美国政治和美国外交政策的不切实际的灾难，而这一方的不连贯正是另一方的不连贯的反映。现在，改变这一切的唯一途径是开始向我们自己提出一些非常困难的问题。

我要在此打住了。但是我要援引两段话。一位很伟大的美国作家，亨利·詹姆士，在写给一位刚失去丈夫的朋友时说："悲伤折磨我们并利用我们，但是我们也折磨和利用它，而它是盲目的。至于我们，经过一番礼仪后，却能够看见。"贝思也说：

早安，布鲁斯。

布鲁斯，你好吗？

我一切都很好。

早安。

你好！

黄灿然　译

阿劳科人的音乐

〔智利〕米斯特拉尔

美国一家唱片录制公司的歌曲搜集者，走遍了拉丁美洲，执行一件本应属于我们而不属于美国的任务；就是一条条地搜集我们流散的而且相当大的一部分业已失传的民间艺术。他们终于来到了智利的阿劳科地区，聆听地道的印第安人、纯正的印第安人的歌唱。

这家公司先前已经搜集了数百条墨西哥、阿根廷和哥伦比亚的资料。我们国家的那些音乐家可能已经接待了这家公司；所以，这些四处寻求的搜集者似乎已经恢复了一整套拉丁美洲本土的歌曲。不过，拉丁美洲的本土特色——即使是优美、精致的拉丁美洲本土特色，正在这方面经受着苦恼；正如在混杂而成的风俗习惯上存在着丑陋与软弱方面的苦恼一样。一个西班牙乐句夹杂上一声印第安人的叫喊——但又不是一句具有印欧混血性感旋律的"深沉的民谣",使我们善于识别混杂了相悖东西的灵敏的耳朵很不舒服,也就扰乱了我们所感受到的激情。

最终,我相信,我们的阿劳科族印第安人在这方面也没有值得他们保存与热情寻求的东西,就像他们没有可以和墨西哥人的名贵玉器或克丘亚人的精美陶器相提并论的彩陶和上好珍宝一样。

最后,这家公司来到了美洲南方这片地区,了解阿劳科人的民歌或与之相似的东西。因为那忧伤的歌词,温柔的寓意,让人感觉很美。如果是一首不大抒情的"歌曲",如用意大利内地或普洛旺斯的语言来唱,总是会非常糟糕地带上纷至沓来的印第安事物那毫不温柔的、酸涩的和浊重的风格。

智利政府似乎鼓励公司这样做,如果不是它又立刻愚蠢地使这件事半途而废,那就算是不错了。有人告诉过我,一个官方人士用他那可怜兮兮的耳朵听了四盘录制好的唱片后,觉得那些战争或狩猎的歌谣过于原始,说是不适宜作为一个民族的见证来展示;下令封存了四张唱片。这位人士在他那些修饰过的照片中,甚至还收藏着几块确定无疑的印第安人的尸骨,这些照片表现了西班牙人与本地人之间的战争——这种令人讨厌的战争中互相厮杀的混战,留在他那混血儿丑陋的脸上,那依然不"被遮盖的"混血儿的脸上……我们整个混血的美洲，对于这种例子，是太熟悉了；愈是把某个人称作蒙古混血人，他就愈要在脸上显示伊比利亚半岛人的特征；愈是愤怒地掩饰并否认其明显的外表，抹掉自己在肉体上的混血印第安人的形象。

于是，那唯有的四张阿劳科人的唱片，便被禁止出售，遗弃在国家的库房或办事处的角落里。尽管如此，由于一个偶然的机遇，我得到了这小小的歌曲集。

灰色的种族

与其他的印第安民族相比，阿劳科民族是独特的；它在所有的民族中最鲜为人知，也更为沉默所压倒；而要想在世界竞争中压迫一个民族，这种沉默比“排犹运动”还要厉害。

在美国人和德国人翻动尤卡坦土地的时候——因为沉睡在忠诚黏土里的档案所讲述的那个种族的事情比那些令人可疑的大兵史学家讲述得好得多；清除泥土的工作，每个月都会有或大或小的发现；克丘亚—艾玛拉的社会生活继续受到专家们的关注，认为它是当代俄国生活制度的开山祖；除了两三个专家和三两个传教士之外，谁也不曾关注过这个灰色的种族——这群生活在比奥比奥河以南的像“灰姑娘”一样的鹰——如果这也算生活，而还没有死去的话。

阿劳科

这个民族有过自己的史诗；那是征服者不曾用来馈赠他人的一件赠品，是埃尔西利亚·德·阿隆索写成的一部读起来很吃力的“旧书”；书用八音诗写成，在当时，就内容丰富而又难以解读。

任何人可能都会想过，在受到敌人的赞扬，直至列为西班牙经典作品丛书的史诗中所说到的民族，在宣传效果上应该是最幸运的民族，应该为世世代代的后继者所喜爱。并且在语言方面，永远为人们所钟爱。但是，根本不是那么一回事；高尚的创作意图在当时是为了恢复权利——如果当时确是为了这一点。但是，这部作品却在半个世纪残酷的文化毁灭中沉寂了。所谓文化毁灭，就是对它厌恶得要死，认为它的基调不真实而讨厌它(因为这真诚的时代不能宽恕)。也就是因其完全模仿荷马史诗而令人愤怒。

可叹那位歌手，他是一位心地高尚的军人，也是这场征服战争那罪恶机器的炮灰；更可叹的是那个民族，本来是凭借着这部优美的史诗而流传的；这部史诗对于这个民族来说，是最合适不过的了。正如一件合身的衣服，一点也不宽大。

高尚的埃尔利西亚在那长达三百多页的颂歌中挥汗写作，完成了一系列真正八音诗的浮雕。他达到了在学校里所学的关于写作八音诗的一切要求，反复研究《伊利亚特》和《奥德赛》，用以增强自己的勇气，并把古典史诗气喘吁吁地搬到南纬40度的阿劳科地区。他想根据修辞老师教给他的知识，绝对忠实于自己的范本；在他进行写作时，眼前就有自己的阿喀琉斯和自己的埃杰克斯；这个可怜的人，确信写歌谣的准则只有一个；他是像荷马歌唱古希腊人那样，开始歌唱和讲述落入他们之手的那些荒蛮的印第安人。

人们对崇高的意图和徒劳的工作感到非常痛心。"阿劳科"已经死寂了，而且也没有重新复活的迹象；尽管年迈的学者对我大叫："亵渎神明！"这些年迈的学者因过分天真且颇具耐性，在智利依然阅读并研究这部著作；而在西班牙和美洲，已经没有人想去评论和阅读它了。涉及这部著作并演奏时，已经发不出银铃般的真理之声了，倒像是木钟发出来的一种嘲弄人的回声。可怜的《阿劳科》不会发出欢快之声，而是在流出湿热的鲜血，就像许多古书被人轻轻刺扎时还在流出的血一样。如果1932年某一个好奇者摸一摸我们的《阿劳科》，它在我们的手中简直就是一堆沉重而哑默的纸浆。不幸的史诗无关大局；因为这个种族经历了英勇壮丽的时刻，这个种族曾把征服者困扰得筋疲力尽；因为这一小股野蛮人在不知不觉中为本大陆自由的印第安人，报过一箭之仇；并在很大程度上为他们洗清了名誉。

我们是怎样灭绝他们的

在史诗中露过一面之后，阿劳科民族便沉寂了，在世界上消失了。除了进行奇迹般反抗的地区外，在整个这片土地上完成了对智利的征服；殖民者不时地让他们从麻木中惊醒，用血腥而迅猛的袭击惩罚印第安人，一两年的时间就将它平息了。平庸而懒惰的殖民地时期结束后，独立随之而来，但它并没有给这片花草丛生的土地带来新的英雄业绩，而只是带来了新的厮杀方式。

拉丁美洲本地的混血人，在对待他的母系种族——使其变得高贵的母系种族方面，与伊利比亚半岛人一模一样，甚至比他们还恶劣。他在谎话连篇的节日演说中总是对这个种族大加赞扬，却总也不让它不受伤害地生存下去。混血人总能找到办法磨掉阿劳科人的坚忍，软化他们的固执，其手段就是不时地放纵他们的恶习，尤其是酗酒。有时则迫使印第安部落离开自己的家园，分散居住；使他们因失去土地而失去理智，然后给他们划出尽人皆知的"土著人村落"——人所共知的"居留地"，作为不可逾越的疆界。

被战胜和驱逐的西班牙入侵者，一定会经常发出会心的微笑，因为，美洲土生白人以一种几近地地道道的杀母罪式的背信弃义，正在各地继续消灭土著人。

许多人都确信，酗酒是印第安人毁灭的最强有力的或者是唯一的原因。撰写本文的作者曾在四周是一片“土著人村落”的智利城市里生活过，可以就她观察并了解的印第安人的生活状况，说上几句。

我认为，这些印第安部落像其他所有的部落一样，被逐出了家园，失去了理智，如同野人一样；其原因首先是他们的土地被掠夺了：那大规模的“驱逐”，这本来根据诸多自然法理所当然地属于他们的土地；以及对他们的巧取豪夺。

要同意这个看法，必须清楚，土地对于印第安人意味着什么；必须懂得，对于我们来说那只是诸多财产的一部分，是我们诸多美味香肠中的一小片的土地，对于印第安人来说，却是他们的上帝，是他们人和神的安身之所。是从孩童爬行起就熟知的母亲，还有点像是为了性爱而向他撒娇的妻子和嬉戏的女儿。这些激情扭结在印第安人对土地的深深的眷恋中。我们，是一群被工业诱惑得神经错乱的人；我们，是对耕作毫无兴趣的西班牙人后裔，是对自然风光完全麻木不仁的人；我们不是与印第安人朝夕相处的异教徒，而是冷眼旁观的基督徒；因此，我们永远也达不到印第安人热爱土地的那种程度。特别应该学习克丘亚族，对于土地的热爱，使他们无论什么时候都是农业大师。

既然丧失了给人安慰与滋养的谷神的土地，这些人便失去了原来具有的美德，在对待部族、做人以及作为一个活着的上帝的普通的造物方面的美德。他们失去了耕作的乐趣，抛弃了从农业村社中产生的对于部族的忠诚，忘却了对家庭的爱——正像正统主义者所说的那样，对家庭的爱是土地散发出的一股气；一旦耕作者、族长、祭司以及信徒在他们心中死去了，他们就又会重新进入野蛮状态——我是“正在进入”，因为他们不是作为掠夺者向我描绘的那种纯粹的野蛮状态——完成了掠夺之后，我们就开始用漂白剂来洗刷我们的罪行，直至把它洗刷得清清白白。掠夺野蛮人是上帝的旨意，因为上帝似乎有着白人的意志……

考廷省的记忆

我们的特木科女子学校的附属建筑毗邻一所法庭：那所脏兮兮的房子的大部分主顾是星期日打架的人；当然是周围村落的印第安人。

我每天都从这些被告和原告的印第安人面前走过；他们在便道上排队等候，以便与先期来到这里的打听丈夫和儿子命运的妇女交谈。

他们那男人的脸令我非常讨厌；这或许是埃尔西利亚的歌谣所留下的余味，也或许是出自一种女人的感情，因为女人永远也不想看见男人脸上有如此毫无尊严的表情。不过，有一件事总是使我满怀期待、心情激动地驻足校门口；那就是那些女人们所说的那种语言，那是一种雌斑鸠在麦场上所发出的叽叽咕咕的语言，是她们抱怨自己男人的安提戈涅式的滔滔话语；而当只剩下她们自己时，则是一种令人同情的抱怨的民歌了，也许谁也不知道是不是一种古老的祈祷。这时，在法庭里面，执法严厉的白人法官，在根本不懂原告语言的情况下，就宣布了判决。

告别了那给我留下痛苦记忆的城市，那种阿劳科人音调十五年间再也没有在我耳边响起。直到这个1932年，我的那几张唱片把先前的那座城市带到了欧洲，让我产生了一种“内疚”的情绪。

我毫不掩饰地说“内疚”。我终老不变地认为，像对其他的罪过一样，我们也对这些共同的罪过负有责任。天主教的教规说，好人的美德保护着我们。这也像孩子们拉手围圈做游戏的节奏一样，从我们第一个人一直传到最后一个人；我确信，乡村的那些暴徒在离我们那冷漠的法庭和我们那默许的教会一公里的地方，抢占毫无防备能力的印第安妇女的田产，鞭打男人，强奸妇女；这些罪行让我们蒙受耻辱，也使我心情沉重。

歌谣

这儿，在我的意大利的家里，正鸣响着阿劳科歌手关于战争和日常生活的歌曲。我那饥渴的耳朵总也听不厌，歌曲多少次地重复自己的悲叹;歌曲对我诉说了他们那奇特的人间故事,但讲的确实不像是人,而是一些生灵,他们说话、唱歌的声音非常奇特,如果不把声音发准、发清,我们就不会认为那声音属于我们的同类而是属于另一个地方,另一个更加不幸的星球上的生物。他们还处在我们早已经历过的童年时期(原始阶段)。

歌唱的声音岂止是悲伤,也不能说是撕心裂胆,因为撕裂终究是一种自炫;也不能说是令人痛苦,因为痛苦本身带有一点强烈的仇恨。即使是受伤的野兽也不会以这种方式呻唤,因为,据说在野兽的最后呻唤的录音里,也没有完全失去它在欢乐的冒险中以及在美好夏天撒欢时所发出的那种声音。在我的唱片上呻唤的野兽,大概是没有享受过肥美草场,也没尝过血腥味的野兽;它们不曾像敏捷的马鹿和凶猛的美洲狮那样,为了炎热的夏天或爱情而欢快地奔跑过。

人们说,歌谣比表情、比进行曲、比文字更能向我们表达心声。的确,鸣响在那简单而又丑陋的唱机上的声音,在我听来,像是一段自白,又像是一种劝慰,像是我那迷失了的心的碎片,几乎辨认不出,但我不能否认是我的心。

然而,因为新奇得令人惊讶,这四支歌曲的美是一种深刻的美。在任何地方都不曾听到过这种土风歌曲;它不是来自克亚人幽怨的笛子,也不是源于玛雅人的木琴;它没有一点拉美本土的色彩。在近四个世纪的两种血统的撞击与厮杀所造成的印第安人音乐的毁灭中，它保持了自己的纯洁；它像阿劳科人执拗的性格一样，顽强地保持了自己的纯洁；它让那些来自周围的安达露西亚歌声或阿拉贡歌声，在莱布或特拉金的空气中滑动，就像路上行人相互让行一样。我感谢这些歌手的歌喉，如此宝贵地忠实于自己。印第安人在这方面的长处超过了那些白人模仿者。对白人模仿者来说，如今什么东西都成了赝品了。

围绕着古老的阿劳科人，土生白人卖了许多唱片，做了许多研究，也唱了许多歌曲。阿劳科女歌手和她的祖母，在她们充满忧郁与迟迟疑疑的渴望的时刻，耳朵就拒绝接受土生白人那种柔和的歌曲，那不足以表现她们那不满的幽怨。

说与唱

善良的马拉加尔以其专业上的天真与自负认为，歌谣先于语言表达；因为它对人的抒情性格可能更为自然。我很高兴地认为马拉加尔确有许多深刻的见解；但是许多人认为，歌唱不是一种忧虑，也不是一种欢悦；所以，我不相信马拉加尔的这种看法。但是，阿劳科人的音乐却让我想到一种近于梦幻的真实。

阿劳科的女歌唱手在不知不觉中从诉说过渡到演唱，又完全自然地回到诉说，再从诉说回到演唱。在听着这些歌曲的同时，我就想到了，人的真正语言或许就是如我所听到的吧；在故事不是大喜大悲的段落，用说；一旦到了重要时刻、变得感情强烈需要抒情时，就会上升为唱。

这很可能是我们的祖先所遵循的原则；因为在表达自己的感情方面，他们比我们更加全神贯注，也更坦率。如果我们能恢复那些被丢弃的东西，即我们的第二和第三种表现方式——歌唱与绘画，那么，这也会重新成为我们的准则。

战争歌曲来自令人难以置信的穷兵黩武；歌曲中没有我们所要求的马队的节奏，也听不见行军中的隆隆鼓声，也没有阿劳科战士在冲锋和断后时所发出的疯狂而充满血性的“吼叫”。一种阴郁的宁静，一种送葬队伍的滞缓，全然失去了好战的色彩，使之变成了一种令人忧伤的喘息。这是埃尔西利亚式的战争歌曲呢，还是黑暗的失败时期的“后来”的歌谣呢？除非这个已经没有欢乐和争强好胜心理的民族，像是去参加一场没有欢乐的宗教仪式一样，也去进行过屠杀和劫掠；否则，他就与那些史学家所告诉我们的完全相反。

歌谣与劳动

日常的歌谣，因其悦耳的低沉和忧伤的单调，我们觉得有点贴近他们现实生活的韵味。原始民族总是一边劳动，一边歌唱；令人赞叹的克丘亚人在所有的农业劳作中都唱歌；

制陶工人、石雕工人、玛雅人的凸绣工人都唱，这也是别一种“原始的”风俗。我们文明人真应该恢复这些风俗，以便使那既繁重又难以忍受的劳作变得愉快起来，同时也可以使劳动变得既轻松又有节奏，与那看不见的并能助人一臂之力的标准节奏协调起来。

我蓦地想起了这样两首歌谣，也许是为纺织伴奏的音乐，是迄今为止我所知道的节奏最温柔的一种，它的歌词我不懂。这就是阿劳科人绣挂毯时所唱的那种悦耳的合唱。这个可怜民族的跳动的一群人，保持着身材健壮与体型优美，就是女人；她们不像男人，因酗酒而变得粗野；她们因其热情的母性而显得高贵。我看见她们坐在那里，圆圆的脸庞，略嫌胖一点，脸色相当苍白，不像热带女人那样脸色发黄；双腿紧紧地包裹到脚踝，小脚像中国女人；虽然经常走路，却依然很小，看上去，比土生白人小姐的脚还要小。

蒙古式的单调

歌曲像别的一些亚洲民族的歌曲一样单调，也有点像波利尼西亚的舞曲。听惯了丰富变幻的尤其是巴罗克式乐曲的听觉，永远不会理解这种节奏舒缓乐曲低回的庄严美。因为这种节奏来自于古老民族那为了与自己的痛苦与欢乐相伴而创造的。听觉对连祷仪式式的节奏的适应，如同视觉对荒漠之类的适应一样吃力。H.D.劳伦斯曾非常不快地写到过兹特克人的鼓手那种重复的节奏，对于一个爱尔兰人来说，在这种情况下，应该允许他有不懂的权利。我们这些血管里流着神秘的亚洲人血液的人那来自东方的美丽的眼泪，无论是大还是小，在我们的情感里依然能够而且总是能够比伊比利亚人的眼泪更令我们感动。我很容易进入这种抓住人心的神奇境界，也很容易进入这使身心都为之震动的单调而温柔的愉快境界；我们确实能够一小时或几小时地听这种可能像是“毕达哥拉斯表盘节奏”的“令人厌倦”的重复。总之，一种基本的和谐，也许比巴罗克式的和谐……一种著名的明星式的和谐要好一些。只有一根弦，名叫“比林巴奥”的乐器，发出了一种仿佛来自地下的声音，那声音不像欧波双簧管，也不像萨尔特里欧古琴，也不像笛子。我们从来不曾见过的这种乐器，引起了几位法国乐师的好奇，他们只熟悉已知的金属乐器、丝弦乐器与金属和丝弦相配而制成的乐器。“比林巴奥”与女歌唱手嗓音的相似，真是令人惊叹。竟然会让人产生误认为是同一声调的错觉。阿劳科印第安人是在哪里寻找到这种材料并制作成与自己音调如此相近的乐器呢？这种乐器不是为歌声伴奏，而是伴随着歌声，更像是附着在歌声上的一种装饰，而不是与之相伴、合作的演员，使二者达到了完美的和谐。那么，他们又是怎样形成这种完美的和谐的呢？

但愿某个曾经见过并演奏过“比林巴奥”的好心人，给我描述描述，也让我用眼睛和耳朵了解它——了解它是很好的，也是为了懂得一点那种美妙的手艺，就是这种手艺创造出了那种深沉的、从未有过的、我和我们许多人都陌生的声音；这种乐器，我们曾经有过的只是不太熟悉；而只有熟知，才是享受。

孙柏昌　译

“四个乡下人”的音乐

〔智利〕米斯特拉尔

民众运动的复兴

我认为，这四位智利歌手首先是挽救了我们民歌的人，因为，这些民歌正在失传，行将湮没。由于拉美本地的庸俗气息，美洲的“托纳达歌谣”和奎卡舞曲在智利城市和乡村的流传早已衰落。伴随着“灭绝行动”，我们的歌谣也像羞于当众乞讨的穷人或废物退缩到安第斯山峡谷。整个西班牙美洲跪倒在爵士乐声中，跪倒在意大利和法国的歌曲声里。本地人极其狂热地沉醉于舶来品。于是，在一次捍卫艺术的纯正性的行动中，墨西哥、古巴、阿根廷推出了他们自己的民间歌曲，以示反抗。

属于我们自己艺术的热情依然在冬眠，宛如一条盘曲着却又活得很好的蛇。我们的民间艺术要抖掉睡意，挺直腰身，投入搏斗，要与外来的东西竞争……

不过，在家庭，或是在洗礼与婚礼仪式上重新唱起“托纳达”歌谣还不够。我们需要吉它大师和歌唱家的歌喉。外国音乐像贵妇人和公主一样在剧院里自命不凡，作为战斗武器，应该让马丁·菲耶罗和老潘乔的古老吉它进入剧院，让它们重新射进人们的眼帘，并让那些遗忘者旧梦重温。

安达卢西亚和阿拉贡的吉它已大不如前了，在乐器中的档次也直线下滑，其原因只有一个：最名贵的是地地道道的当地的吉它，除此，均为廉价品……而在俗不可耐的艺术的极盛时期，这两种吉它也曾散发着庸俗气息。不过，不存在那种彻头彻尾的庸俗行为，没有异国风俗的时装，也没有在那“主持或那些临时主持”的喊叫声中扭动和表演。最大的庸俗莫过于抄袭与毫无个性特色；不懂得这一点的人，就像是对吃饭和睡觉一无所知一样……

必须对吉它进行鉴别；安德列斯·塞戈维亚大师早就在美国和欧洲、在世界性的观众面前做过此类事情。在智利所有的——无论是富有的还是贫穷的家庭里，赝品总是被遗忘在一个角落里，一任虫蠹，或者是挂满金黄色的蜘蛛网……

这就是“四个乡下人”的时代；那时，这几个小伙子，二十来岁，正如歌谣里所唱的那样，“四个健美的青年”。他们并不是来自乡村，却带着民族旋律的积淀。为了回到乡村与海滨地区，除了挂在胸前和拿在手上的十二个节奏的乐器之外，也不需要更多的了；他们渴望成为轰动一时的歌手。四个青年人走遍了田野和山地，开始了对那半已佚失的民间艺术的伟大的追寻。重构智利古老歌谣的“残躯”，他们付出了艰辛的劳动；他们必须大量地搜集，并对已搜集到的东西进行大量的整理工作；在相当多的乐曲里，他们发现了有的乐曲在语言结构上掺杂了外来的东西；另外，还有的乐曲则是彻头彻尾的赝品。

无论如何，这种探索是神圣的；而且，这四个青年获得了成功。因了他们，智利今天才显示出民族音乐那光辉的一页；这种民间音乐完全可以与哥伦比亚或秘鲁的民间音乐相媲美，同时，也向我们展示了民间音乐的丰富多彩。我们曾经不再去唱那感情真挚的歌曲：我们——多么荒唐！——是用一颗买来的心歌唱，似乎民族的心脏是一种可以随意取舍的东西。

多少次，我远远地将他们注视，我看不清他们的面容，作为一个未曾谋面的坐在剧院座位上的观众，我为他们那艰辛的胜利兴奋并为他们鼓掌。因为，这种带有智利特色的歌曲，既是属于智利的，也是属于我的。

不过，我不得不奔波许多地方才能与他们相遇，这次相逢是在血统、风俗都很混杂的里约热内卢；它与墨西哥城相近，是美洲大陆种族最多的地方。

我们那个合唱小组，像我一样四处奔波；为恢复印第安美洲所抛弃的东西，参加一次平凡的十字军远征。

乡村图画

这个小组在演出时，穿着自己独特的服装，但没有落入奇装异服，而奇装异服是矫揉造作的民间艺术的最大危险。自从观众习惯了那种三角形的帽盔儿——那种更具异国情调的墨西哥帽之后，对他们那种带有又圆又硬帽盔的浅色大帽子就不再感到惊讶了。或许是由于与那长长的大袍反差太大，小披风倒显得有点落拓不羁；色彩具有民族特色，不与那阿兹特克人的萨佩拉相似，也不像阿根廷那古老的小羊驼披风(后者留在我童年的记忆里)。骑士歌手更喜欢绿色或蓝色的披风，不大喜欢红色的。除了宽大的男子汉帽之外，身上还需要一个同样潇洒的马黛茶壶，穿上一双与俄罗斯皮靴差不多精美的高乔靴。

智利乡村的演出场地并不提供幕布或类似幕布的东西；对于智利的观众而言，他们从一个个孤零零的乡村走来了，涌向这第一流的歌谣；他们挤满了深深的街巷，攒动在演唱小组的身旁。

我们见过中央平原游动的白杨林，在积雪在白杨梢头消融的时候，一团团雪块突然从我们的身边滑落，一种新鲜的空气——智利那既不冷峭又不燥热的空气，在我们心灵里流淌；因为，那是远离祖国的人的唯一的空间，并且在他心中也就变成了祖国。

美洲特色

如同秘鲁的歌曲，智利的歌曲也在演唱安得列斯群岛的故事，"四个乡下人"给听众奉献了几个崭新的节目。有经验的观众能解透这一民族的主题；巴西人只能听出是一种水平大体相似的音乐，如同在麦田里一样，此起彼伏；就像是品尝桃子似的，有点酸，还有点甜。

四个乡下人对不同乐曲的适应力堪称一流。我听过他们唱的一种墨西哥音乐游戏，主旋律是表现蛙鸣的；轻松的节奏与风趣的戏谑，这两个阿纳华科高原的特点，被表演得淋漓尽致；仿佛不是这几个智利歌手——他们是安第斯山人，极少轻灵敏捷——唱出来的。随后演唱了一支巴西民歌，舒缓而悠扬；就像比利亚洛博斯大师的合唱一样，用真嗓子，同时也看不出是外国人的演出。

智利的歌谣温柔、亲切，对于在听众中纠正我们智利人是特别粗暴的这一形象是很好的；歌曲近乎纤弱，也许就是女性的；因为，在智利，有两个紧密相连的世界：阳刚之气与阴柔之美，如此矛盾，好像是被强拉在了不同的大陆里……在这一点上，凯瑟琳是说对了。我曾对斯特凡·茨威格说过，智利民族特性中没有这种消极的柔软；他几乎是这样回答我的："音乐表现一个民族，这种观点是错误的。我从匈牙利音乐中悟出了这一点。人不是在歌曲中演唱自己那比较恒定的经历；而是唱出他所珍藏的而不相信能唱出来的东西。这就是某些民族音乐不像是忠实于人民本来面貌的原因。"我喜欢这种解释，也因之而欣慰；因为，我希望着，透过我们那加芬相思树般多刺的外表，花朵与那沁人心脾的芬芳也是一种真实。

现在唱的是一首秘鲁安第斯山歌谣，这首乐曲震撼了我，甚至像握紧的拳头一样攫住了我的注意力。那低沉的主旋律流动着的，至少有三种情绪和三种信息。一个忧郁的印欧混血人的灵魂；再者是土生白人的灵魂，还表达了安达鲁西亚人的激动；而另一个灵魂则是克丘亚人的，短暂地闪现了两三次，这是所有歌曲中表现得比较成功的一首。

思念克纳笛

这种交融而成的歌曲，用西班牙的吉它演奏出来，也像克丘亚人的所有乐曲一样，是忧伤而深沉的。它没有延续多久，刚一出现就消失了。也在思念笛子的我却想抓住它；希望它不要离我而去，再多陪伴我一段时间。不过，那伤痕累累的笛子，那出奇简陋的笛子却被印欧混血的东西打败了，一下子就被海边的，也就是说，被敌对的旋律覆盖了。

共同的招牌

我喜欢这些歌唱手为自己找到的集体的名字。感谢上帝，歌唱成为集体并且走上复兴卡塔卢、俄罗斯或托尔特卡的崇高的古老的合唱之路。这几位艺术家抛弃了获取个人荣誉的虚荣，并以一种中世纪的遗风，他们采用了艺术界共同的招牌。

必须了解，从那如溃烂的脓疮一样的艺术自我至上主义所流出来的全部龌龊，才能去称赞这由几个人组成的乐队、合唱队、管弦乐队以及不出名的四重唱。

除了隐去姓名之外，另一个优点是，他们还取了一个乡下人的名字。在智利民族心目中，“乡下人”这个词意味着国旗上那颗星的五个尖；一个远离祖国的人，听到这个词，激动得就像是手里立刻捧上了一束鲜艳的“科比韦”花。

归功于我们歌手的远不止于上面所说的：他们的演唱忠实于美洲特色。我们的所有的民族文化中的任何一种形式，都不会比民族音乐更拒绝边界的隔离。没有办法把民族音乐留在国门以内，也没有办法给科里多、比塔利达德或圣胡安尼托舞曲坠上铅块让它们贴着地面飞行，或像咖啡与硝岩那样实现国有化。

大写的“歌曲”，这种文艺品种是天空所熟悉的最无拘无束的飞行者。没有一种百灵或银鸥会比歌曲更敌视金属笼子和围栏的了。

这就是在我们和印第安人聚在一起喝茶或开会之前，半愚昧的、没有多少技巧的却充满热情的美洲当地的高乔人、乡下人的粗俗的歌曲，传遍美洲大陆的各个角落；并使我们美洲人相信他们具有统一性的原因；这种统一性是谁也不曾见过的，但却带着自己那令人振奋的政治家的圣特雷莎式的精明，为我们的人民辛苦操劳几十年的外交使节。

或许，没有人能确切说出，神蛇钻进阿波罗的耳朵里放了什么东西；也许放进去的是大海的涛声、风的呼啸、野兽的嘶鸣以及希腊天空、海洋和大地的各式各样的静寂。我们也恰恰很少知道，民歌通过电台传遍美洲，让我们各个民族熟悉美洲本地特色，为我们做了多少有益的事。

印第安西班牙民族的联合得以实现的时候——现在已不是说“永远办不到”的年代了，而是说“明天就成”的时代了——那时，将要为实现这一艰苦卓绝的奇迹而作出贡献的“武器”开出一份清单。我们非常清楚地知道，那时将会矗起所有政治家名字的纪念碑；而荣誉的名册上，也许会忘记本地的民间音乐及其乐师和演奏家们。音乐，像阳光，是奇妙而难以捕捉的；它又像一个无形的客人；尽管在空中没有看见她扬起手臂，也没有听见她那奔走的脚步声，却征服了所有的人。不过，到那时，一定会有人提到这位美洲人民伟大的联系者的名字，提到这位曾经无言地证实我们共同的爱、痛苦与欢乐的联系者的名字。

民间音乐以其比口头或文字形式的民间艺术更大的力量向我们说过，在充满千差万别的古老地壳下，有着一种与印第安人性格相似的火山岩。到那时，我们的音乐终将完成那神秘的使命——还我们以本来面貌。在我们同样粗糙的建筑工人的工地上，民间音乐曾是工人们模仿小鸟的滑稽的口哨，不过，有时也用口哨向人们发出警告，而另外的一些时候，又是对我们那无谓的争吵报以微笑。

广阔天地

对于一场需要广阔空间和晴朗天空的民间艺术来说，听众不是最理想的。

“四个乡下人”的听众——无论他们了解不了解这一点，是美洲群众和中小学生组成的。也许应该经常为他们演出，因为这也是他们应该享受的权利；也许，应该把这些吉它和歌曲留到某些民族的节日，在这样的节日上，他们那迷人的演出一定会引起观众爆满；这种大型演出需要更大的空间和一定的观众群体，否则，他们的艺术在夜总会和庸俗歌舞厅的演出厅里就会窒息、萎缩。

我们大家可以帮助乐队的乐师们，让他们所到之处，拥有王国般的演出场地和天然亲近的观众。这个时代非常适宜于精心保护集体音乐。个人演奏的音乐日趋没落，差不多像是一种毒品的嗜好或一种资产者的开胃酒。人民正在接受艺术并渴望分享音乐面包。这或许会使他们摆脱可能陷入的粗俗，并走进广场——只供发表鼓动演说、欢呼游行和法老国家那千篇一律的检阅广场。

孙柏昌　译

贝多芬百年祭

〔英国〕萧伯纳

一百年前，一位虽听得见雷声但已聋得听不见大型交响乐队演奏自己的乐曲的五十七岁的倔强的单身老人最后一次举拳向着咆哮的天空，然后逝去了，还是和他生前一直那样地唐突神灵，蔑视天地。他是反抗性的化身；他甚至在街上遇上一位大公和他的随从时也总不免把帽子向下按得紧紧地，然后从他们正中间大踏步地直穿而过。他有一架不听话的蒸汽轧路机的风度(大多数轧路机还恭顺地听使唤和不那么调皮呢)；他穿衣服之不讲究尤甚于田间的稻草人：事实上有一次他竟被当作流浪汉给抓了起来，因为警察不肯相信穿得这样破破烂烂的人竟会是一位大作曲家，更不能相信这副躯体竟能容得下纯音响世界最奔腾澎湃的灵魂。他的灵魂是伟大的；但是如果我使用了最伟大的这种字眼，那就是说比汉德尔[1]的灵魂还要伟大，贝多芬自己就会责怪我；而且谁又能自诩为灵魂比巴哈[2]的还伟大呢？但是说贝多芬的灵魂是最奔腾澎湃的那可没有一点问题。他的狂风怒涛一般的力量他自己能很容易控制住，可是常常并不愿去控制，这个和他狂呼大笑的滑稽诙谐之处是在别的作曲家作品里都找不到的。毛头小伙子们现在一提起切分音就好像是一种使音乐节奏成为最强而有力的新方法；但是在听过贝多芬的第三里昂诺拉前奏曲之后，最狂热的爵士乐听起来也像"少女的祈祷"那样温和了，可以肯定地说，我听过的任何黑人的集体狂欢都不会像贝多芬的第七交响乐最后的乐章那样可以引起最黑最黑的舞蹈家拼了命地跳下去，而也没有另外哪一个作曲家可以先以他的乐曲的阴柔之美使得听众完全溶化在缠绵悱恻的境界里，而后突然以铜号的猛烈声音吹向他们，带着嘲讽似的使他们觉得自己是真傻。除了贝多芬之外谁也管不住贝多芬；而疯劲上来之后，他总有意不去管住自己，于是也就成为管不住的了。

这样奔腾澎湃，这种有意的散乱无章，这种嘲讽，这样无顾忌的骄纵的不理睬传统的风尚——这些就是使得贝多芬不同于十七和十八世纪谨守法度的其他音乐天才的

---

❶德国出生的英国作曲家，生卒于1685—1759年。
❷德国作曲家，生卒于1685—1750年。

地方。他是造成法国革命的精神风暴中的一个巨浪。他不认任何人为师,他同行里的先辈莫扎特从小起就是梳洗干净,穿着华丽,在王公贵族面前举止大方的。莫扎特小时候曾为了彭巴杜夫人❶发脾气说:"这个女人是谁,也不来亲亲我,连皇后都亲我呢。"这种事在贝多芬是不可想象的,因为甚至在他已老到像一头苍熊时,他仍然是一只未经驯服的熊崽子。莫扎特天性文雅,与当时的传统和社会很合拍,但也有灵魂的孤独。莫扎特和格鲁克❷之文雅就犹如路易十四宫廷之文雅。海顿之文雅就犹如他同时的最有教养的乡绅之文雅。和他们比起来,从社会地位上说贝多芬就是个不羁的艺术家,一个不穿紧腿裤的激进共和主义者。海顿从不知道什么是嫉妒,曾称呼比他年轻的莫扎特是有史以来最伟大的作曲家,可他就是吃不消贝多芬。莫扎特是更有远见的,他听了贝多芬的演奏后说:"有一天他是要出名的。"但是即使莫扎特活得长些,这两个人恐也难以相处下去。贝多芬对莫扎特有一种出于道德原因的恐怖。莫扎特在他的音乐中给贵族中的浪子唐璜❸加上了一圈迷人的圣光,然后像一个天生的戏剧家那样运用道德的灵活性

❶彭巴杜女侯爵,法皇路易十五的情妇,权势炙手可热几乎有二十年。

❷莫扎特(1714—1787),奥地利作曲家。格鲁克(1732—1809),奥地利作曲家。

❸唐璜的传说在十七世纪前已流行于欧洲,在那以后他成为许多音乐、文学作品中的主人公。

又回过来给莎拉斯特罗[1]加上了神人的光辉,给他口中的歌词谱上了前所未有的就是出自上帝口中都不会显得不相称的乐调。

贝多芬不是戏剧家;赋予道德以灵活性对他来说就是一种可厌恶的玩世不恭。他仍然认为莫扎特是大师中的大师(这不是一顶空洞的高帽子,它的的确确就是说莫扎特是个为作曲家们欣赏的作曲家,而远远不是流行作曲家);可是他是穿紧腿裤的宫廷侍从,而贝多芬却是个穿散腿裤的激进共和主义者;同样的海顿也是穿传统制服的侍从。在贝多芬和他们之间隔着一场法国大革命,划分开了十八世纪和十九世纪。但对贝多芬来说莫扎特可不如海顿,因为他把道德当儿戏,用迷人的音乐把罪恶谱成了像德行那样奇妙。如同每一个真正激进共和主义者都具有的,贝多芬身上的清教徒性格使他反对莫扎特,固然莫扎特曾向他启示了十九世纪音乐的各种创新的可能。因此贝多芬上溯到汉德尔,一位和贝多芬同样倔强的老单身汉,把他作为英雄。汉德尔瞧不上莫扎特崇拜的英雄格鲁克,虽然在汉德尔的《弥赛亚》[2]里的田园乐是极为接近格鲁克在他的歌剧《奥菲阿》[3]里那些向我们展示出天堂的原野的各个场面的。

---

❶莫扎特的歌剧《魔笛》中的一个代表真理和光明的人物。

❷汉德尔谱写的宗教歌咏大曲。

❸格鲁克的歌剧,主题是奥菲尤斯下地狱去寻找死去的妻子尤里底西的故事。

因为有了无线电广播，成百万对音乐还接触不多的人在他百年祭的今年将第一次听到贝多芬的音乐。充满着照例不加选择地加在大音乐家身上的颂扬话的成百篇的纪念文章将使人们抱有通常少有的期望。像贝多芬同时的人一样，虽然他们可以懂得格鲁克和海顿和莫扎特，但从贝多芬那里得到的不但是一种使他们困惑不解的意想不到的音乐，而且有时候简直是听不出音乐的由管弦乐器发出来的杂乱音响。要解释这也不难。十八世纪的音乐都是舞蹈音乐。舞蹈是由动作起来令人愉快的步子组成的对称样式；舞蹈音乐是不跳舞也听起来令人愉快的由声音组成的对称的样式。因此这些乐式虽然起初不过是像棋盘那样简单，但被展开了，复杂化了，用和声丰富起来了，最后变得类似波斯地毯，而设计像波斯地毯那种乐式的作曲家也就不再期望人们跟着这种音乐跳舞了。要有神巫打旋子的本领才能跟着莫扎特的交响乐跳舞。有一回我还真请了两位训练有素的青年舞蹈家跟着莫扎特的一阕前奏曲跳了一次，结果差点没把他们累垮了。就是音乐上原来使用的有关舞蹈的名词也慢慢地不用了，人们不再使用包括萨拉班德舞，巴万宫廷舞，加伏特舞和快步舞等等在内的组曲形式，而把自己的音乐创作表现为奏鸣曲和交响乐，里面所包含的各部分也干脆叫做乐章，每一章都用意大利文记上速度，如快板、柔板、谐谑曲板、急板等等。但在任何时候，从巴哈的序曲到莫扎特的《天神交响乐》，音乐总呈现出一种对称的音响样式给我们以一种舞蹈的乐趣来作为乐曲的形式和基础。

可是音乐的作用并不止于创造悦耳的乐式。它还能表达感情。你能去津津有味地欣赏一张波斯地毯或者听一曲巴哈的序曲，但乐趣只止于此；可是你听了《唐璜》前奏曲之后却不可能不发生一种复杂的心情，它使你心理有准备去面对将淹没那精致但又是魔鬼式的欢乐的一场可怖的末日悲剧❶。听莫扎特的《天神交响乐》最后一章时你会觉得那和贝多芬的第七交响乐的最后乐章一样，都是狂欢的音乐：它用响亮的鼓声奏出如醉如狂的旋律，而从头到尾又交织着一开始就有的具有一种不寻常的悲伤之美的乐调，因之更加沁人心脾。莫扎特的这一乐章又自始至终是乐式设计的杰作。

但是贝多芬所做到了的一点，也是使得某些与他同时的伟人不得不把他当作一个疯人，有时清醒就出些洋相或显示出格调不高的一点，在于他把音乐完全用作了表现心情的手段，并且完全不把设计乐式本身作为目的。不错，他一生非常保守地（顺便说一句，这也是激进共和主义者的特点）使用着旧的乐式；但是他加给它们以惊人的活力和激情，包括产生于思想高度的那种最高的激情，使得产生于感觉的激情显得仅仅是感官上的享受，于是他不仅打乱了旧乐式的对称，而

❶莫扎特的歌剧《唐璜》交织着悲剧和喜剧成分，结局是唐璜被送入了地狱。

且常常使人听不出在感情的风暴之下竟还有什么样式存在着了。他的《英雄交响乐》一开始使用了一个乐式(这是从莫扎特幼年时一个前奏曲里借来的),跟着又用了另外几个很漂亮的乐式;这些乐式被赋予了巨大的内在力量,所以到了乐章的中段,这些乐式就全被不客气地打散了;于是,从只追求乐式的音乐家看来,贝多芬是发了疯了,他抛出了同时使用音阶上所有单音的可怖的和弦。他这么做只是因为他觉得非如此不可,而且还要求你也觉得非如此不可呢。

以上就是贝多芬之谜的全部。他有能力设计最好的乐式;他能写出使你终身享受不尽的美丽的乐曲;他能挑出好些最干燥无味的旋律,把它们展开得那样引人,使你听上一百次也每回都能发现新东西:一句话,你可以拿所有用来形容以乐式见长的作曲家的话来形容他;但是他的病征,也就是不同于别人之处在于他那激动人的品质,他能使我们激动,并把他那奔放的感情笼罩着我们。当贝里奥滋[1]听到一位法国作曲家因为贝多芬的音乐使他听了很不舒服而说"我爱听能使我入睡的音乐"时,他非常生气。贝多芬的音乐是使你清醒的音乐;而当你想独自一个静一会儿的时候,你就怕听他的音乐。

懂了这个,你就从十八世纪前进了一步,也从旧式的跳

[1]法国作曲家,生卒于1803—1869年。

舞乐队前进了一步(爵士乐,附带说一句,就是贝多芬化了的老式跳舞乐队),不但能懂得贝多芬的音乐而且也能懂得贝多芬以后的最有深度的音乐了。

周珏良　译

贝多芬田园交响乐

〔法国〕乔治·桑

这是在聆听贝多芬这部伟大的交响乐时我所看到的：

我首先看到广阔的平原：空荡、平坦，我认为它是灌木叶腐殖土层，很干燥。平原上没有羊群，也没有人。我疲劳不堪，躺在地上。我先试着站起来，但没有成功，不过我一点一点跪起来，然后站立，面朝着天。

我头上的天空是阴沉的。处处都笼罩着雾气，我只发现远处时而闪过黄色的光线，而且变得越来越耀眼，光照越来越扩展。它们渐渐照亮了天边，先是橘黄色，然后变成紫铜色。随着天空尽染这种光芒四射的色调，平原变得更加黑了，火热的天空与地平线上大地的线条形成对照，就像人们在夕阳西下时看到的一样，但在这一世界中并没有太阳。

于是，我似乎觉得天渐渐暗下来，像一个可触摸的穹顶向大地靠近。我感到用手可以摸到它，我伸出双手。

与此同时，大地似乎后退了。我感到自己坠入到虚空之中，而且不知发生了什么奇迹，我竟稳立于天地之间。

大地仍然在暗下去，而天空仍然闪耀着热烈、明亮的光芒。我明显地与天空接近了，前额就要触到这光亮的圆顶。我害怕了。空中发生了强烈的震动，犹如军号的一声巨响撕裂了我所在的天地。我倒下了，但不知身落何处。我再也看不见自己，感觉不到自己的存在。

当我重新跃起，天已远去，大地已全部没入夜晚的黑暗之中。柔和、温暖的清风拂面而过，我也飞离了地面。我长久地贴着地面而行，试图重新找到通天之路，但每当风停息时，我就会再次倒下。终于，风力加强了，透过地平线那边的空间，我发现长长的金色光线划破阴郁的厚厚乌云，我朝着那个方向飞去。

但是，在我更加急迫地向那令人迷惑的光线奔去之时，地平线使那宽广的境域向后退去。每当我认为要抓住这些光线时，它们就熄灭了，又在更远的地方亮起来，落入无边的空间之中。大地无休无止，天空总是重新出现，我疲于奔命。我感到这次旅行持续了整整一个世纪。

终于，和煦的风吹遍天空，突然强劲起来，像一只展开双翅的雄鹰，我迅速地升上虚空之中。于是，五色光线消失了。

我的上方和脚下除却渺渺太空，不再有任何其他东西。

不过，我还是依稀发现远方世界中消失的火光，大地暗淡的反光升入隐约可闻的乐曲声中，这乐声很轻，和风不时打断它的曲调，并把它扩散到浩茫的宇宙之中。

之后，一切归于平静。我孤独无依，悄悄地融入云层的静穆之中。

然而，一种我不知是什么翅膀扇动的声音从空间深处飞快地向我靠近。我看见从天空的各个角度走过来许多如带羽翼的阴暗方队，最初只像一群飞鸟。后来，它们的样子改变了，我很清楚地看见了它们。但是，我却不能描述它们，因为我一看不见它们，就会忘记它们的形状。

我只知道，它们成群结队而来，就像沙漠商队一样：有雪白的队伍，也有乌黑的队伍。这千军万马滚滚而来，而且每时每刻又有那么多新的队伍涌现，以致天空为之昏暗，我要在其中维持飞行看来是不可能的了。我不得不随机在这些方队之中心慌意乱地飞来飞去，它们和我一样失落、不安，它们发出的悲哀或野蛮的声音充满了层层乌云。

这是长时间的焦躁不安。这是一种忧惧交加的混乱。有人会把这比作暴风雨冲散的一群海鸥。这些飞舞的精灵都在寻找天路，但却没有一个问路。它们互相碰撞，失去了同伴，那些白如鸽子的精灵和墨如乌鸦的精灵并肩飞行。

风刮得越来越猛，那些方阵队伍随时可能如同杨树叶一般被秋日晨风卷走，消失得无影无踪。

狂风暴雨中响起浑厚的声音，这声音压倒其他一切声响传入我的耳中："去吧，我的精灵们，"这可怕的声音说，"勇敢地战斗吧！我的暴风雨凶猛异常，但你们生性坚强。我的手将使你们通过考验。战斗吧！经受暴风雨的冲击，我歇息之后的和平与我的天空的荣光只属于强者。而滑向我脚下的那些地方将是弱者的避难处。"

他才说过这些话，暴风雨变得愈加疯狂，而与此同时精灵们勇气倍增，斗志更强。狂风刮得昏天黑地，以致我一时感到这茫茫之中我是那么孤单。与我一起搏斗的伙伴们在难以看清的那些地方消失了，可突然又会在逆风的推动下回转过来，成群结队占据了我在其中飘游的地区。我时而因为我的孤独、时而又因这些不计其数的飘浮的人们而恐惧，他们和我一起堵塞了通向永恒的道路。

我终于注意到身着白色长袍、翅膀也是白色的那些精灵比其他精灵升得高，我想到天使是白色的。我这时只想看到自己，而当我发现我像被地狱之烟熏过一样是黑色时，我害怕极了。看到其他人到达无限快乐的时刻，我感到一阵酸楚。我灰心丧气，收住翅膀，任凭自己从一个空间滑向另一个空间，而不问自己去向何方，也不问上帝的慈悲能否垂顾我，把我从包围我的虚无之中解救出来。

我又一次堕入我不知是什么的无名的深渊之中，黑暗在其中迎接我，像裹尸布一样把我紧紧包住。

一道微弱光线在深渊的蓝色深处摇曳，我似乎从梦中醒来，我环顾四周，看到我脚下是令人胆战心惊的悬崖峭壁。我坐的岩石窄长，突出朝向深渊，深渊底部像燃烧的血一般的烟雾腾腾的红色波涛在汹涌咆哮。我的上方，天空在夜幕中隐没，它刚刚透过错落岩石的缝隙向我显现。

然而，因为仰视暗淡无光的苍穹，我看见天上闪耀着一颗蓝色的星星，一开始，它的光那么微弱，以致它总是从我的视线中消失，我相信我曾梦见过它。但，星光一点一点地扩大，明亮又灿烂。它光亮的光环越来越大，似乎把一束天光倾泻到我的身上。我又有了勇气，重新开始飞行。但是，同样凛冽的狂风从深渊大张的洞口呼啸而出，不断把我向大地深处压将过去。我每一次新的努力抗争的结果，都是再次精疲力尽地倒在嶙峋乱石之上；我的沾满灰尘的黑翅膀像蝙蝠翅膀一样悬挂在深渊突起的峭壁上。这地下暴风雨中发出的声音使我从心里感到刺骨的恐惧与忧伤。这声音狂哮着堕入并被压缩在无声的牢狱之中，它爆发成为恶魔般的呼叫震撼着重叠的群山。

这可怕的声音却具有一种令我放心的庄严、凝重的意味。我想象这是从天而降的声音，它会应允给我以救助。我又开始我的斗争。熊熊火焰从黑暗深处向我扑来，火山的红色浓烟令我窒息，悬崖峭壁上流淌着滚烫的岩浆。

突然，响起一声号角。这是大天使的号角，是最后审判的信号。我的牢狱像易碎的水晶破裂了，在我周围成为碎片。我又一次孤独又自由地置身于天上的平原之上。但这一次，我很快地毫不费力地向天主飞去。柔软的云，有的白如鹅绒，有的如朝阳下的海水一样闪着金光，它们在我下面翻滚，我朝着更美妙、更纯洁的天空飞去。我感到一阵疲惫无力。我像凭风而行的燕子、随风飞舞的羽毛飘游空中，清洌宜人的泪水在我身上流过，冲走了包裹着我的黑颜色。我渐渐变白了，像一朵百合花。我看见周围那些幸福的精灵拉着手同声赞美上帝。天幕渐渐半开，我听到一个声音从高处传来："来吧，我的强者，去休息吧，"但我什么也没看见，因为交响乐结束了。

杜小真 译

为《卡门》辩护

〔法国〕莫里亚克

既然有虚假的高雅，便有虚假的庸俗。《卡门》便是虚假地庸俗的典型作品。对自诩高雅者来说，这是一个圈套，但音乐家们都能识破这个圈套，而且，就我所知，没有一位音乐家不给《卡门》以应有的地位。

可是，没有一部杰作受到比它更不公正的待遇了。我在大学时曾去波尔多的大剧院看《卡门》，"棕发的烟厂女工"和"小兵们"的难听的口音使我以为这不过是滑稽可笑的演出。多年以后我才发觉，那场《卡门》的演出正是恰如其分。那是狂欢的场面，弥漫着茉莉花和屠宰场的气味，老百姓在这个夏季的礼拜天纷纷拥上街头，向坐在敞篷马车上驶向斗牛场的、光彩夺目的斗牛士们欢呼。在第二幕，一位十分年轻的舞蹈家，雷吉娜·巴代，在"posada"[1]的桌子上翩翩起舞，其他演员和公众为她击掌助兴。

我们对卡门并不生疏。她披着发亮的卷发，插着石竹花，在圣卡特琳街上兜售阿卡雄的沙丁鱼，周围是一群瘦弱的但叫人生畏的小流氓。舞台只是日常生活的延续。剧中人埃斯卡米约，对我们来讲，就是格里达、马桑蒂尼、赫威尔特、阿尔加贝诺、富恩特斯、波比塔，总之，我们在 temporada[2]所欣赏的所有的 dicstros[3]。

这位吉卜赛姑娘脸上充满激情，这正是虔诚的师长们要我们多加提防的。坏女人，该下地狱的婊子，士兵们为她开了小差，成为杀人犯。在我们学业结束时，传道者曾经做过真实的描述：

你们可以逮捕我，
但我杀了她，
卡门，我热爱的卡门！

我走出剧场，在列柱廊里遐想了片刻。西班牙的风忧愁地吹起图尔尼林荫道上的尘土，大滴的雨点打在石块路面

---

[1]西班牙语，乡间小客栈。
[2]西班牙语，此处为斗牛季节。
[3]西班牙语，斗牛士。

上。

对这件事我记忆犹新，便对孩子们说："你们应该去听听《卡门》。"于是，一个星期六晚上，我们便去了喜歌剧院。孩子们一定会兴高采烈的，我事先便感到由衷的高兴。我向他们描述了热热闹闹的第一幕，阳光灿烂的西班牙广场，骑坐在椅子上的卫队士兵、香烟工厂、骑警，还有唱着歌的小男孩，还有相互扭打的烟厂女工，还有袒着胸的卡门，她的彩花被撕破，茶花似的肩头在流血。我向孩子们预言说：人群一定会赞赏不已，顶楼的观众会欣喜若狂，会一个劲地大喊"再来一次"！

多么奇怪！我们对可怜的法兰西喜剧院挑挑拣拣，因为我们偶尔去那里看戏。但是从来谁也没有想到去喜歌剧院订星期六晚上的包厢，去看《卡门》。观众中什么人都有。有戴着夹鼻眼镜好似失明的综合工科学校学生，有刚出茅庐的圣西尔军校的学生，因此，剧团"不卖力气"。序曲演得很一般，缺乏生气，仿佛是二流咖啡馆的演技。幕布拉开，广场上空无一人，平台上凄凄惨惨，在邮局的栅栏后面，几个职员无精打采地唱着，他们显然打定主意要"尽量少卖劲"。

然而，这部古老的杰作最终占了上风。它使昏昏欲睡的职员逐渐兴奋起来。唐若塞大腹便便，在唱"你扔给我的花"时震耳欲聋，然而，到了最后一幕，他终于发挥了风格。尽管演员们不尽如人意，《卡门》本身的魔力最后还是发挥出来了。绝妙的最后一幕！首先是粗犷的、气喘吁吁的音乐，它在我的血液中唤起了狂热，那是我们都熟悉的狂热：在斗牛以前，在等待这种悲惨的快乐时……卡门戴着雪白的头纱，在一片扇动的扇子中间走出来，她挽着埃斯卡米约的手臂，直起脖子，用沙哑的声音唱道："是的，我爱你，埃斯卡米约。"突然，在这个节目的喧嚣声中，在这个明媚吉日的金色尘埃中，传来女友焦虑的声音，仿佛是霹雳的先兆："卡门，别呆在这儿；他在那里，唐若塞……他藏着……你当心！"

plaza[1]音乐消失了。那人从墙角走出来，于是开始了永恒的呻吟："我不是在威胁，我在恳求，我在祈求……"接着是那句从古至今，普天之下，凡在这个爱情转折点时都必然出现的话："我忘掉一切……我们从头开始……"还有那句一再重复的、单调的告诫，那句绝望的，却无法打动女人铁石心肠的话语："卡门，还来得及……"(我们无法忍受地感到这一切是命中注定)然后是这声呜咽："你不再爱了！"小提琴声如泣如诉……还有后来发生的一切，直至唐若塞的最后呼声。这呼声击中我们心灵的最深处，因为它突然揭示一个无法忍受的事实，这事实本为人所共知，可是，要想活下去，就必须将它掩饰。尼采曾这样谈论《卡门》："这个爱情的手段是斗争，它的基础是性别之间不共戴天的仇恨……"

---

[1]西班牙语，广场。

那些难以理解的、公众不得其门而入的杰作是幸福的！卡门和曼侬和咪咪[1]同系——而美学家不屑于将卡门与后两者区分开——但卡门属于另一类型，属于神圣家庭。卡门劳动，为一家公立工厂干活。有哪一位布鲁诺·瓦乐特[2]，哪一位心地纯洁、天性诚挚的艺术家敢于拯救这个被侮辱被剥削的女人，使她恢复原始的风韵和永恒的青春呢？

桂裕芳　译

---

[1]曼侬和咪咪分别为法国作家普雷沃（1697—1763）和缪塞(1810—1857)作品中的女主人公。

[2]布鲁诺·瓦乐特(1876—1962)，美籍德国音乐指挥家。

致梅克夫人的信

〔俄罗斯〕柴可夫斯基

一

1877 年 12 月 17 日

……你的信里面只有一件事情是我所永远不能同意的——那就是你关于音乐的意见。我尤其不喜欢你把音乐和喝醉酒相提并论。我认为这种比拟是不可能的。人之所以喝酒是为了愚弄他自己，是为了给自己一种幻觉的满足和幸福。而他去获取这种幻觉，却是所费很大的。反应也很可怕。酒，确实可以使人得到暂时的忘却——但只是暂时。音乐是不是这样呢？音乐不是幻觉，而是一种默示。音乐是胜利的,因为它把美的元素显示给我们,这是其他方法所得不到的,要经验到这一点,那不是暂时的事情,而是意味着和生命作永久性的协调。音乐是一种正气而愉快的事情。要分析音乐的喜悦底经验,那是很不容易的,但这和喝醉并不一样。这不是一种生理上的东西。当然,神经——还有生理机关在接受音乐印象时是参加的,只有这一点意义上,音乐使人的身体感到愉快,但是一个人的精神与物质生活底分界,是很难的。思维是一种生理过程,因为这是脑子的一种机能。但这毕竟只是一种用语的争执。不管你我对音乐经验所下的定义为何不同,有一种事情倒是很清楚的:我们两人都以同样的深度爱着音乐;在我们两人的生命上,音乐都有着同样的重要。在我这一方面,只要有你温暖的爱,就可以把我所献身的艺术称为神圣的艺术。

昨夜我读着萨克莱(Thackeray)的美丽的小说《潘顿尼斯》(*Pendennis*)的第三卷。其中一个人物,潘顿尼斯少校,常常使我记起了康德拉蒂耶夫 (Kondratieff)。我读了一件事件是刚好如我那位朋友一样的。我从床上跳起来,充满了不需要的狂怒,写封信给他,大大地骂了他一顿。读了你的信后,我又很惭愧。我立即又写了封信给他,请他宽恕我这些怒气。你看你对我的影响是多么好呢……

二

1877年12月20日,威尼斯

我不仅赶写我们的交响乐底管弦乐谱,而且被它所吞没了。先前从来没有过任何一个作品的管弦乐谱,花去我这样大的气力,但我也从来没有这样地爱过一部作品。起初我只是为了完成这部交响乐而写,把困难一点一点地克服——但后来我吃了一惊,因为热诚占有了我,而现在简直想停也停不下去了。亲爱的娜杰日达·菲拉列托夫娜,也许我是错的,但我认为这部交响乐与众不同,它是我到现在为止写得最好的一部交响乐。我非常愉快,它是属于你的,你一听就会知道我是如何经常地在想着你。如果不是为了你,它可会有完成的一天吗?在莫斯科的时候,我以为我已经完了,曾写了一张字条——后来也就忘掉了,只是我开始工作的时候才在这里发现:

如果我死了,原稿送交梅克夫人。

我要把我这部最后作品的原稿送给你。现在,靠了你,我不但活着,而且可以充分地献身于工作,我意识到从我的笔下写出了我认为是值得纪念的东西。也许我是全部错了的——对近作的热诚差不多是一切艺术家都如此的。

无论如何,目前我是很兴奋的,因为我有这样使人愉快的工作去做。我简直安然把许多来自房东的小小的不愉快事情都一笑置之。亲爱的朋友,在我完成这部作品之前,我的信将写得短而少,请你不要烦恼。工作使我很累,到了晚上,连读书也很不容易呢,我的眼作痛。天气是好的,但很冷。昨天稍为有点云,但今天又开朗了。再见。

三

(论瓦格纳)

瓦格纳是怎样的一个唐·吉诃德啊! 他为什么老是要做些不可能的事情呢,他的双手是有才气的,只要他循着自然的方向,他难道会写不出音乐美来的吗?照我的意见,瓦格纳本质上是一个交响乐作者。这个人有一种光辉的才能,但是造作是他的失败,他的灵感往往被一些新理论所麻痹了,这些新理论就是他企图实现的,而且他可以为着这牺牲一切的。他在歌剧里只顾着现实主义,真理和理性主义,就失去了音乐,他最后的四部歌剧差不多全欠缺音乐。像这样子的万花筒,毫无关联的音乐小品,一点也没有生气地一个接着一个,永远不肯利用音乐的办法来停一下,给听众以最微小的休息——我不能把这些叫做音乐。没有一个广大的,有头有尾的旋律,没有一个唱歌者给留下一点余地。他必须整个时间跟着管弦乐跑,他得集中注意力,别让一个小音符给漏掉了。但是毫无疑问,瓦格纳却是一个可敬的交响乐作者。

让我来证明瓦格纳身上的交响乐作者如何支配着他身上的声音和往往是歌剧的作者吧。你一定听过他那著名的*Walkurhrenritt*了。这些巨人骑在马上与雷电同飞,这留给人们多么雄伟的景色呀!在音乐会上它的效果一定更加巨大的。在舞台上,则你眼前是一片岩石,用破布造成的云,兵士们在背景上跳着,最后有一个小型的天空,给我们指出这就是无限的空间了,在这里,音乐完全失掉了它的想象力。舞台不但没有把景色显得更活泼,反而显得更清冷了。

最后,我不明白——而且永远不会明白,为什么《尼伯龙根》被当作了不起的巨著。作为民歌来看,也许是伟大的——可是作为一部本事, 却不然。什么 Wotans, Brun nehildes Frickas 等等,都是不可能的,都是很不自然的,差不多可以说完全不能发生现实的兴趣。而且动作是多么少呀! Wotan 责备 Brunnehilde,说她不服从,足足责备了四十五分钟。多么沉闷!然而这里面有着多少强烈的美丽的交响乐片断呢!

这部作品,那还是很可疑的,因为他们不能了解。如果说我第一次听就了如指掌的话,那是因为我的心底就已经知道你的创作底性质了。我一点也不被它的休止、连音和延音所弄得头昏,因为我已经习惯了。还有那勇敢的反复进行,可敬的和声，在别人还没有熟悉之前，就已经使我感动了。然而他们将会有一天可以欣赏它的。

四

(论创作方法)

我收到你的信了，亲爱的朋友，读完非常愉快。让我逐项回答你的问题。很高兴和你谈到我的创作方法。先前我从来没有揭露过这些精神的神秘底表现——一部分是没有几个人要我这样做，一部分则是向我提出这个问题的，很少引得起我的兴趣作答。但把作曲的过程告诉你，倒是极好的了，因为你对我的音乐有着与众不同的敏感。也许除了我的弟弟们之外，永远没有第二个人像你一样可以用你的同情使我高兴的了。只要你知道同情对我是多么宝贵，只要你知道同情是不会纵惯我的啊!

有人告诉你说，音乐的创作是一种冷酷的，纯粹是一种心灵的习作，别相信他们。只有从艺术家灵魂的深处倾泻出来的音乐，而又被灵感所感动的音乐，才能够感动听众，占有听众。毫无疑问，甚至是最伟大的音乐天才，有时也会被缺乏灵感所苦的。它是一个客人，不是一请就请到的。在这当中，就必须工作，一个诚实的艺术家绝不能交叉着手坐在那里，说，他还没有兴致。如果等待兴致来，而不是跑上前去迎接它，那就很容易流于懒惰和无所动心。必须抓得紧，有信心，那么灵感一定会来的。

这今天在我身上也发生过。我告诉你说我经常不断的工作，但没有热诚。如果我说没有兴致，不干了，那我一定会有很长的一个时期什么也完成不了的。但信心和忍耐从来没有舍弃过我，今天，清晨以后就被一种不可解的灵感之火所占有，靠了这，我知道我今天所写的一切都会打动人们的心灵的。

我告诉你，我刚才所说的无所动心，在我却是少有的，这你不会说我自吹自擂吧。我相信这是因为我有耐心，并且训练我自己不要向惰性投降。我知道怎样征服我自己。我乐于我没有走上我的俄国兄弟们[1]的路，他们因为缺乏自信力和自制力，一遇最小的困难，就把工作撇开。这就是为什么他们如此大有才干，却写得那么少，而且结果又是那么像非职业作家的缘故了。

你问我写管弦乐曲如何写法。我从来没有抽象地作过——我心中有一个乐想，就会引起适当的外形。因此我的乐想是同时就已经管弦乐曲化了的。我写《我们的交响曲》第三乐章 Scherzo 的时候，我心里所想的正如你所听到的一模一样。如果不用拨弦演奏，那就不可能了。如果用弓去弹，就

---

[1]指五人团。

会失掉一切。就会变成没有肉体的灵魂，它的一切动人之处就会消失了的。

至于说我的作品里面有俄罗斯气味，这是不错的，我开始写的时候，往往打定主意要利用一两首民歌。有时(如《我们的交响曲》第四乐章“Finale”一段)，这是自然如此的，简直预料不到。一般地说，关于我的音乐之所以有俄罗斯味，关于民歌在旋律与和声中的关系等等，是因为我生在一个平静的地方，从儿童时代就装满了一肚子的俄国民歌的出奇的美，因此我极端爱好俄国灵魂的每一种表现。总之，我是一个彻头彻尾的俄罗斯人。

……除了小曲之外，我在写一个钢琴奏鸣曲和一个小提琴协奏曲，还想多写一些草稿才回家。请你相信，我写Romances(歌曲)的时候，采用歌词是很小心的，我希望你会中意。

五

1880年12月26日，卡明卡

你问我为什么从来不写三重奏。你总该原谅我，我的朋友，这是超乎我的能力之上的事情了。我的听觉器官简直不能接受一个钢琴，加上一个小提琴，或者加上一个大提琴。对于我，这几件乐器的不同音色，好像在开战似的，我向你保证，要我听一首小提琴或大提琴的三重奏或奏鸣曲，真是一种受罪。我不能解释这种生理上的事实，我只能这样说出来。钢琴和管弦乐合在一起，那就完全不同了；这里种种音色也是不能调恰的——钢琴更加不可能和别的乐器相调和；钢琴的弹性使它不受任何音体所束缚。但是在这里却有两种均衡的力量，即有力而丰富的管弦乐，对抗一个小小的，平易的，但精神奕奕的敌手，如果是一个好的演奏家，这敌手就以胜利者的姿态出现了。

在这一场斗争中，有无数的诗意，对于作曲家来说，就有许多极其诱惑的声音组合。但是把三种人物如小提琴、大提琴和钢琴结合起来，岂不是世间最不自然的事吗？所有三方面的价值全都失去了。小提琴和大提琴的温暖的声音和这乐器之王（钢琴）较量一下，就全失去了好处。而钢琴又一点没有办法像它的对手似的高歌！照我的意思，钢琴只在下列的场合中有价值：（一）独奏用。（二）与管弦乐合奏用。（三）伴奏用，即等于图画的背景。然而三重奏是以平等和相似做前提条件的，试问弦乐器和钢琴之间怎么能够达到这样的条件呢？不能够的。因此所谓钢琴三重奏是一种做作的东西，每一个乐器所弹的，都不是它自然的声音，而是作者迫它弹出来的，作者的乐想，难以分配给各种乐器，就只好勉强乱分了。

作曲家如贝多芬、舒曼和门德尔松，都有克服这些困难的技巧与创见，我是很佩服的。但我知道有许多三重奏却只具有优秀的乐式，作为乐式，我却不喜欢三重奏了，因此我不能带着真正的感情来写它。我知道，亲爱的朋友，我们对于这一点是不能得到一致的意见的，我也知道你中意三重奏，但是虽然我们对于一般的音乐物事有同感，可是我们毕竟清清楚楚是两个人，所以我们自然在好些地方很有不同的。

我多么愿意写一首三重奏使你愉快啊！当然，我总是准备听你的欢喜为你工作。但这一回我的音乐不会使你愉快了，因为它将会缺乏真正的灵感。即使坐在这里，一想起三重奏的声音来，我就觉得很不舒服。

陈原　译

乐思

〔俄罗斯〕肖斯塔科维奇

乐思是有意识产生的还是无意识产生的？很难说清楚。一首新作品的写作过程又长又复杂。有时候你开始写了，后来又改变了主意。写作并不总能如你的原意得心应手。如果不如意，那就由它按原样留着，然后在下一首作品中注意避免以前的错误。这是我个人的观点，我的工作方式。这也许是出于一种想尽量多写些的欲望。听到有一位作曲家的一首交响乐曾改写十一次的时候，我禁不住想：用这些时间他可以创作多少新作品？

当然，有时候我也回到老作品上去；例如，我对歌剧《卡捷琳娜·伊兹麦洛娃》的总谱曾作过许多修改。

我的第七交响乐《列宁格勒》写得很快。我不能不写它。

因为战火在周围燃烧，我必须和人民在一起，我要创造我们国家在战争时期的形象，用音乐来突出它。战争初起，我就坐在钢琴前开始工作。我专注地工作。我要写我们的时代，写我同时代的人，他们为了战胜敌人不惜力量，不惜生命。

关于《第七》和《第八》交响乐，我听到过许多无稽之谈。那些蠢话能流传这么久，令人惊奇。我有时候很奇怪人们怎么会这样懒得用头脑思考。开头那些天的文章里对这两首交响乐的种种议论，直到今天仍毫无变动地在重复，尽管有足够的时间作一番思考。战争毕竟早已结束，差不多有三十年了。

三十年你可以说它们是军事交响乐，但是交响乐很少是为订货而写的，这是说，如果它们不愧为交响乐的话。

我的确写得很快，这是事实，但是我对自己的乐曲要先想个相当长的时间，直到它在我头脑中完成，我才动笔写下来。当然，我也会出错。比方说，我想象一首作品是一个乐章的，可是后来我感到必须继续写下去。事实上《第七》就是这样，《第十三》也是。有时候正相反，我想我开始写一首新的交响乐了，但事实上写完一个乐章就停住了。《斯捷潘·拉辛的死刑》就是这样。如今它是作为一首交响诗演奏的。

《第七交响乐》是战前设计的，所以，完全不能视为在希特勒进攻下有感而发。"侵犯的主题"与希特勒的进攻无关。我在创作这个主题时，想到的是人类的另一些敌人。

自然，我厌恶法西斯主义，不过不仅是德国法西斯，任何法西斯都令人厌恶。如今人们喜欢把战前回忆成田园诗式的时期，说什么在希特勒打扰我们之前，一切都美好。希特勒是个罪犯，这一点很清楚，但是斯大林也是。

我为被希特勒杀害的人们悲痛难消，但是我同样为在斯大林命令下被杀害的人感到悲痛。我为每一个被折磨、被枪决或者饿死的人感到痛苦。在抗击希特勒的战争开始之前，在我们的国家里，这样的人数以百万计。

战争带来许多新的苦难和破坏，但是战前的可怕年代我也没有忘掉。我的交响乐，从《第四交响乐》开始，全是说这些年代的，包括《第七》和《第八》交响乐在内。

其实，我毫不反对把《第七》称为《列宁格勒交响乐》，但是它描写的不是被围困的列宁格勒，而是描写被斯大林所破坏、希特勒只是把它最后毁掉的列宁格勒。

我的交响乐多数是墓碑。我国人民死在和葬在不知何处(即使是他们的亲属也不知道)的人太多了。我有许多朋友就是这种遭遇。到哪里去为梅耶霍尔德或者图哈切夫斯基建立墓碑？只有音乐能为他们做这件事。我愿意为每一个受害者写一首乐曲，但是这不可能，因此我把我的音乐献给他们全体。

我经常想到这些人，而且差不多在每首主要作品中，都试图向人们提起他们。战争年代的条件有利于我这样做，因为当局对音乐管得不那么严了，也不在乎音乐是否太忧郁了。后来，一切不幸都归咎于战争，好像人们在战争时期才遭受折磨和杀害。于是，《第七》和《第八》成了“战争的交响乐”。

这成了难改的积习。我写完了《第八四重奏》以后，它也被列入“揭露法西斯主义”的范畴。除非又聋又瞎是不会这样做的，因为在这首四重奏中一切都像初级读物那样一清二楚。我用了《麦克白夫人》以及《第一》和《第五》交响乐的片断。法西斯主义与这些有什么关系？《第八四重奏》是自传式的四重奏，其中用了一首俄国人谁都知道的歌曲：《狱中之苦苦难熬》。

这首四重奏中还有选自《钢琴三重奏》的犹太主题。我想，如果谈到音乐的印象的话，那么，犹太民间音乐给我留下的印象最深刻。我喜爱它，从不厌倦。它是多面的，能够以喜来达悲，几乎总是含着眼泪在笑。

犹太民间音乐的这一特性接近于我对“什么是音乐”的想法。音乐始终应该有两层。犹太人受折磨受得太久了，所以学会了隐藏自己的失望。他们在舞曲中表现失望。

一切民间音乐都是可爱的，但是我可以说犹太民间音乐是独特的。许多作曲家听它，包括俄国作曲家在内，如穆索尔斯基。他仔细地记录犹太民歌。我的许多作品反映了我对犹太音乐的印象。

这不单纯是音乐问题，也是道德问题。我常以一个人对犹太人的态度来检验他。在我们这个时代,任何自认为正派的人都不可能是反犹太的。这似乎是不言而喻的,但是我为这个论点至少争论了三十年。战后有一次我在一家书店里看到一本书里有犹太歌词。我始终对犹太民间传说感兴趣,我想这本书里大概有旋律,谁知里面只有歌词。我觉得如果我从中挑出几首歌词来谱上乐曲的话,就能诉说些犹太人的命运。看来这是件重要的工作,因为我发现反犹太主义正在我周围滋长。但是当时这套组歌我没法演奏,直到很久以后才第一次上演,又过了一段时间我才把它改编为管弦乐曲。

我的父母认为反犹太主义是一种可耻的迷信,从这个意义上说,我受的教育是卓越的。到了少年时代,我在同辈中间感到了反犹太情绪,他们认为犹太人受到的待遇越来越优渥了。对犹太人的屠杀、犹太区、移民控制等,他们都忘了。在那些日子里,以嘲笑的口吻谈论犹太人几乎成了一种富有风度的标志。这是对官方的一种反抗。

即使在当时,我也从不原谅反犹太论调,也不愿重复当时流行的嘲弄犹太的笑话。但是我当时对这种卑鄙的品性的态度要比现在温和得多。后来,哪怕是好朋友,只要我看到他有反犹太的倾向,我也和他绝交。

但是即使在战前,对犹太人的态度也已发生很大变化。原来,我们离实现兄弟关系还远着呢。犹太人成了欧洲受迫害最残酷和最无依靠的民族。这是向中世纪倒退。对我来说,犹太人成了一种象征，人类的无自卫能力的特点全都集中在他们身上。战后，我试图在音乐中表达这种感觉。当时，对犹太人来说是个艰难时期。其实他们的日子从来就是艰难的。

不管在集中营死了多少犹太人，我只听到人们说"犹太佬到塔什干去打仗了"。看见一个犹太人佩戴奖章，他们就在后面喊："犹太佬，这些奖章是哪儿买来的？"那是我写《小提琴协奏曲》、《犹太组歌》和《第四四重奏》的时候。

当时这些作品没有一首能演出，直到斯大林死后，才为人们听到。我还不能习惯于这种情况。《第四交响乐》是在我写之后二十五年才上演的。还有些作品至今尚未演出，而且谁也不知道什么时候能听到它们。

青年人对我在犹太问题上的感想的反应给了我很大鼓励。我也看到，俄国知识界仍然倔强地反对反犹太主义，多年来试图从上而下强制实行反犹太主义的行径也看不到明显的效果。普通百姓也是如此。最近我到雷宾诺车站去买柠檬水。那里有个小铺，其实只能算是货摊，什么都卖。人们排着长队。有个妇女很像犹太人，说话也有口音，排着排着就开始大声抱怨起来：为什么要排队，为什么罐头豌豆非得和别的东西搭着卖不可，等等。

年轻的售货员回答说："女公民，如果你在这里不称心，为什么不去以色列呢？那里不用排队，而且大概是要买豌豆就给豌豆。"

可见，以色列被说得很好，是个不排队又有罐头豌豆的国家。这是苏联消费者梦寐以求的生活，于是排队的人好奇地注视着这位能到一个不用排队而且豌豆要多少有多少的国家去的女公民。

我过去到美国时看了电影《屋顶上的提琴手》。使我感到震惊的是戏里主要的情感是思乡，从音乐、舞蹈、色彩上都能感到这种思乡之情。即使祖国是这样一个国家，一个糟糕的、不可爱的国家，不像亲生母亲，倒像后娘，然而人们还是想念她，寂寞之情溢于言表。我觉得那种寂寞感是最重要的方面。如果犹太人能够在俄国，在这个他们出生的地方平静、愉快地生活，那就好了。但是我们一定不能忘记反犹太主义的危险，并且一定要不断地提醒别人，因为这种病毒是活的，谁知道它会不会永远消失。

因为这个缘故，我在读到叶夫图申科的《娘子谷》的时候非常高兴；这首诗震撼了我。它震撼了成千成万的人。许多人听说过娘子谷大惨案，但是叶夫图申科的诗使他们理解了这个事件。先是德国人，后来是乌克兰政府，企图抹掉人们对娘子谷惨案的记忆，但是在叶夫图申科的诗出现后，这个事件显然永远也不会被忘却了。这就是艺术的力量。

人们在叶夫图申科写诗之前就知道娘子谷事件，但是他们沉默不语，在读了这首诗以后，打破了沉默。艺术摧毁了沉默。

我知道许多人会不同意我的看法，说艺术还有更崇高的目的。他们会谈到美、雅等等高尚的特性。但是用这种诱饵是抓不住我的。我像《死魂灵》中的索巴凯维奇：就是你把青蛙裹上一层糖，我也不会把它放进嘴里。音乐艺术方面的大专家日丹诺夫也力主音乐的美和雅。周围不论发生什么事都由它去，只要把高尚的艺术端上餐桌就行了，别的什么也不要。

看看那些自认为处在对立阵营里的人在艺术见解上是多么一致，倒也有趣。如："如果音乐成了笨拙的、丑恶的、粗鲁的，它就不能达到使音乐有理由存在的那些要求，就不再成其为音乐了。"

哪一个为艺术崇高而呐喊的唯美主义者不愿意签名支持这段话？然而说这段话的是出色的音乐评论家日丹诺夫。他和唯美主义者同样反对让音乐去使人想起生活，想起悲剧，想起受害的人，想起死者。音乐应该是优美的，作曲家应该只想纯音乐的问题。这样就会安静些。

我始终断然反对这种观点，而且朝相反的方向努力。我始终要音乐成为积极的力量，这是俄罗斯的传统。

叶琼芳　译

夏里亚宾[1]

〔俄罗斯〕蒲宁

在莫斯科一度有个说法，夏里亚宾所以好同作家结交是为了贬抑跟他齐名的索宾诺夫[2]，还说夏里亚宾所以如此趋奉作家绝不是因为他爱好文学，而是因为他不甘心于仅仅饮誉歌坛，还渴望人们揄扬他是个“有思想的先进的人”。据说他曾经讲过，让那些个歌迷去为索宾诺夫发狂吧，他们不论什么时候，不论在什么地方，只要一听到男高音都会发狂的。可据我看，夏里亚宾爱同我们交往未必一定出于同行相倾的自私目的。举例说吧，他非常想结识契诃夫，我记得他曾多次

---

❶费奥多尔·伊凡诺维奇·夏里亚宾(1893—1938)，俄国著名男低音歌唱家，享有世界声誉。1922年流亡巴黎至死。

❷列昂尼德·维塔里耶维奇·索宾诺夫(1872—1934)，俄国著名抒情歌唱家，终老于莫斯科。

跟我谈起这事。有一回我终于忍不住了,问他:

"就这么件事怎么会解决不了呢?"

"因为契诃夫足不出户,我找不到机会向他自我介绍。"

"真是,这还用得着找机会!乘上马车,去他家就得了。"

"可我不愿让他觉得我是个鲁莽的人!再说我在他面前会胆怯得手足无措,像个地地道道的土佬儿。要是你能带我去,那就……"

我马上就带他去了,发现他讲的是真话。他向契诃夫走近时,脸红到了脖子根,讷讷地咕噜着什么……离开契诃夫家时,他欢欣若狂:

"我终于认识了他,你不会相信我有多幸福,我对他着迷了!这才是人物!这才是作家!从此其他作家在我眼里不过是一群骆驼。"

"谢谢。"我笑着说。

他哈哈大笑,声震全街。

有一张出名的照片——其所以出名是因为当初曾作为明信片发行了几十万张——是安德列耶夫、高尔基、夏里亚宾、斯基塔列茨、奇里科夫[1]、捷列绍夫和我的合影。有一天,

[1]叶夫根尼·尼古拉耶维奇·奇里科夫(1864—1932),俄国作家,参加过《知识》文集的编写,著有剧本《农民们》(1906)和自传体小说《塔尔哈诺夫的一生》(四卷本,1911—1925)。1920年流亡国外。

我们七个人去莫斯科的德国酒家“映山红”吃早餐。这顿早餐吃了很久，大家兴致很高，突然间决定一起去拍张照。我跟斯基塔列茨一言不合，争了起来。我说：

“又去拍照！成天只知道拍照！简直像群发情的公狗，只知道找母狗交配。”

斯基塔列茨感到受了侮辱。

“为什么这是交配，而且还是发情的公狗？”他用做作的混浊的男低音问道。“拿我来说，我怎么也不认为自己是条狗，至于别人是否认为自己是条狗，我不知道。”

“不这么比方又该怎么比方？”我说道。“我们宴饮不断，一派歌舞升平。而用你们自己的话来说，‘人民都饿得浮肿了’，俄罗斯正在毁灭，在俄罗斯‘灾难层出不穷，下面是黑暗的政权，上面是政权的黑暗’，‘海燕像黑色的闪电’，在俄罗斯上空‘高傲地飞翔’，可是在莫斯科和彼得堡却怎样呢？日日夜夜像过节一样，轰动全俄的大事接二连三：新的一期《知识》文集[1]出版，汉姆生的新剧问世，艺术剧院首演，大剧院首演，女大学生一看到斯坦尼斯拉夫斯基和卡恰洛夫[2]上场，纷纷如醉似痴，晕了过去。雅拉大酒家和斯特列利纳大酒家门前车水马龙……”

---

[1]《知识》文集是由高尔基主持编辑的，自1904年起出版，共出四十集。作者都为现实主义民主作家，如高尔基、库普林、绥拉菲莫维奇和蒲宁等。

[2]瓦西里·伊凡诺维奇·卡恰洛夫（1875—1948），著名演员，获苏联人民艺术家称号。

一场吵架眼看就要发生，可就在这时爆发了哄堂大笑。夏里亚宾高声喊道：

“说得好，说得对！不过哥儿们，咱们还是去吧，好让公狗的交配流芳百世！的确我们经常拍照，可总得在我们死后给我们的子孙留下些什么吧。否则一个人唱呀，唱呀，唱了一辈子，两腿一踹就玩儿完了。”

“是呀，”高尔基赞同说，“写呀，写呀，两腿一踹就完蛋了。”

“比方说，我就是如此。”安德列耶夫阴郁地说，“我准是头一个完蛋……”

这句话是他的口头禅，所以大伙儿笑他。这张合影就这么拍成了。

大伙儿都认为夏里亚宾是个非常激进的人，每当他唱《马赛曲》或者《跳蚤之歌》的时候，听众都会激奋地狂呼起来。《跳蚤之歌》也被认为是革命歌曲，是对帝王的一种撒旦式的嘲讽：

从前有个国王，
身上有只跳蚤……

可是却发生了一件意想不到的事，怎么会的呢？撒旦竟然跪倒在国王面前，有条消息传遍了整个俄国：夏里亚宾向沙皇下跪！人们对这件事情的议论，对夏里亚宾的议论铺天盖地而来。为了这桩丑闻，夏里亚宾后来不知做了多少辩白！

“我怎么能不跪下来呢？”他说。“那是皇家歌剧合唱团的一次纪念性演出。合唱团决定利用沙皇出席观剧的机会，向皇上跪下，面求加薪。他们真跪下来求了。那时我也在合唱团内唱歌，叫我怎么办？我事先压根儿不知道跪请加薪这件事，可突然间发现：整个合唱团活像是给一把镰刀唰地一下割倒在台上，全都跪了下来，把手伸向沙皇的包厢！叫我怎么办？一个人像根电线杆似的戳杵在整个合唱团之上吗？这才是真正的出洋相呢！”

我在俄国最后一次见到夏里亚宾是在 1917 年 4 月初，那时列宁已抵达彼得堡。我那时也在彼得堡，我同夏里亚宾都接到了高尔基的邀请，要我们出席在米哈伊洛夫剧院举行的一次隆重集会，会上高尔基将就他何以要创立“自由科学院”发表演说。我至今不理解也不记得为什么要邀请我同夏里亚宾参加这样一次乱哄哄的会议。高尔基的演说非常之长，而且辞藻华丽，最后他宣布说：

“同志们，夏里亚宾和蒲宁在我们中间！我建议向他们二位致敬！”

观众席内响起了发疯似的鼓掌声和跺脚声，要我们两人出来亮相。我俩躲到侧幕后边，突然有个人追了过来，说大伙儿要求夏里亚宾唱歌。眼看夏里亚宾又不得不“下跪”了，可夏里亚宾却斩钉截铁地对奔过来的人说：

“我不是消防队员，人家一叫我，就得马上去爬屋顶。您就这么跟大伙儿说吧。”

来人走了，夏里亚宾摊开双手对我说：

“老兄，事儿可真难办，唱也不是，不唱也不是，日后他们记起这事儿，会把我吊死在路灯杆上的。可我还是不打算唱。”

他果真没唱。后来布尔什维克执政后，他就不敢再这么放肆了。然而最终他还是要弄诡计，离开了俄国。

1937年6月，我在巴黎最后一次听他演唱。他举行专场演出，有时独唱，有时和阿丰斯基合唱团一起唱。我现在回想，他那时已经病势沉重，因为他激动得异乎寻常。当然他每回演出都激动。演员激动是常事，我曾看到叶尔莫洛娃❶在上台前浑身发抖，画着十字；我还在侧幕后看到连斯基❷甚至罗西❸演出完毕后，回到自己的更衣室，就像死去一样瘫倒了。

❶玛丽娅·尼古拉耶芙娜·叶尔莫洛娃(1853—1928)，俄国杰出的悲剧女演员，1871年起在莫斯科小剧院演出。

❷亚历山大·巴甫洛维奇·连斯基(1847—1908)，俄国著名演员，1865年起开始舞台生涯，1876年起在莫斯科小剧院演出。

❸埃尔奈斯托·罗西(1827—1896)，意大利演员，意大利现实主义戏剧表演艺术的最主要代表之一，1846年开始舞台生涯，演悲剧角色。

夏里亚宾在某种程度上大概也有同样的情况，只是先前观众从未目睹过。可是在他一生的最后这次专场演出时，观众却亲眼目睹了他的激动之态，他全靠了在表情、动作和发声方面的天赋才拯救了自己。他下场后给了我一张条子，要我去看他。我去了。他站在那里，脸色惨白，满头冷汗，瑟瑟发抖的手里夹着一支香烟。他一看到我劈头就问(不消说，过去他绝不会这样问)：

"我唱得怎么样？"

"当然好极了。"我回答道，然后打趣说："好到了我不得不一直替你帮腔的地步，惹怒了周围的观众。"

"谢谢你，亲爱的，劳驾你给我帮腔吧，"他茫然地笑着说，"你知道吗，我身体非常糟糕，日内我就要到山区去，到奥地利去。去山区，老兄，这可是头等大事。你今年到哪儿去消夏？"

我又打趣说：

"哪儿都去，就是不去山区。不去山区我也成天在山包包里打转，不是蒙马特就是蒙巴纳斯[1]。"

他又笑了，但是笑得心不在焉。

他为什么要举行最后这次专场演出？大概他已经感到自己油干灯尽，想告别舞台，倒不是为了钱，虽然他爱钱，几乎

---

[1]两地均为巴黎街区名，地势略高。

从未义演过，他老爱说：

“只有小鸟才免费唱歌。”

我最后一次见到他是在他去世前一个半月，我同马·亚·阿尔达诺夫[1]一起去探望他。他当时已经病重，可是生命的力量和演员的光彩在他身上仍相当充沛。他坐在餐厅角落里的一张安乐椅上，身旁亮着一盏灯，灯罩是鹅黄色的。他穿着一件宽大的黑色丝袍，脚上趿着一双红拖鞋，头发梳成高耸的鸡冠状，显得魁岸，雄伟，像是一头老狮子。我以前从未见到过他这种贵族的气度。他身上流的是什么样的血液？是不是罗蒙诺索夫和瓦斯涅佐夫昆仲的那种俄罗斯北国独特的血液？他青年时期，从外表来看，是极其平民化的，但随着年岁的增加，他变了，变得判若两人。

列夫·托尔斯泰头一回听过他演唱后，说道：

“不，他唱得太响了，响得过分。”

直到今天还有许多自作聪明的人，以为托尔斯泰对艺术一窍不通，因而“把莎士比亚和贝多芬骂得分文不值”。对这些自作聪明的人，我们可以不加理睬，可是总得解释托尔斯泰何以会对夏里亚宾做出这样的评价。他对夏里亚宾出色的

[1]马克·亚历山大罗维奇·阿尔达诺夫(1889—1957)，俄国作家，比较文学家，原为化学工程师，1919年侨居法国。

歌喉，对夏里亚宾的才气难道都听而不闻、视而不见吗？不，这当然不可能。托尔斯泰不过是没有谈夏里亚宾的长处，而只是讲了他认为的短处，指出了夏里亚宾的一个特点。夏里亚宾确实始终未能摆脱这个特点，何况当时他才二十五岁，表现得更加明显。这便是：精力过剩，易于过火，好炫耀自己的力量。在夏里亚宾身上，那种"英雄气派"过于浓烈，这既是先天的，又是后天在舞台上养成的。从青年时代起，舞台就成了他整个生命，不管他在哪里，不管他去世界的任何地方，无论是在歌剧舞台上，在音乐会上，还是在著名的浴场、豪华的酒家，或者百万富翁的沙龙内，观众不可遏止的狂热每一分钟都在激奋着他。要一个享有盛誉的人举止谦逊谈何容易！

"荣誉就像海水，喝得越是多，口越是渴，"契诃夫曾开玩笑地说过。

夏里亚宾无休无止地喝着这种水，因此他的口渴是没有休止的。该怎样来看待他爱炫耀他的力量、他的勇气、他的俄罗斯性格，爱夸耀自己"出身微贱"呢？有一回，他把他父亲的一张照片给我看：

"瞧瞧我父亲是个什么样的人。揍起我来心可狠哩！"

可照片上是个非常体面的人，五十来岁，里边穿一件浆过的翻领衬衫，打一条黑领带，外边套着浣熊皮大衣，我不由得生起疑来：这人真的狠命揍过他吗？为什么这些个自学成才者在童年和少年时期无一例外都被"狠命地揍过"？"高尔基、夏里亚宾是从民众之海的底层升起来的"……夏里亚宾真的是出身"底层"吗？他的父亲供职于县参议会，身穿浣熊皮大衣和浆洗过的衬衫，很难说是置身底层的人。我认为在有关夏里亚宾的回忆录中，对他的童年和少年多少加以美化了，他那个时期的朋友和同伴美化了他，譬如，有位铁匠，在同他谈及唱歌时所讲的话就美得过分了：

"唱吧，费嘉[1]，这使你的心灵愉快！歌曲就像鸟儿，放开它，就能展翅飞翔！"

不过话要说回来，这个人的命运的确是神话式的，从铁匠的朋友到大公和皇储的座上客，距离不能算小。他的一生从各方面来说，都过分幸福了：上帝真的把"凡尘世所有的一切"都赐予了他。赐予了他一个异常结实的肉体，这个肉体以整整四十年的时间遍游世界各地，犯下尘世的各种罪孽之后，才开始垮下来。

有一回，我住在敖德萨的一家旅馆里，住在我隔壁房间里的是巴蒂斯蒂尼[2]。他当时正巡回演出至敖德萨。他使所有的观众惊叹不绝的不只是他的歌喉充满青春的朝气，而且他整个人都洋溢着青春的活力，虽然他已经七十四岁高

---

[1]夏里亚宾名字的昵称。

[2]马蒂阿·巴蒂斯蒂尼（1856—1928），意大利男中音歌唱家，意大利美声乐派的代表人物。自1893年起，巴蒂斯蒂尼曾多次去俄国演出。蒲宁说他在敖德萨演出时，年已七十四岁显然有误。

龄了。他常葆青春的奥秘在哪里呢?奥秘之一在于他善于珍摄,每回演出后立刻回家,喝掺有碳酐矿泉水的热牛奶,随后就睡觉。可是夏里亚宾呢?我同夏里亚宾是多年之交,据我记忆所及,我们见面大多是在酒楼饭馆。我们什么时候,在什么地方相识的,我记不得了。可我至今记得,我们改用"你"来相称是有天深夜在莫斯科大酒铺内。这家酒铺是幢大厦,坐落在伊维尔小教堂对面。大厦内,除了酒铺外,还设有旅馆。我去莫斯科,有时就下榻于这家旅馆,住上很长一段时间。酒铺年复一年地扩大成一家豪华的餐馆,因此所谓酒铺久已名不副实,尤其后来我住进酒铺楼上的旅馆时,就更加如此了,那时酒铺又大大发展,开辟了好些新的宴饮厅,装潢得富丽堂皇,专供最欧化的莫斯科商界巨子夜间纵酒和大排华宴之用。我记得那天夜晚饮酒的人中最显赫的是个住在莫斯科的叫苏的法国人,和他同饮的是他的几个情人以及一些熟人,我也在其中。在苏的餐桌上,香槟酒如常言所说的多如泉涌。他不时赏给在小舞台上演奏和唱歌的那不勒斯乐队几百卢布的小费,舞台被枝形吊灯的灯光照得雪亮,乐师都穿着红色的紧身上装。忽然在大厅门口出现了满头金发的夏里亚宾魁岸的身影。他用所谓"锐利如鹰"的目光扫了乐队一眼,突然把手一扬,跟着乐队唱了起来。这一"帝王般"的恩典使那不勒斯人和所有饮酒的人狂喜到什么程度,就无需形容了!那天晚上我们几乎豪饮到第二天天亮，后来，我俩终于离开宴饮厅，在通向旅馆的楼梯口站停下来告别。这时他突然用伏尔加河流域的人所特有的那种适度的男高音问道：

“瓦纽沙[1]，我想你喝得太多了，因此我决定用我的肩膀把你扛到你的房间去，因为电梯已经停开。”

“你可别忘了，”我说，“我住在五楼，而且我的个儿并不小。”

“没关系，亲爱的，”他回答说，“我哪怕用出吃奶的力气也要把你扛回屋去！”

他果真把我扛到了我房间里，不管我怎么推拒。把我扛回屋后，他继续把这种“逞英雄”的角色演到底，竟花了整整一百个卢布叫侍应生送一瓶“百年”波尔多红酒到房间里来（这酒的味道就像马林果汁）。

他这人对自己的精力可以说耗费无度，这个评价既不夸大，也未缩小。他与人交谈时，一个人滔滔不绝，不容别人开口，随兴之所至，天南地北，无所不谈，夹杂着俏皮话，粗话——而且往往是最粗的——并辅之以丰富的脸部表情，烟一支接一支地抽。处处“逞英雄”是他的癖好。有年冬天，在莫斯科，已经是深夜了，我同他由布拉格酒家驱车去斯特列利

[1]蒲宁的名字伊凡的昵称。

纳酒家，街上冷彻骨髓，敞篷马车全速奔驰，他却笔直地坐着，敞开皮大衣，高声地讲着，笑着，不停地抽烟，火星随风乱飞。我忍不住了，喝住他说：

“你干什么，不要命了！闭嘴，掩上大衣，扔掉香烟！”

“瓦纽沙，你是个明白事理的人，”他用谄媚的口吻说，“不过你的担心是多余的，老兄，我的筋脉是特制的，是俄罗斯的，什么都经受得了。”

“我讨厌你和你那个俄罗斯！”我说……

“瞧你，瞧你。又骂我了。我怕遭人骂，骂会把人逼进棺材。瓦纽沙，你干吗一见到我，总是这么打招呼：‘嗬，你好，英雄好汉！’为什么？”

“为的是让你别穿着紧腰细褶的长衣、漆皮靴、竖领丝衬衫，外束一条深红色的腰带招摇过市，为的是让你别学高尔基、安德列耶夫、斯基塔列茨的样，装扮成民粹派，别摆出一副剽悍、沉思的样子，搂着他们照相，要记住你是什么人，人家是什么人。”

“我什么地方攀不上他们？”

“多着呢，比方说吧，高尔基和安德列耶夫都是极有天赋的人，可他们写出来的东西不过是‘文学’而已，有时甚至是通俗作品，而你的嗓子，不管怎么说，总不至于是‘文学’。”

“瓦纽沙，你这个醉鬼，倒挺会讨好人的。”

“这话不假，”我大笑着说。“不过你还是给我闭嘴，掩上皮大衣。”

“好吧，照你的办……”

说罢，他掩上了皮大衣，但突然扯开嗓门，唱起了《查理有个仇人！》，吓得马撒开四蹄狂奔起来。

当年莫斯科有个文学小组，叫“星期三”。小组每周在作家捷列绍夫家聚会一次。捷列绍夫是个富有、好客的人。我们在他家朗读各自的作品，提出批评意见和吃晚饭。夏里亚宾是我们的常客，他坐在一旁听我们朗读，虽然要他只听不讲他受不了。有时他坐到钢琴前，自弹自唱，又唱俄罗斯民歌，又唱法国小调，又唱《跳蚤之歌》、《马赛曲》和《船夫曲》，总是能使有些人听得“入神”。

有一回，他来到“星期三”，一进门就说：

“哥儿们，我想唱歌！”

他马上拌电话给拉赫玛尼诺夫，对他说了同样的话：

“我想唱歌想得要死！你雇辆马车，立刻上这里来。我跟你唱一个通宵。”

当然这一切总不免有矫揉造作之处。然而不难想象这是一个多么了不起的晚会：夏里亚宾和拉赫玛尼诺夫搭档。那晚上，夏里亚宾讲了一句良心话：

“这儿可不是大剧院。听我唱歌千万别上大剧院去，而该在这样的晚会上，何况有谢廖查❶同我搭档。”

有一回他来卡普里我的寓所作客时也这么唱过，我跟我妻子一连三年冬天住在那里的“奎锡山”旅馆。我们夫妻替他设宴接风，邀请了高尔基和几个卡普里的俄罗斯侨民作陪。饭后，夏里亚宾自愿演唱。于是又是一次美妙的晚会。所有住在旅馆里的人和许多卡普里居民都拥进旅馆的餐厅，屏息敛气，两眼放光地听他演唱……后来我在巴黎有一回上他家吃早饭时，他自己回忆起了那天夜晚：

“你还记得我在卡普里你的旅馆唱歌的事吗？”

随后他摇动留声机，放上他几年前灌制的唱片，含着眼泪倾听着自己的歌声，喃喃说道：

“唱得不坏！愿上帝让所有的人都唱得这么好！”

1938年

戴骢 译

❶是拉赫玛尼诺夫的名字谢尔盖的昵称。

斯克里亚宾[1]

〔俄罗斯〕帕斯捷尔纳克

一

我生平的头两个十年，彼此区别甚大。十九世纪九十年代，莫斯科还保留着童话一般五颜六色的穷乡僻壤的古老风貌，它具有第三个罗马城或像壮士歌中所唱的京都的种种传奇特点，以及名扬四海的四十个四十座教堂[2]的全部美丽。旧的风俗习惯还起作用。每年秋天，在尤什科维胡同，即通向绘

[1] 亚·尼·斯克里亚宾(1872—1915)，俄罗斯作曲家，钢琴家、1903年起，他沉湎于唯心主义哲学。1904—1909年侨居国外。晚年创作醉心于用音乐表现唯心主义哲学命题。

[2] 传说莫斯科古代有四十个四十座教堂，即1600座教堂。

画学校校园的那条街上，在被认为是骡马保护神的佛罗拉与拉夫尔教堂的大院里，为马匹举行圣洁化仪式。这时，整条胡同，一直到绘画学校门口，像骡马集市一般，挤满了马匹和牵马来施行圣洁化仪式的车夫与马夫。

随着新世纪的开始，如同魔棒一挥，我儿时记忆中的一切都变了样。世界之首的几国首都的疯狂经商劲头也笼罩了莫斯科。在大发横财的基础上，蓬蓬勃勃建立起一栋又一栋盈利的高楼大厦。砖瓦大楼在人不知鬼不晓的情况下，拔地腾空而起，出现在各条大街的两旁。莫斯科，和这些高大建筑物同时，超过了彼得堡，为年轻的、现代化的、朝气蓬勃的、俄罗斯的新艺术——即大都市艺术——开了头。

二

九十年代那股狂寒热也反映在绘画学校里。单靠国家拨款已不能维持其存在了，于是便委托几位善于经营的人去想办法筹款，增加经费。决定在绘画学校校内修建多层住宅楼，以便出租；在校园中央，即原来的花园里建筑玻璃展厅，对外出赁。九十年代末，就开始拆除院内的厢房和柴棚，花园里的树木连根拔掉，在那儿挖了一些深坑。深坑里积满了水，掉进坑里的耗子如同在池塘里游来游去，青蛙也从旱地上往坑里跳，我们住的那栋厢房也准备拆除报废。

到了冬天，在主楼里，用两间或是三间教室和一间大课堂，为我们改装了一套新住所。1901年，我们全家搬了进去。由于住所是用旧屋子改建的，而原来的屋子有一间是圆形的，另一间形状更怪，所以我们住了长达十年之久的新寓所，其小贮藏室和浴盆占用的是一块半月形的面积，厨房是椭圆形的，餐厅有个凹进去的半圆墙。从门外总会传来绘画学校工作室和甬道的隆隆声，而在最边上的、与教堂一壁相隔的房间里可以听见恰坡雷金教授在建筑系讲授安置采暖设备的课程。

在这之前的几年里，当我们还住在老寓所时，有时我母亲，有时是聘请的家庭教师，对我进行过学前教育。有一阵子，准备让我进彼得保罗中学，所以我用德语学习了全部初级课程。

我怀着感激之情回忆各位家庭教师，特别是我的启蒙老师叶卡捷琳娜·伊万诺夫娜·博拉滕斯卡娅，她是儿童作家，同时又从英文为青少年翻译一些读物。她教我识字，算算术，从字母开始学法文，教我以正确姿势坐在椅子上，如何手握钢笔。有人送我到她家去上课，她租的是备有各种家具的公寓。室内很暗，从上到下堆满了书籍。摆设整洁，但有热牛奶和炒咖啡豆的味道。窗户挂着编花窗帘，窗外雪花飞舞，如同天公在编织手工，雪花灰蒙蒙，有些不净。雪花分散了我的注意力，所以当叶卡捷琳娜·伊万诺夫娜用法语向我提问时，我的回答总是不对题。下课后,叶卡捷琳娜·伊万诺夫娜用短上衣的里子把钢笔尖擦干净,等来人接我,然后放我回家。

1901年,我考入莫斯科市第五中学二年级。这个学校在万诺夫斯基教改之后,仍然属于古典式学校,除了新增加的博物课和其他新课程之外,教学大纲中仍然保留了古希腊文。

三

1903年春,我父亲在奥博连斯克租了一座别墅,它离马洛雅罗斯拉维茨不远,在勃良斯克铁路线上,即现在的基辅铁路线。我们别墅的邻居是斯克里亚宾。当时,我们和斯克里亚宾一家人还不相识。

两座别墅都坐落在一个丘陵上,而且都在树林的边上,但相距甚远。我们照例是一大早就来到了别墅。树叶低低地垂在房顶上,阳光穿过树叶显得零零碎碎。大家把一个个蒲包拆开,取出睡具,口粮储备,锅碗瓢盆,水桶。我跑进树林里去了。

天哪,神明的力量呀,那天清晨的树林里真是无所不有啊!阳光从四面八方射进树林,林中影子在移动,忽而这样忽而那样地改变着树的顶梢,各种鸟儿站在时高时低的树枝上,啁啾着意想不到的悠扬歌曲,怎么也不能习惯于这些声音。开始歌声嘹亮而急促，然后渐渐消静下来，它那种热情而又频繁的顽强劲儿，仿佛是伸向远方的森林中的树木。如同阳光与阴影在树林里交替，如同鸟儿从一根树枝上飞向另一根树枝上啼啭，毗邻的别墅里用大钢琴演奏的第三交响乐或《神圣之诗》的片断与章节，也在树林中飘动与回荡。

天哪，这是一种什么样的乐曲呀！交响乐如同遭受炮火轰击的城市，接连不断地坍塌与倾倒，交响乐完全是由残垣断壁堆积起来的。乐曲中充满经过疯狂加工的、新的内容，如同生长中的树林充满生命与清爽那么新，树林在那天早晨披上了1903年而不是1803年新春的嫩叶。就像树林没有一片叶子是用皱纹纸或染色铁皮做的一样，在交响乐中也没有一点虚假的深刻，没有令人肃然起敬的动听空谈，什么“像贝多芬”呀，“像格林卡”呀，“像伊万·伊万诺维奇”呀，“像马丽娅·阿列克谢耶夫娜女公爵夫人”呀，他所谱成的曲子具有一种悲剧力量，它对一切腐败但又被人赞扬的，和对伟大但又十分愚蠢的东西嗤之以鼻，它大胆到狂妄的程度，充满稚气，它像放荡的安琪儿有些天然淘气而又自由自在。

估计谱写这种乐曲的人一定会知道自己是什么人，工作之后他的头脑会清醒，精神会镇静，如同摆脱一切事务之后高枕无忧中休息时的上帝。他确实是这样一个人。

他和我父亲常常在横贯这个地区的华沙公路上散步。有时，我伴随他们。斯克里亚宾每次快跑之后，喜欢靠惯性再蹦蹦跳跳地跑一段路，就像抛在水面上弹跳的石片，似乎他若再加一把力就可能离开地面在空气中飞起来了。他平时训练自己掌握充满灵气的轻盈和接近于飞行的灵巧动作。他那迷人的风采和高雅的气度也属于这一类的现象。他凭借这种气度在社交中回避严肃性，并尽量装出空洞和肤浅的样子。在奥博连斯克散步时他发表的各种奇谈怪论更令人吃惊。

他和我父亲争论有关生命、艺术、善与恶等问题，他攻击托尔斯泰，鼓吹超人、不道德行为、尼采思想。他们二人只在技巧的本质与任务的看法上，观点一致。在其他问题上，他们的意见全有分歧。

那年我十二岁。他们争论的问题中有一半我听不懂。不过，斯克里亚宾以自己朝气蓬勃的精神征服了我。我爱他爱得发狂。我根本不了解他的观点的实质，却站在他的一方。不久以后，他到瑞士去了，一去就是六年。

那年秋天，因为我发生了一件不幸的事，所以全家回城的时间推迟了。我父亲构思了一幅画，题名《夜间牧马》。画上描绘的是博恰罗夫村的姑娘们骑马飞奔，在夕阳余晖中驱赶马群，奔向我们丘陵角下的沼泽牧场。有一次，我跟在她们后边，跨越一条宽宽的溪流时，不慎从疾驰的马背上摔了下去，折断一条腿，后来痊愈了，但大腿短了一截，以至以后每次征兵时，我都因此被免除服役。

在这以前，当我们还没有来到奥博连斯克消夏时，我已经能够在大钢琴上乱弹一气了，我还可以凑合着谱些自己的曲子。如今，由于我对斯克里亚宾的崇敬，即兴演奏和自己谱曲的激情变得十分强烈。从那年秋季开始，一连六年，也就是我在中学读书的全部时期，我把时间全都用在认真学习作曲理论上了，先是从师尤·德·恩格尔，他是一位人品极其高尚的音乐理论家和批评家，后来在米·格里埃教授指导下攻读。

没有一个人怀疑过我的未来。我的命运已经决定了，选择的前程正确无误。大家都认为我会成为音乐家，为了音乐什么事都可以原谅我，甚至对长辈们各种忘恩负义的可鄙举动，而我远不及长辈——执拗、不听话、马虎，还有怪毛病。甚至在学校上希腊文课或数学课时，我把乐谱摊在书桌上钻研赋格曲和对位法，老师当场把我抓住，对老师的提问我哑口不知所答，像根树桩似的傻伫在那里。这时全班同学会为我求情，于是老师们也就饶了我。即便如此，我还是放弃了音乐。

正当我有权欢庆成功时，正当周围的人都在祝贺我时，我却把音乐放弃了。当时，我的上帝，我的偶像，带着《销魂曲》和他的最新作品从瑞士回来了。莫斯科在庆祝他的胜利和他的归来。正当庆典进入高潮时，我去看望他，并斗胆为他演奏了自己的作品。他的接待超过了我的预料。斯克里亚宾听完了我的演奏，对我表示支持，大肆鼓励，并祝我成功。

但是谁也不晓得我的隐痛。如果我把它说出来，别人也不会相信。在谱曲方面，我的进展十分顺利，然而在实践方面，我却毫无能力。我勉强可以弹琴，甚至不会快速识谱，我几乎是按音节来读谱子。经过一番努力之后所掌握的新音乐思想，与我的落后的技术出现了脱节，于是本来可以成为欢乐源泉的天然恩赐，变成了长年的苦痛。这种苦痛终于使我忍受不住了。

怎么会出现如此不相适应的现象呢？其根源在于某种不应有的、需要付出代价的、不允许的少年人的傲慢气质，在于一个一知半解的人对一切抱有虚无主义态度，他认为什么都可以唾手可得和一蹴而就。我对一切匠气的、不是创作的东西，都加以鄙视，我敢于认为这些东西我都在行。我以为真正生活中，无事不是奇迹，事事为上苍所安排，没有人为的与杜撰的，不允许有专横任性。

这是斯克里亚宾影响的副作用，在其他方面对我都有决定性的作用。他的自我中心意识只在他的身上恰到好处，而且情有可原。他的观点被稚气地曲解了，这种观点的种子又落在肥沃的土壤里。

我本来从小就有些迷信，疑神疑鬼，对天意抱有浓厚的兴趣。几乎从罗季昂诺夫之夜[1]起，我就相信有至高无上的英雄世界，对它要虔诚膜拜，虽然它也会带来悲伤。我六岁、七

[1]指罗季昂诺夫在《列·尼·托尔斯泰的生平与创作中的莫斯科》一书中所描绘的一个夜晚，即1894年11月23日，托尔斯泰在老帕斯捷尔纳克家听音乐演奏时把小帕斯捷尔纳克从梦中惊醒的情况。参见本篇《幼年》的第五节。

岁、八岁时，多少次险些自杀呀！

我怀疑自己的周围有种种诡秘和骗局。没有一件荒谬的事情使我不信以为真。也许只在人类黎明时代才能想象的一些荒谬事在我身上出现了。也许我还记得最初给我穿过女孩子的圆袖长衫，所以我就模模糊糊觉得我原先是个小姑娘，我认为必须恢复那个更可爱更漂亮的样子，于是我紧勒腰带，几乎把自己勒昏过去。有时，我又想象自己不是父母亲生的儿子，而是他们捡来的，并由他们抚养成人的。

我跟音乐发生的不幸事件，还得怪罪于一些非直接的，实际上不存在的原因，偶然占卜啦，等待上苍表态或示意啦。我没有绝对听力，我不善于判定一个随意拿来的乐谱音的准确高度，我没有这方面的能力，这种能力是我工作中所完全不必要的。缺少这种特长，使我感到难过，损伤了我的人格，我认为这证明命运和上苍都不需要我的音乐。在诸如此类的一连串打击下，我心灰意冷了，洗手不干了。

我为音乐付出六年的心血，音乐是一个充满希望与不安的世界，可是我如同告别最珍贵的东西一样，硬是从自己的心中扬弃了它。有一段时间我还有在钢琴上弹奏幻想曲的习惯，不过它已经是逐渐消逝的毛病了。后来，我决定采取果断措施来控制自己，我再不触摸钢琴，再不参加音乐会，甚至回避与音乐家们见面。

四

斯克里亚宾关于超人的议论，纯粹是俄罗斯人对极端的一种追求。的确，要想使音乐有价值，它就应当成为超音乐，不仅音乐应当如此，世界上一切事物要想使本身有价值，都应当超过自己。人，人的活动，都应当包含无限这一因素，使现象变得明确，有性格。

由于我现在在音乐方面已经落后，由于我和音乐的关系已经断绝，热情已经完全熄灭，所以我关于斯克里亚宾的回忆——当年斯克里亚宾是我生活的内容，是我借以汲取营养的粮食——只有中期的，大约从创作第三到第五奏鸣曲期间的斯克里亚宾。

我觉得《普罗米修斯》和他后来的作品中显示出来的和谐的光芒，无非证明他是个天才，而不是精神所需要的日常营养，但，我并不需要这些证明，因为我已完全相信了他。

过早逝世的安德烈·别雷、赫列勃尼科夫及其他人，临终前都曾深入地探讨过新的表现手法，都对新的语言怀有一种幻想，都在琢磨、摸索语言的音节，它的元音与辅音。

我从来不能理解这种种考察的意义。我觉得，只有当一个艺术家所掌握的内容过多，使他无暇去思考，在匆忙中用旧的语言讲出新的话来，他甚至根本没有弄清楚哪些语言是旧的，哪些语言是新的，这时才会产生最惊人的发现。

肖邦在音乐方面就是用莫扎特和菲尔德的旧语言讲出了那么多令人赞叹不已的新东西,以至这些新东西成了音乐的第二个开端。

斯克里亚宾也是如此,他在自己事业的起点上几乎就是利用前人的手段彻底革新了音乐的感受。早年作品第八的练习曲中,或在作品第十一的前奏曲中,一切都有现代感,一切都充满内在的、为音乐所能理解的适应感,适应于外在的、周围的世界,即适应于当时如何生活、如何思考、如何感受,如何旅行、如何穿戴。

这些作品的旋律会使您泪如泉涌, 从眼角流向脸颊,再流向嘴角。旋律和泪水搅混在一起,沿着您的神经一直注入您的心脏,您哭不是因为您悲恸,而是因为它如此准确而清晰地找到了通向您心灵的道路。

突然,一个回答或一种反驳,通过另一种更高的、妇女的声音,和另一种更单纯的交谈语调,闯入流动的旋律之中。发生了不慎的口角,出现了瞬息即逝的纠纷。于是,一种惊人的自然态的音调插入作品,而这种自然态在创作当中可以解决一切问题。

艺术中充满世人皆知的事情和通常的真理。虽然大家都可以公开地运用它们,然而世人皆知的方法却久久闲置着没人来运用。世人皆知的真理应当为极少数人有幸所掌握,也许一百年能遇上一次,那时它才能真正发挥作用。斯克里亚宾就是这么一位幸运儿。如陀思妥耶夫斯基不仅仅是位小说家，勃洛克不仅仅是位诗人，那么斯克里亚宾也不仅仅是位作曲家，而是永远祝贺的对象，是俄罗斯文化胜利与节日的化身。

乌兰汗 译

一篮云杉球果

〔俄罗斯〕巴乌斯托夫斯基

作曲家爱德华·格里格[1]在卑尔根[2]附近的森林里消磨秋日。

所有的森林都是很美的，那里蘑菇幽香沁鼻，树叶簌簌有声。但是最美的还是海边山上的森林。这里可以听见波浪拍岸的声音，海面经常有烟雾弥漫过来。潮气既浓，就使苔藓一味疯长，绿茸茸的一缕一缕从树枝上直挂到地面上。

此外，在山上森林里还有情趣盎然的回声，有如善于模仿某些同类的叫声的模仿鸟。那回声一直在等待机会，一捕捉到任何响声，就度岩穿林把它反送出来。

---

[1]爱德华·格里格（1843—1907），挪威作曲家。
[2]挪威西部的一个海港。

有一回,格里格在山上森林里遇见一个梳两条小辫子的小姑娘,那是护林员的女儿,正往篮子里捡云杉球果。

秋天里,要是把大地上所有的黄金和铜都集中起来,锻造出千万片薄薄的叶子,也只能凑成山上秋装的微不足道的部分。何况锻造的叶子比起真的叶子,特别是白杨树叶来,粗糙多了。谁都知道,小鸟的啁啾,也会叫白杨树叶瑟瑟发抖的。

"小姑娘,你叫什么名字?"格里格问道。

"达格妮·贝德尔森。"小姑娘轻声答道。

她回答的声音那么轻,倒不是感到害怕,而是有点难为情。她没有害怕的道理,因为格里格的眼睛里含着笑意。

"不凑巧!"格里格说,"我没有东西可以送你。我的口袋里没有娃娃,没有花带子,也没有天鹅绒做的兔子。"

"我有妈妈的旧娃娃,"小姑娘回答说,"过去她是会闭眼睛的。瞧,就是这样!"

小姑娘慢慢地闭上眼睛。等她再睁开来时,格里格发现她的眸子是碧莹莹的,金色的树叶在那里面微微闪耀着火一样的亮光。

"现在她睁着眼睛睡了,"达格妮难过地又说,"老人都睡不好觉。爷爷就整宿哼哼。"

"我说,达格妮,"格里格说道,"我想好了,我要送你一件有趣的东西。不过现在不行,大概要十年以后。"

达格妮举起两手一拍。

“唉,要这么久哪!”

“你可知道,这东西我还得做起来哩。”

“是什么东西呢?”

“以后你就知道了。”

“这么说,”达格妮严肃地说道,“您一辈子就只能做五六件玩具了?”

格里格不好意思起来。

“那也不,不是这么回事,”他迟疑地反驳说,“也许我几天就可以做成。但是这样的东西不是送给小孩子的。我是为大人做的。”

“我不会打破的,”达格妮一边恳求,一边拉格里格的袖子。“我也不会弄坏。您瞧!爷爷有一只玻璃做的玩具船,我给它擦灰尘,从来没有碰破过一点儿。”

“这丫头,把我全给搅乱了。”格里格懊丧地想,他像一般人人在小孩面前落到尴尬境地那样照例说道:

“你还小,你还不大懂。你要学会忍耐。现在把篮子给我吧。你拿着费劲儿。我送你,咱们说点儿别的。”

达格妮叹了口气,把篮子递给格里格。那篮子的确不轻。云杉球果含的树脂很多,因此比松球果分量重得多。

等到看见树木掩映下的护林员的房子以后,格里格说:

“好啦,现在你自己可以跑到家了,达格妮·贝德尔森。挪威很多小姑娘姓名都跟你一样。你父亲叫什么?”

“哈格鲁普。”达格妮答罢,又皱起额头问,“您就不去我们家吗?我们家有绣花的台布,棕黄色的猫,还有玻璃船。爷爷会让您拿玻璃船的。”

“谢谢。现在我没工夫。再见吧,达格妮!”

格里格摸了摸小姑娘的头发,向大海那边走了去。达格妮紧锁双眉,看着他的背影。她把篮子挎歪了,球果一个一个掉落下来。

“我要写一首曲子,”格里格拿定了主意,“我让封面印上:献给达格妮·贝德尔森——护林员哈格鲁普·贝德尔森的女儿,当她满十八岁的时候。”

卑尔根一切依旧。

格里格把所有会使声音稍受影响的东西——地毯、帘子、软座家具都早搬出了房子,只留下一张旧长沙发。那长沙发可以坐十个人,所以格里格没有下决心把它扔出去。

朋友们说作曲家的房子像砍柴人的家。房子里好看的东西就是一架钢琴。一个人倘有想象的天赋,他会在这白白的四壁之间听到奇妙的东西——从烟波浩渺的北方海洋上的海潮音,海潮上空吟啸着粗野韵诗的风,到小姑娘拍着破布娃娃唱的歌。

不论是人们想建立丰功伟绩的冲动,还是爱情,钢琴全可以奏出来。黑白音键在格里格有力的手指底下奔驰着，时而忧戚，时而欢笑，时而像暴风怒吼，最后突然静息下来。

在静息中只有一根细弦还久久地响着，仿佛这是受了姐姐欺侮的灰姑娘在哭泣。

格里格把身子向后仰着细听，直到这个最后的声音消失在早已住着一只蟋蟀的厨房里。

只听见水龙头里的水以节拍机的精确度一秒一秒地数着，一滴一滴地落下来。那水滴在反反复复地说，时间不等人，应该赶紧去做心里想做的一切。

格里格为达格妮写曲写了一个多月。

时令已交初冬。烟雾笼罩着整个城市。生了锈的轮船从各个国家开来，静靠在木头码头旁边，断断续续放出蒸汽，发出轻微的嘶嘶声。

不久，下雪了。格里格从窗口看见雪花回旋穿插，一片片粘在树梢上。

无论我们的语言多么丰富，想用语言来传达音乐，当然是不可能的。

格里格写着处女时代和幸福的无穷之美。

他一边写，一边看见那个眼睛碧莹莹的姑娘，欢天喜地，气喘吁吁，迎面向他跑来。她搂住他的脖子，拿热烘烘的脸蛋贴在他的没有刮掉花白胡子的面颊上。“谢谢！”她说着，尽管自己还不知道为什么要谢他。

“你好像太阳,”格里格对她说,“好像温柔的风,清新的早晨。你的心里开了一朵白花,使你的全身充满了春天的芬芳。我看到了生活。不管人家对你说生活的什么话,你要永远相信,生活是无比美好的。我老了,但是我把生活、工作、才能都献给了青年。把一切都永远地献给了他们。因此我也许比你更加幸福,达格妮。”

“你是放射奇光的白夜。你是幸福。你是流丽的朝霞。你的声音让人心弦颤动。

“凡是在你周围的、能接触到你的、你能接触到的、使你高兴的、让你思索的一切,都会是很美好的。”

格里格这样想着,并把所想的一切弹奏出来。他怀疑有谁在偷听。他甚至猜到是谁在偷听。那是树上的山雀,从港口过来玩耍的水手,邻家的洗衣女,蟋蟀,沉沉低空飘下来的雪花,还有穿着打补丁衣服的灰姑娘。

他们各有各的听法。

山雀如痴如醉。不管它们怎样跳来蹦去,那叽叽喳喳声还是不能压过钢琴声。

玩耍的水手们随便坐在房子的台阶上,一边听,一边啜泣。洗衣女伸直腰,用手掌擦着发红的眼睛,微微摇着头。蟋蟀从瓷砖小壁炉的裂缝中爬出来,从小缝口窥视格里格。

天上落下来的雪花停在半空,听着房子里像一条条小溪似的奔流出来的乐声。灰姑娘绽开笑脸,看着地板。她的光脚旁边摆着水晶鞋。那双鞋子不住震颤，彼此相碰，来响应从格里格房间里飘来的和弦。

比起音乐会上身着盛装、彬彬有礼的人来，格里格更加看重这些听众。

达格妮十八岁时，从中学毕业了。

为此父亲打发她到克立斯坦尼亚[1]的玛格达姑姑家去做客。让小姑娘(尽管达格妮已是个身材姣好、梳两条淡褐色粗辫子的大姑娘了，父亲却认为她还是个小姑娘)去见见世面，看看人们过的日子，玩几天。

谁能知道达格妮前途如何呢？也许会嫁个诚实、体贴但是乏味、有点儿吝啬的丈夫？或者在乡村小铺子里当个店员？或者在卑尔根无数轮船公司中找一个事做？

玛格达是剧院里的裁缝。她的丈夫尼尔斯在同一剧院当理发师。

他们住在剧院的一个小房间里。从这里可以看见飘着五颜六色的船旗的海湾和易卜生纪念碑。

窗户敞着，整天可以听见轮船的鸣声。尼尔斯姑夫总爱琢磨它们的声音，据他说，他可以正确无误地知道是哪一只船在叫：是哥本哈根来的“诺尔德尔内”号，格拉斯哥来的“苏

[1]挪威首都奥斯陆的旧称。

格兰歌手"号,还是波尔多来的"贞德"号。

玛格达姑姑的房间里有许多演戏用的东西:锦缎、丝、抽纱、绦带、花边、插黑色鸵鸟羽毛的老式细毡帽、吉卜赛女人用的披肩、灰白的假发、带铜马刺的骑兵长靴、长剑、扇子和银线绣的、弯折处已破损的鞋子。这些东西都得由她来缝合、修补、清洗和熨平。

墙上挂着从图书、杂志上剪下来的画片,诸如路易十四时代得勋章的人、穿钟式大裙的美女、骑士、穿无袖长衣的俄国女人、水手和头戴柞树花冠兼做生意的海盗。

要到这房间去,须得爬很陡的梯子。那儿老有一股颜料和调在金粉里的清漆发出的气味。

达格妮常常去看戏。这是很诱人的事。但是看过戏以后,达格妮长久不能入睡,有时甚至躺在床上哭泣。

这把玛格达姑姑吓坏了,于是就来安慰她,说不能盲目相信舞台上演的事。但是尼尔斯姑夫为此骂玛格达是"抱窝母鸡",并且说,倒是相反,应该相信戏里的一切,要不然,人们就不需要任何戏剧了。达格妮也就相信了。

不过玛格达姑姑还是坚持,应该去音乐会听听音乐,换换口味。

这一点尼尔斯并不反对。他说:"音乐是天才的镜子。"

尼尔斯喜欢把话说得高雅、玄妙。他说达格妮好比是序曲的第一个和弦。他又说，玛格达对于人们有魔法般的权力。意思是，玛格达是缝戏装的，谁不知道一个人每回穿上新的衣服就会完全变样。你就看吧，同一个演员，昨天是卑鄙的凶手，今天是热恋的情人，明天是宫廷小丑，后天又是人民英雄了。

“达格妮，”玛格达每逢这种时候就喊道，“塞上耳朵，别听他瞎扯！他自己都不明白说的什么，这个爱发议论的穷酸东西！”

那是在温暖的六月里，正是白夜来到的时候，城市公园里开露天音乐会。

达格妮同玛格达和尼尔斯去听音乐。她想穿上唯一的一件白衣服。但是尼尔斯说，漂亮姑娘的衣着，应该从周围环境中显得突出才好。总之，他就这个问题发表的一席话，可归结为：白夜必须穿黑衣服，反之，黑夜就应该穿白衣服，显得白亮。

要驳倒尼尔斯是不可能的，达格妮也就穿上了用柔软而光滑的天鹅绒做的黑衣服。这件衣服是玛格达从剧院服装部拿来的。

达格妮穿上以后，玛格达不能不同意，尼尔斯说的话看来是对的了——任何东西也不能像这神秘的天鹅绒一样，使达格妮肤如凝脂的脸庞和闪着暗淡金色的辫子显得格外分明了。

"你瞧,玛格达,"尼尔斯姑夫轻声说道,"达格妮这么漂亮,好像是要赴头一次幽会。"

"真是的! "玛格达答道,"你跟我初次幽会的时候,不知道为什么,我在跟前看到的不是个发狂的美男子,而简直是个话匣子。"

玛格达说着吻了吻尼尔斯姑夫的头。

港口一尊古老的大炮晚上照例鸣炮以后, 音乐会开始。鸣炮是表示太阳已经下山。

尽管是在晚上,无论是乐队指挥还是乐队队员都没有开亮乐谱架上的小灯。晚上清光大好,椴树叶丛中的灯已点亮,显然只是为了把音乐会装点得好看一些。

达格妮听交响音乐是第一回。交响音乐对她发生了奇妙的作用。乐队抑扬婉转和雷鸣般的声音使达格妮脑海中浮现出一幕幕梦幻似的景象。

后来她猛地一抖,抬起了眼睛。她仿佛听见那个穿燕尾服的报节目的消瘦男人在叫她的名字。

"尼尔斯,是你叫我吗?"达格妮问尼尔斯姑夫,并向他看了看,立刻就皱起了眉头。

尼尔斯姑夫看着达格妮,那神情不知是惊吓,还是赞赏。玛格达姑姑拿手帕捂着嘴,也这样看她。

"怎么回事啊? "达格妮问道。

玛格达抓住她的一只手,悄悄说:

“你听！”

那时达格妮听见穿燕尾服的人说：

“最后几排听众要我再报一遍，好，下面要演奏的是爱德华·格里格的一首著名乐曲，是为护林员哈格鲁普·贝德尔森的女儿达格妮·贝德尔森满十八岁而作的。”

达格妮使劲喘一口气，以致胸口都痛了起来。她本想喘这一口气，好止住涌到眼眶的泪水，不想无济于事。她弯下腰，拿两只手掌捂住脸。

起初她什么也没有听见。她的内心有如风狂浪涌。后来终于听见了牧笛在清晨如怨如诉，随即弦乐队以千百个声音微微颤动一下，回应起来。

旋律在发展，在上升，像狂风大作，刮过树梢，吹落树叶，摇动青草，把清凉的叶屑打在人脸上。达格妮感觉到了音乐引起空气的一阵阵振动，她尽力让自己平静下来。

是的！这是她的森林，她的故乡！她的群山，如怨如诉的牧笛，她的海潮音！

玻璃船行驶中海水泡沫纷起。风在船上的缆绳间呼啸。这个声音不知不觉地变为森林中铃铛丁零，空中飞鸟啁啾，孩子们互相呼叫，又变为少女之歌——清晨情人往她的窗口扔进一把沙子。这首歌，达格妮在自己山里常听见。

这么说，那就是他了！那个头发花白、帮她把一篮云杉球果送到家的人。那是爱德华·格里格，是一位魔法师和伟大的音乐家！她曾经责备他做东西速度太慢。

如今，他答应十年以后为她做成的礼物已呈现在面前！

达格妮毫不掩饰地流着感激的眼泪。这时候，从地面到低浮在城市上空的云彩之间的整个天地，都响彻了音乐。一阵阵旋律激荡着云层，有如水波微兴；穿过这云层，可以望见晶莹的星星。

音乐已经不是在奏悦耳的声音。它是在呼唤。呼唤人们随它到一个国度去，那里任何痛苦都不会使爱情冷却，那里任何人都不会彼此剥夺幸福，那里的太阳好像童话中善良女巫头发上的金冠，光辉灿烂。

在乐声奔腾中，突然发出熟悉的人语声。"你是幸福，"他说，"你是流丽的朝霞！"

音乐静息了。掌声开头慢慢地响起来，后来越鼓越响，有如雷鸣。

达格妮站起来，快步朝公园出口走去。大家转脸看她。也许有些听众已猜想到，这个姑娘就是格里格把他的不朽作品献给她的那个达格妮·贝德尔森。

"他去世了！"达格妮想。"为什么？"倘若能看到他，那多好啊！倘若他在这里，那多好啊！她的心会怎样剧烈地跳动着，迎着他跑去，搂住他的脖子，拿泪水汪汪的面颊紧贴在他的面颊上，只说两个字："谢谢！""为什么？"他会问道。"我不知道……"达格妮回答，"为了您没有忘记我。为了您慷慨。为了您在我面前揭开了一个人在精神上应该寄托的那种美好的东西。”

达格妮在空荡荡的街上走着。她没有发觉玛格达派尼尔斯跟在她的后面，竭力不让她看见。尼尔斯像醉汉似的摇摇晃晃，嘴里嘟哝着他们平凡生活圈子中出现的奇迹。

朦胧的夜色还笼罩着城市。但窗口里已透进北方的迷离曙光，稍稍带点儿金色。

达格妮向海边走去。大海仍在沉睡，没有一点波动。

达格妮虽然自己还朦朦胧胧，但是整个身心都感觉到了这个世界是如此美好，不由把手紧紧一握，呻吟了起来。

“听我说，生活，”达格妮轻轻地说，“我爱你啊。”

她笑了起来，一边睁大眼睛看着轮船上的灯火。灯影在透明的灰色的水中慢慢地晃动着。

站在不远处的尼尔斯听见了她的笑声，回家去了。现在他不必替达格妮担心了。现在他知道她的生活不会白过了。

1954年

潘安荣　译

肖邦故园

〔波兰〕伊瓦什凯维奇

热那佐瓦沃拉[1]。一百几十年前，弗雷德雷克·肖邦[2]的摇篮就放在这儿的一间小屋里。我们简直不能想象这地方当年的模样。它曾经是个相当热闹的处所，斯卡尔贝克家族在这儿修建了一座宫殿式的府第。院子里和花园里想必到处是人，热热闹闹，充满生机：有大人，有小孩，有宾客，有主人，有贵族，有下人，还有家庭教师。这个贵族府第同邻近的村庄往来甚密，而且还经营一部分田地，这儿原先也该有牛栏、马

---

❶地名，在华沙西南面，属华沙省，肖邦诞生地。

❷弗·肖邦(1810—1849)，伟大的波兰音乐家，不满20岁就成为知名的钢琴家和作曲家，后半生值波兰亡国，在国外度过，创作了大量具有爱国主义思想的优秀钢琴作品，向全世界宣告“波兰不会亡”。临终嘱咐亲人把自己的心脏运回祖国。

厩，有牛，有马，有犁，有耙，有谷仓，还有干草垛。

过去生活的痕迹已荡然无存。正如我说过的那样，如今甚至难以想象昔日那种繁荣的景况。热那佐瓦沃拉经历过暴风雨式的变迁，它的历史，一如整个波兰的历史，充满了惊心动魄的事变和无法解释的衰落。19世纪，这儿是个被人遗忘了的角落。它化为了灰烬，或者说，变成了一个坟场。火灾、掳掠、外加经营不当，完全摧毁了宫殿式的豪华府第和数不清的附属建筑。不仅很少有人记得，这儿曾住过一位瘦高个子的法语教师❶，就连这府第里难逃涅墨西斯❷追逐的主人，也被人忘于脑后。富丽堂皇的建筑群，贵族老爷们养尊处优的生活场所已消失得无影无踪，唯独留下一座简朴的小屋，一幢小小的房宇。它正是昔日法语教师和他的妻子，也是这家主人的一个远房亲戚的住房。这幢小屋既然得以幸存，一定是受到了什么光辉的照耀或是某位神明的庇护，才能历尽沧桑，而未跟别的楼舍同遭厄运。它也度过了自己的艰难岁月，有很长一段时间，谁也记不得什么人曾经在这里出生。然而，它一直保留了下来，不意竟在伶仃孤苦之中一跃而成了波兰人民所能享有的最珍贵的古迹之一。它成了不仅仅是波兰人朝拜的圣地，举行精神宴会的殿堂，参观游览的古迹，而且，

❶指肖邦的父亲尼古拉·肖邦（1771—1844），1800年开始当家庭教师，后来成为华沙中学的法语教师。

❷希腊神话中的报应女神，专司报应。

就像第一个提出要整修这幢小屋,在此建立一座永久性纪念碑的那位外国钢琴家那样,时至今日,为数众多的外国音乐家、钢琴家、作曲家都把造访这个伟大艺术的摇篮、这个喷射出了肖邦伟大音乐的不竭源泉,看成是自己一生的宿愿。

这幢清寒的小屋, 远离通衢大道, 茕茕孑立于田野之间,隐蔽在花园的密林深处,这正好应了一句箴言:神飞荒野,乐在自由。否则如何理解,恰恰是在这贵族府第简陋的侧屋里会诞生出世界上最伟大的音乐天才之一呢? 肖邦正是那些造就了今天称之为欧洲文化的伟人中的一个, 他的作品不仅为欧洲的音乐增辉, 而且使整个欧洲文化放出异彩。他的创作是如此博大精深, 又是如此有意识地自成一体,因此,可以毫无愧色地说,他的艺术是世界文化的不容置疑的组成部分。

艺术家的创作,无疑跟各自出身的环境,跟生活周围的景色有着密切的联系。艺术家跟陶冶他的景物之间的联系比一般人所想象的要紧密得多。童年和青春时代常常给人的一生打下深深的烙印。在最早的孩提时代曾拨动过他心弦的一个旋律,往往会反复出现在成熟的艺术家的作品之中,在这里,还会半自觉地,有时则完全是不自觉地展示出儿时之国同创作成熟时期的渊源关系。

当你第一次到法国,比如说,是在早春时节,经过枫丹白露抵达巴黎,沿途看到红褐色的树木、平静的水面、茂密的灌木丛和皮埃尔·卢梭[1]珍爱的那些牧场，那时，你才能真正理解印象派的绘画艺术。但是，并非只有伟大的法国绘画艺术才由是而放其光彩，实际上，整个法国音乐，自古至今都跟笼罩这一带景物的缥缈轻雾，跟树木和牧场的斑斓色彩，跟从地面反射的和折射在云层中、在石楠丛上的光线分不开。只有到了枫丹白露才能懂得德彪西[2]和塞维拉克[3]音乐中淡淡的哀愁，拉威尔[4]音乐中的色彩和声以及弗朗西斯·普朗克[5]音乐中的法国民歌成分。

要更好理解肖邦音乐同波兰风光的联系，可以说任何地方也无法同这朴素的马佐夫舍村——热那佐瓦沃拉相比了。乍一看，这种说法或许显得有些荒诞不经。这瘠薄的土地，这平原小道和麦草覆盖的屋顶，跟肖邦音乐所赐予我们的无限财富和充分享受又会有何共同之处呢？但是，只要我们进一步观察，就不难发现，事情并不那么简单。我以为，我们对马佐夫舍风景的价值估计过低了。

诚然，它没有那种招摇的俏丽，但它蕴藏着许多细微的色调变化，只有久居这一带的人才会跟这里的景致结下不解之缘，才能看到这些形、声和色彩的微妙差别，并且给予应有

---

❶皮埃尔·卢梭(1812—1867)，法国风景画家。
❷德彪西(1862—1918)，法国作曲家。
❸塞维拉克(1873—1921)，法国作曲家。
❹拉威尔(1875—1936)，法国作曲家。
❺弗·普朗克(1899—1963)，法国作曲家。

的评价。

我不知道，这儿的风光是否能使一个外国人赏心悦目。两次世界大战之间的一位波兰作家尤利乌什·卡登·班德罗夫斯基[1]曾经思考过这件事，他说：

"不知这儿的景观是否算是和谐，一条小路犹犹豫豫蜿蜒伸展，时隐时现，若有若无，终于披着一身沙土消失在牧场边缘。不知这儿的布局是否合理，那边一片森林，这边一排麦草盖顶的茅舍，逶迤延向山丘。当你登上山头，你会看到溪谷里有一条弯弯曲曲、流水潺潺的小河正慢悠悠地流淌，尽管未受什么阻挡，也无须绕什么大弯。而在它身后则是梦一般的平原——那延绵不断的灌木林就像萦绕地面的青烟，使这片平原显得格外迷茫。"

"啊，这样的景色！单调、模糊、无棱无角。此外便是细雨纷纷，烟笼雾罩。"

这是秋天的景色。但是，一年之中还有其他季节。每个季节都有自己的魅力和色彩。

一年四季都得细心观察这些色彩。春天，丁香怒放，像天上飘下一朵朵淡紫色的云霞；夏天，树木欣欣向荣，青翠欲滴；秋天，遍野金黄，雾缭烟绕；冬天，大雪覆盖，粉妆玉琢，清新素雅，在这洁白的背景上，修剪了枝条的柳树像姐妹般排

[1]班德罗夫斯基(1885—1944)，波兰小说家。

列成行，正待明年春风得意，翩翩起舞。这四季景色里包含的美，是何等的朴素，淡雅，然而，又是何等的持久，深沉！

这片土地的景色正是肖邦音乐最理想的序曲。谁若真想探究肖邦音乐的精神，理解肖邦音乐跟波兰有着何等密切的联系，谁就应悉心体会欧根·德拉克洛瓦[1]所谓的“蔚蓝的色调”，它是波兰景色和在这大平原上诞生的艺术家的音乐的共同色调。

从画面讲，这儿的景色并不引人注目。这是个大平原，一马平川。这儿既没有悬崖峭壁，也没有峡谷峻岭。坦荡的平原一眼望不到边，开阔而单调。无论是布祖拉河，还是肖邦家门口的乌塔拉特河都在这里拐弯，穿过平坦的牧场流去。抬眼一望，便会看到一棵棵孤零零的参天老树，傲然屹立，也会看到许多低矮的灌木丛，还可看到绿树掩映下的古旧房舍，它老态龙钟，却说明了昔日的文化水准。耕种的土地一直延伸到地平线的远方，黑麦地、燕麦地阡陌纵横，开花的荞麦一片洁白，甜菜的茎叶绿宝石似的晶莹。

亚当·密茨凯维支[2]歌唱过这片土地，他那支传神妙笔描写过“如画的田野”，描写过阡陌上“静静的梨树成行”。可是，密茨凯维支并不了解波兰内地，他从未到过日思夜梦的马佐夫舍地区，他的双脚从未踏上过这片原野。维斯瓦河畔的华

---

❶德拉克洛瓦（1798—1863），法国画家。
❷亚当·密茨凯维支（1798—1855），伟大的波兰诗人、革命家。

沙，就是点缀在这广袤的原野上的一朵绚丽的鲜花。

然而，肖邦却是在这儿出生的。自然，任何一个书呆子都会说，肖邦在热那佐瓦沃拉只不过是度过了出生后几个月的时光，后来他的双亲便迁居华沙了。须知肖邦对这出生之地怀有无限的眷恋之情，经常跟他心爱的妹妹卢德维卡一起探望故里。青春年少的肖邦总爱坐在这小河边，坐在小桥旁的这棵大树下。他从华沙来此，总要走这条遍植垂柳的普通小道。当年的柳条亦如今日一样柔媚。甚至在去巴黎之前的几个星期，他还专程从首都来到这里，跟故园告别。在他心目中，这小小的庄子说不定就是整个祖国乡村的象征。今天，我们目睹此情此景，思想深处也会闪现出整个马佐夫舍地区的风貌，肖邦也目睹过这一切，他热爱这茅舍、小桥、流水。他就是在那缱绻的秋日，怀着无限依恋、惜别的心情，告别了这一切，途经巴黎，浪迹天涯。不料这一别竟成永诀，成了为寻找虚幻的金羊毛❶而一去不返的远征。

1848 年，当肖邦自爱丁堡给友人格日玛瓦❷写信的时候，眼前兴许也浮现出了故园景色。他在信中写道："我对妻子一点也不想，可我怀念我的家、我的母亲、我的姐妹。愿上帝保佑她们万事如意！我的艺术何在？我的一腔心血在什么

---

❶指希腊神话，由伊阿宋率领的英雄们共乘快船阿尔戈号到科尔喀斯觅取由毒龙看守的金羊毛。他们历尽艰辛，终于在公主美狄亚的帮助下取得金羊毛，并同美狄亚一起逃走。

❷格日玛瓦(1790—1871)，波兰诗人、政治家。

地方白白耗尽了……我如今只能依稀记得国内唱的歌。"因此，可以说，不仅肖邦眼前浮现出了故乡的景色，而且，耳中又回荡起了多半是在这儿第一次听见过的歌。

我们恰好能在肖邦的《玛祖卡曲》和《夜曲》里找到这平原的歌声——凡是他那些直接留下了这儿时之国画面的作品，我们都能发现一缕乡音。

流亡生活、高度的文化修养、痛苦的心境和肖邦对自己使命的不凡见解，使这些画面复杂化了，或者说，像一层雾遮蔽了这些画面。弗雷德雷克的伟大创作远离了热那佐瓦沃拉。绚丽的大都会风光，频繁的旅行，丰富的经历，给他提供了另一种创作灵感。但是，既然他在自己生命的末日，在那遥远、寒冷的爱丁堡又怀念起"我的家、我的母亲、我的姐妹"，我们就有理由想象，故乡的朦胧景色也回到了他的心中。而今，我们也怀着激动的心情瞻仰这些大树，这些灌木丛和这一片清凌凌的水。倘若此刻我们听到，或者亲自弹奏伟大作曲家临终前的最后一组《玛祖卡曲》，我们必能从中听到昔日国内歌声的淡淡的旋律。由于他半世坎坷，命途多舛，也由于关山阻隔，有国难投，这一组《玛祖卡曲》似乎是被万种离情、一怀愁绪所滤过而净化了，跟乡村的质朴相距甚远，但它们无疑是出自故里，跟这片土地有着千丝万缕的联系。

在漫长的岁月里奇迹般地保存下来的小屋，曾经一度被用作马厩或猪圈，变得面目全非。

“可爱的质朴啊！”卡登·班德罗夫斯基写道，“小屋的前一部分成了畜栏、鸡舍，成了保护鸡、猪和奶牛的地方，而后边的一部分，则由这些牲畜的主人一家用作栖息之所……”

如此凋敝的状态竟然得以振兴，实在令人惊叹。破落的小屋被改建成了一座小巧玲珑的典型的波兰庄园，室内朴素、优雅的陈设使人想起波兰住宅当年的格调。这儿没有一件家具，没有一样物品是来自肖邦昔日真正的住宅，然而，每逢我们通过敞开的门，从一个房间望到另一个房间，当我们远远看到钢琴的轮廓，我们就会感到，他在这里，在这些房间里走来走去，一旦游人散尽，他便会坐到琴旁，按动琴键，继续自己抒情或华丽的即兴创作。

当我们在他降生的那间凹形小屋里看到一只插满鲜花或绿枝的大花瓶，我们就会想到那不是花瓶，而是一个源泉，它喷射出金光闪闪的清流——他的音乐取之不尽、用之不竭的清流。

世界各地的人都向这清流涌来，为取得一瓢饮，为分享这馨香醉人的玉浆。当人们在秋季或者夏季的周末，来到这小屋的周围，静静地倾听室内的钢琴演奏的时候，再也没有比它更动人的景象了。世界上最杰出的钢琴家都把能在这间房子里弹奏一曲肖邦的作品，表示对这圣地的敬意而引为莫大的荣幸。

那时，房前屋后往往挤满了听众。有年轻人，也有老人；

有新来的听众，他们是第一次来此领略肖邦的天才所揭示的无限美好的世界，也有常来的老听众，对于他们，每次都是莫大的精神享受，每次都能引起甜蜜的回忆：回顾自己一生中的幸福时光，回顾这伟大的音乐激起的每一次无限深刻的内心感受。也有人想起，曾几何时，连肖邦的音乐也成了违禁品！只能偷偷摸摸地在一些小房间、小客厅里秘密演奏，只有寥寥无几的人才能进入那些房间。他们去听肖邦的音乐，不只是为了证明我们祖国文化的伟大，同时也为了证明一个民族的精神生活是无法窒息的。因而这美好的音乐有时也是斗争的武器。舒曼[1]把它称为藏在花丛中的大炮，不是没有根据的。

在参加周末音乐会的时候，尽管我们身边是形形色色的听众，我们也能重复一遍德居斯太因侯爵对肖邦说过的话："我听着您的音乐，总感到是在同您促膝谈心，甚至，似乎是跟一个比您本人更好的人在一起，至少是，我接触到了您身上那点最美好的东西。"

肖邦之家的最大的魅力之一，正是在于我们能感受到在同肖邦"促膝谈心"。

人们有时会由于事情多，工作忙，任务完成得不尽如人愿，或由于一些打算落空而发愁；有时又会在频繁的文化活

[1]舒曼(1810—1856)，德国著名音乐家。

动中碰到某些草率从事或令人不安的现象，因而思想上对大众文化产生了疑虑，那时，只要到肖邦之家去听一次周末音乐会，便能重新获得对波兰文化的信心，相信它已渗透到了民族的最深层。

能这样欣赏肖邦音乐的人，便善于从许多表面现象、日常琐事、小小的烦恼以及讨厌的劳碌奔波里发掘出生活中最深刻的美和最有价值的东西。

到了肖邦之家，会亲眼见到，而且确信，作为民族的最坚韧的纽带，作为民族精神的支柱和基础的伟大艺术具有何等不可估量的威力。密茨凯维支的诗，肖邦的音乐，对于波兰人而言，就是这样的支柱。

我们带着惊讶和柔情望着这幢实为波兰民族精华的朴素的小屋。它像一只轮船，漂浮在花园绿色的海洋里，花园里的一草一木，都经过了精心的栽培，因为这花园也想与肖邦的音乐般配。

我们跟许多人一起来到这里，凭吊伟大艺术家的故居。我们怯生生地站在门边，对这璞玉浑金的处所发出声声赞叹。

人们怀着虔诚的心意朝觐圣地，
普普通通的屋宇，质朴无奇。
只因在这儿降生的是你……

须知当年也曾有三个博士

凭星指路,匆匆赶到一间贫寒的马厩里❶。

……

这是诗人的说法,而我们却在揣度,这房舍,这花园在一年中的什么时节最美?是秋天,是夏日,还是春季?

春天,栗树新叶初发,几乎还是一派嫩黄色,它们悬挂在屋顶的上方,犹如刚刚出茧的蝴蝶的娇弱的翅膀。粉红色的日本樱花,宛如在旭日东升的时候飘在庄园上空的一片云彩。如此娇嫩的色调,酷似一首最温柔的曲子,又如落在黑白琴键上的轻盈的速奏。

夏天,水面上开满了白色和黄色的睡莲,那扁平的叶子舒展着,像是为蜻蜓和甲虫准备的排筏。睡莲映照在明镜般水中的倒影,宛如歌中的叠句。肖邦之家的夏,往往使人浮想联翩,使人回忆起肖邦那些最成熟的作品。尤其是黄昏时分,水面散发出阵阵幽香,宛如船歌的一串琶音,而那银灰、淡紫的亭亭玉立的树干,排列得整整齐齐,有条不紊,宛如f小调叙事曲开头的几节。清风徐来,树影婆娑,花园里充满了簌簌的声响。这簌簌声,这芬芳的香味,使我们心荡神驰,犹如是在聚精会神地倾听这独具一格的音乐的悠扬的旋律,清丽的

❶指耶稣诞生在马厩里,事见《圣经·新约全书》。

和声。

秋天又别有一番风味。这是乡村婚嫁的季节，时不时有一阵小提琴声传到这里，飘到金黄的树冠下，飘到寂静的草坪上，它提醒我们，此刻正置身于玛祖卡曲的故乡。当我们漫步在花园的林荫小道，当我们踏上玲珑剔透的小桥，落叶在脚下踩得沙沙响。作为悠悠往事"见证者"的树叶，就像忧伤的奏鸣曲中那结尾的、令人难忘的三重奏，它们以自己干枯的沙沙声招来了那么多的思绪，那么多的回忆，那么多的乐曲。我们望着树上光秃秃的枝柯，悄声哼起了一支歌曲：

树儿自由地生长

叶儿轻轻地飘落……

于是，我们开始理解那个客死远方巴黎的人的深沉的郁闷：久别经年，他只能依稀记得"国内唱的歌"。

然而，这里最美的是冬天。请看吧！四野茫茫，白雪覆盖的房舍安然入梦。花园的树木变成了水晶装饰物，且会发出银铃般清脆的响声，就像昔日挂在马脖子上的铃铛。如今既没有马，没有雪橇，也没有狐裘，更没有裹着狐裘的美女。既没有玛丽亚·沃金斯卡[1]，也没有德尔芬娜·波托茨

[1]玛·沃金斯卡(1819—1897)，波兰女钢琴家，肖邦曾在1836年向她求婚。

卡❶，亦不见那第一位情人——康斯丹齐亚·格瓦德科夫斯卡❷。没有母亲，没有姐妹——只有无边的静寂。一切都成为往事了。

只有他还住在这里，独自一人在雅致的房间里来回踱步。只有微弱的琴声在抗御风、雪和寂静。只有音乐长存。

倘若你在这样一个隆冬季节，站在这小屋的前边，望着被积雪压弯了的屋顶、光秃秃的树枝、黑洞洞的窗口，你就会感到，你是和肖邦在一起。

你是在和肖邦促膝谈心。

1965 年

韩逸　译

---

❶德·波托茨卡(1805-1877)，肖邦的女友，以美貌闻名，有艺术才华。

❷康·格瓦德科夫斯卡(1810—1889)，女歌唱家，肖邦的第一个恋人，1830 年 10 月 2 日在肖邦于华沙举行的告别音乐会上唱过歌。

贝多芬的音乐

〔奥地利〕里尔克

我每天走过模塑工人的门前。他的店门旁边挂出两副面模。一副是溺死的年轻女人的脸，是根据陈尸所的一具女尸的脸模制的，因为它很美，因为它笑，因为它笑得这样迷人，就像它有知一样。在这副面模下面挂着另一人充满意识的脸。这个由收紧在一起的感觉所形成的坚硬的结节，把不断地想要蒸发的音乐毫不留情地压缩起来的人的脸。神为了让他只感到自己的心声，不让尘嚣干扰他而剥夺掉他的听觉的人的容颜。这样就使他不受混浊而无常的尘嚣的迷惑。他，他内心只容纳澄明的永恒的乐音；这样就只让没有声音的感觉给他带来一个世界，一个无声的世界，一个紧张的，跷足而待的世界，音乐尚未被创造出来的未完成的世界。

世界的完成者：就像那化为雨点落到大地和江河湖海的水滴，漫不经心地落下来，偶然地落下来——比以前更茫茫不可见而又乐于顺从永远的规律，再离开大地和水面，上升，飘浮，形成云天：沉淀在我们体内的苦恼，就是这样从你那里上升，世界弥漫着音乐。

你的音乐：它应当环抱世界；不是环抱住我们。但愿人们在埃及古都底比斯[1]为你的音乐造一架槌击钢琴；让一位天使领着你，穿越过国王们、舞伎们、隐修士们长眠的沙漠中的群山，前往那架孤零零的乐器之前。而那位天使，害怕你开始弹奏，就会振翅高飞，离你而去。

于是，你这音乐的涌泉，你就在无人倾听之处，滔滔不绝地弹出琴声；只有宇宙才能听得进的，你就把它交还给宇宙。那些贝督因人[2]，因为迷信的恐惧心理，就会被赶得远远跑开；而那些商队，将在你的音乐所能传到的范围的边上扑倒在地，好像你就是一阵风暴。只有个别的狮子，在黑夜中，在离你很远的四周兜来兜去，受到自己的沸腾的血的威胁，对自身的存在感到害怕。

那么，现在是何人把你的音乐从那些淫荡的耳朵那里接

---

❶底比斯为古埃及中王国和新王国时期的都城，遗址即今埃及卢克索尔和卡纳克一带。公元前88年被毁。荷马史诗中称为“一百个城门的底比斯”。城址跨尼罗河中游两岸，左岸有大墓地和神庙废墟。

❷贝督因人：指在阿拉伯半岛和北非沙漠地区游牧的阿拉伯人。贝督因为阿拉伯语，意为“住帐幕的游牧民”。

回来？那些具有只会通奸而绝不受胎的，没有孕育能力的耳朵的拜金之徒，是何人把他们从音乐厅赶出的？你的精液射出来，他们却像妓女一样，躺在下面玩弄精液，或者，在他们沉醉于未遂的自我满足时，精液就像俄南[1]的精液一样，白白地落在他们中间。

可是，主啊，如果有个像处女一样未失童贞的人，竖起未被玷污的耳朵，躺在你的乐声旁边：让他感到无比幸福地死去，或者让他把你的无限的音乐胎儿怀足月，他的受胎的脑子一定会爆开，迎接真正的诞生。

钱春绮　译

---

❶俄南是犹大的次子。他哥哥珥死后，犹大叫他跟嫂子同房，为哥哥立后。俄南知道生子不归自己，就在跟嫂子同房时，将精液遗泄于地。见《旧约·创世记》38:4—9。医学名词 Onanism（手淫或交媾中断）即由俄南之名而来。

逃向音乐

〔奥地利〕茨威格

快活，美好的，来吧！

音乐从一开始就存在于尼采身上，只不过一直是潜伏的，一直被有意识地为精神辩护的强大意志排挤到了次要地位。早在少年时代，他便以大胆的即兴创作振奋了他的朋友，而在青年时代的日记中留下了大量自己作曲的佐证。但是随着大学生越来越坚定地从事语言学，后来又从事哲学，便较多地阻碍了他的天性中那种渴望自然爆发的力量。音乐对于年轻的语言学家来说，成了一种令人高兴的雅趣，一种严肃的休息，一种业余爱好，像看戏、阅读、骑马或者击剑一样，一种空闲时做的精神体操。通过这种精心的阻塞，通过这种有意识的封锁，在最初的年代里，没有一滴肥水渗入他的作品里，像他从音乐的精神出发撰写《悲剧的诞生》那样，音乐只是对象、客体、一个精神的课题，并无音乐性的感情震动以转调的方式涌入语言，涌入诗歌，涌入思维方式。甚至连尼采青年时代的抒情诗，都缺乏任何音乐性，更为令人惊讶的是，他谱写的那些尝试之作，按照毕洛❶的权威判断，似乎是不定型的精神，典型的反音乐。音乐在长时间里，仅仅是他的一种个人爱好，这位青年学者以完全轻率的兴趣，以纯粹的业余爱好从事这项活动，但总是超然于或离开“业务”。

音乐闯进尼采内心世界的时候，也就是包围他的生活的语言学硬壳和学者的客观性被松动的时候，也就是整个宇宙被暴风雨的袭击所动摇和摧毁的时候。运河决堤而导致河水泛滥。音乐总是竭力闯进激动的、虚弱的内心世界，闯进极度紧张的、被某种热情深深打动的内心世界，托尔斯泰正确地认识了这一点，歌德悲剧性地感觉到这一点。因为即使他对音乐采取一种谨慎的、一种排斥的惧怕态度(像反对一切恶魔似的事物那样，他在每一次转变中都认识了诱惑者)，在松动的或者如他自己所说，“在舒张”的时刻，仍然总是屈服于音乐，因为在他暴露弱点的时刻，在他敞开心扉的时刻，他的整个本质是激动的。每当他(最后是在乌尔里

❶毕洛(Hans von Bülow，1830—1894)，德国著名钢琴演奏家、指挥家，最早诠释瓦格纳和勃拉姆斯音乐，最早指出柴可夫斯基的意义。

凯[1]那里)，成为一种感情的牺牲品，不能控制自己的时候，音乐也会漫过最牢固的堤坝，迫使他流出眼泪充当贡品，而音乐，谱写出最好的音乐，充当不甘心情愿的报答。音乐，有谁不曾经历过呢？音乐总是需要一种敞开心扉，一种开放状态的，需要在一种幸福渴望的意义上成为一个女人，以便有效地进入一种感情，因此音乐与尼采的相遇，是在南方悄悄打开他的心扉的时刻，在非常渴望生活的状态中。它以一种引人注目的象征性出现时，恰恰是在他的生活从冷静状态，从具有史诗性造诣的人，通过一种突然的净化转向悲剧性的人的时刻，他以为可以"用音乐的精神"描写"悲剧的诞生"，却走上了回头路，用悲剧的精神描写音乐的诞生。这种新感觉的优势，不是在从容不迫的语言中表达出来的，它要求更强有力的手段，更高尚的魅力，"你必须歌唱，我的心灵啊。"

正是因为他的本质的这种最深层的恶魔般的源泉，长期被语言学、丰富的学识和漠不关心的态度所淹没，才如此有力地喷发出来，以巨大的压力把它的水柱挤进最后的神经纤维，挤进他的风格的最后的语调。如同注入新的生命力一样，迄今为止只是描写的语言，突然充满了音乐性，学术报告式的庄严的行板，他早期著作那种令人难懂的演说风格，现在

[1]1823年6月，歌德在波希米亚的疗养胜地马利恩巴德爱上年方19岁的少女乌尔里凯，请魏玛公爵卡尔·奥古斯特代他向乌尔里凯求婚，遭婉拒。9月，歌德在返回魏玛途中，创作《马利恩巴德悲歌》抒发他的悲情。

具有了“波浪形”，有了丰富的音乐性动感。一切细小而精湛的技巧，都在其中熠熠生辉，如格言的细小而尖锐的顿音，歌唱中的抒情弱音，讽刺性的拨音，散文的大胆省略与平和，警句与诗歌。甚至连标点符号、隐晦的语言、破折号、着重强调之处，全都具有了音乐性演奏符号的作用；人们在德国语言中从来不曾有过这样明显的配器散文的感觉。

发现他那在此之前从来不曾达到过的复调，直至个别细节，对于一个语言艺术家来说，是一种乐趣，如同一个音乐家研究一份名家总谱一样；在极度夸张的不和谐音背后，有多少潜藏的和非常深沉的和谐，在如醉如痴的丰富多彩的语言中，有多少清楚明了的形式精神！因为不只是语言的神经末梢颤动着音乐性，作品本身也令人感到有交响音乐的效果，它不再产生自精神规划的，冷漠思想的结构，而是直接产生自音乐性的灵感。关于《查拉图斯特拉》，他自己曾经说过，他是“以第九交响乐第一乐章的精神”写出来的，而那篇在语言上独一无二的、非常出色的《看啊，这人》的序言，它那纪念碑式的句子，不是一首管风琴前奏曲，不是为一座巨大的未来的教堂而写的？像《夜歌》、《游艇之歌》那样的诗作，它们不就是从无限孤独中产生的人类声音的自然歌唱吗？陶醉什么时候变得如此具有舞蹈性，变成了非常勇敢，非常具有希腊特点的音乐，像在他那最后的充满欢呼的赞美诗，在酒神颂诗里那样？上面照耀着南方的明亮，下面翻腾着涌流的音乐，语言在这里真正成了永不停息的波涛，而在这种如同大海一般美丽的环境里，尼采的精神旋转着，直至陷入毁灭的漩涡里。

如同音乐像暴风雨一般猛烈地闯入他的生命一样，尼采这个着魔的智者，立即看出了它的危险性，他感到这股洪流可能会把他自己冲走。但是，当歌德躲避它的危险时（“歌德对待音乐的谨慎态度”，尼采有一次这样写道），尼采却总是抓住它的犄角；重估、转向是他进行自卫的方式。于是他（像在病中那样）把毒品当成药物。现在音乐对于他来说，必须是一种另外的东西，不同于在他的语言学岁月里，那时他要求神经的高度紧张，感情的冲动（瓦格纳！），一种与他那稳定的学者生活相抗衡的均势。但是现在，因为他的思维本身已经成了挥霍和极度的感情浪费，他需要音乐充当一种心灵的溴，一种内在的镇静剂。它不应该再使他呈现醉态（一切精神的东西对于他来说，现在都成了响亮的陶醉），而是，用荷尔德林那精彩的语言来说，给他以“神圣的清醒”，“音乐充当休息，不是充当兴奋剂”。当他被自己的精神狩猎折磨得伤痕累累、精疲力竭的时候，他需要一种能帮助他逃避的音乐，一个庇护所，一个浴室，令人冷静和清醒的透明潮水，神性的音乐，一种从上面来的音乐，从明亮的天空来的音乐，而不是来自压抑的沉闷的热切的心灵。一种令他忘掉自我的音乐，而不是又把他赶回自身的音乐，一种“在口头和行动上肯定的”音乐，一种南方音乐，在它的和谐中清澈见底，古朴而纯洁，一种“可以吹口哨”的音乐。不是一种混乱(他正忍受着这种熬煎)的音乐，而是一种第七个创造日的音乐，这时候一切都安静下来，只有天体在欢快地歌颂上帝，音乐作为休息，“现在，我正在码头上，音乐，音乐！”

轻松，这是尼采最后的爱，他衡量一切事物的最高尺度。无论什么，只要它能使人轻松，使人健康，就是好的，如食物，精神，空气，太阳，大地，音乐。无论什么，只要它能飘浮不定，能帮助人忘记生活的沉闷和黑暗，忘记真理的丑恶，一定会得到赏识。因此，这种对艺术的最后的迟到的爱，成了“生命的缔造者”，成了“生命的伟大兴奋剂”。音乐，明朗的，自由的，轻松的音乐，从现在开始成了这个兴奋得要死的人最喜欢的提神饮料。“生活没有音乐简直是一种苦役，是谬误。”一个发烧的病人只能以干裂灼热的嘴唇狂热地渴望喝水，而不是在他最后的危险中渴望银光闪闪的饮料，“有哪一个人如此渴望过音乐？”只有音乐才能最后搭救他，使他摆脱自己，为此也就有了这种对瓦格纳的最后的仇恨，是他用麻醉剂和兴奋剂破坏了它那种水晶般的纯洁性，为此“像一个裂开的伤口一样，为音乐的命运”感到痛苦。这个孤独的人摈斥一切神明，唯有这种痛苦他却不愿意被人剥夺，这是他的琼浆玉液和美味佳肴，它能令他精神焕发，永葆青春。“艺术，而且只有艺术，我们有了艺术，便不会死于真理”。他像溺水者抓住什么东西一样，紧紧地盯着它，盯着这唯一的生命力量，它会不屈服于重力,它将抓住他,托起他,用它那快活的力量。

音乐发出激动人心的恳求,它亲切地俯下身去,抱住他那倒下的肌体。所有的人都离开了这个发烧的人,朋友们早就走了,思想一直是停在半路上,一直是在冒险的旅途中,只有音乐陪伴着他,直到他那最后的,他那第七个孤独。凡是他接触的东西,音乐和他一起接触;凡是他说话的地方,音乐的明亮声音一起鸣响, 它一再努力扶起这个拼命倒下去的人。当他最终倒下去的时候,它还在守护他那熄灭的灵魂;当欧维尔贝克走进屋来探视这位在精神领域令人眼花缭乱的人时,发现他仍在钢琴上用抖动的双手寻找高度的和声,似乎它们会把这个神经错乱的人送回家乡去, 在整个旅途中,他以震撼人心的旋律唱着他那首游艇之歌。音乐一直伴随他走进精神的黑暗,死亡与生命完全控制了他,用它们恶魔般的力量。

张黎　译

筝和我(外三篇)

〔日本〕宫城道雄

失明以后，我的人生道路便被限制在音响的世界里了。幼小时，失明给我带来的悲痛是无法形容的。可是自从学习弹筝以后，心情逐渐稳定下来，不再把失明当成苦不堪言的了。到了今天，非但不引为悲伤，反而觉得庆幸，甚至产生一种感激之情。

这决非出自什么不肯服输的心理，而是因为眼睛失明使我跟筝结下不解之缘，只要一弹起筝来，就感到生之可贵，有无穷的欢乐渗入心房。

如果我幸而双目可见的话，到如今会变成什么样子是无法想象的。只因为目不能视，我的生活之路便被限定在音乐的世界之中，于是才终日以筝为友，一心不二地沿着这条路一直走了下去。

好眼人在选择职业上比起我们来也被赋予了广阔的自由。正因为如此,他们在很年轻的时候,就对自己的职业、地位常怀不满,歧路彷徨。在这一点上,我认为我们盲人是幸运的。因为我们除此之外,再无别的路可走,没有犹豫徘徊的余地,只好勇往直前。就因为心存此念,才使我有了今天。看准自己的人生道路,沿着你选定的路一往直前,让短促的人生尽可能地活得更好些,除此再无他途。我认为这道理即便在好眼人的世界里,大概也是适用的一条真理。

从做孩子时起,我就以筝为唯一的挚友,日夜和它形影不离。所以在我来说,不能把筝只看成单纯的乐器。筝中有灵,它时而成为我的情人,时而成为我的密友,时而给我以种种忠告和教诲。所以,我不能一日无筝而单独生活。如果偶然因为什么缘故整整一天未能弹筝的话,我便孤单寂寞得无法忍受。

我学艺时代的筝,至今仍妥善地珍藏着。现在在演奏会上弹的筝,也是长期弹惯了的。当然它是在我贫穷之际购置的,并非如何高贵之物。别人也劝我买个更好些的,但我怎么都不忍舍弃它。多年用惯了的筝,不仅自己深知它的脾气,筝也懂得用者的习惯。正像马了解它的骑手一样,筝也了解弹它的人。它能非常顺利地听我的话。

但这百依百顺的筝,也有因气候变化等原因怎么也不听使唤的时候。不过当想到连自己的心也有不听支配的时候，就感到这也不能全怪筝了。我和筝莫逆若此，所以在我不知道时，有谁弹过我的筝的话，我马上就能知道。

还有，我只用耳朵一听弟子弹筝的声音，便知道他在想着什么，于是问道：

"你有什么担心的事吗？"

"您怎么知道的呢？"

弟子新奇地反问我。但这是事实。心存杂念，筝便出杂音，心不静时，筝音也乱。筝是反映弹者心绪的一面镜子。能欺骗得了人，而欺骗不了筝。因此，我操筝在手时，如同跪倒在神佛面前一样，心中充满虔诚，怎么也不能只把它当成一件器具来对待。

无论学习任何一种技艺，我认为都应该从这种心境出发。在学习当中，不成为呆子是不会有进益的。这里我所说的呆子，指的是别无他念，心地纯真。爱穷根究理是学习的最大妨碍。

其次该引以为戒的是自满。心生骄傲，其艺业便就此停步不前了。当然信心是应该有的，但这无论何时应该是在谦逊中的信心。没有谦逊这个闸管着的自信心，不久就会变成傲慢之心，这是不可不警惕的。产生傲慢之心，也是自己的技艺幼稚的证据，艺愈精，傲慢也愈无法产生。

总之，筝之于我，是不可缺少的。没有别的任何东西，我都能忍受，但如果筝被夺走，就如同失去了心，因而人生也就毫无意义。

现在，我的最大愿望是，只要能照常弹筝直到最后一息，哪怕明天就死也心甘情愿。果能如此，我该有多么幸福呀!

山之声

导致我失明的原因，是在我出生后二百天忽然患了眼疾。一度痊愈，到七岁以前是能看见东西的。其后渐渐恶化，到九岁左右便几乎完全失明了。所以，现在我作曲时，眼前便浮现出那时看见过的山峰、月亮、鲜花，还有大海和河流的形象。这与生来就是盲人从未见过五颜六色的大自然的色彩的人比起来，我应说是颇为幸运的。

尽管如此，我自幼失明，而能给我的心灵以安慰的，除了音乐或从春夏秋冬的各种声响中辨识四季的推移变化之外，再也没有别的了。我在音乐之中，也最喜爱大自然的音响。就因为这个，我走上了音乐的道路。至于后来萌发了作曲的念头，这事是这样的：那是在我十二三岁的时候，我父亲留下了我和祖母二人去了朝鲜。可是在那边父亲又遭到暴徒袭击，负了重伤，以致中断用来给我交学费的汇款，当时我正向第二代中岛检校师傅学筝。因为父亲的汇款断了，我便在底下协助辅导师傅教的别位弟子，用这办法挣出学费来。就这样，我靠别人馈赠的微薄谢礼，坚持苦学。

我的师傅在传艺时非常严格，弟子们一度学过的东西，绝不许忘。教过一遍之后，如果你忘了，绝对不教第二遍。但因为都是孩子，只学一遍还是有忘的时候。有一天，我把教给我的曲子给忘了，师傅在盛怒之下，说在想起来以前不许回家，直到天黑也不许回去，还不许吃饭。当时受的是这样严格的训练。现在看来，虽近乎野蛮，可是我饿肚子的时候，头脑最清晰，而且越饿思想越集中。至今，我要用心思考什么，就留心不吃得太饱。

还有，一到冬天，有所谓练冷功夫，搞“千遍弹”，就是把同一支曲子连弹几天。听说从前的人，还要搞“万遍弹”，呆在神社的殿堂之内，彻夜不眠地弹。困极了，昏昏睡去，醒过来再接着弹。所以从前的人练功比我们还要严格。

我十四岁时，遵父命去到朝鲜。到那儿以后，没有一个教我的老师，每天只能弹师傅教的那些旧曲子，渐渐地我不满足于长此下去了。那时我家住在仁川，正巧在一所小学旁边，我能听见学生唱歌和西洋音乐的声音，这成了我的乐趣。再有我家的前面是一片杂草丛生的空地，还能听见种种大自然的音响。我听着淅沥的雨声和沙沙的下霰声，饱享大自然音响之美，于是想到以从这中间得到的印象为基础，自己作点什么曲子。偏巧我弟弟每天读的课本中有一篇叫做《水的变态》的课文。共是七首诗歌，歌咏了由水变成雾、云、雨、雪、霰、霜的变化。我从中受到启发，遂谱写出《水的变态》一曲。这支曲子在我的作品中是支还未能超出旧时筝曲的窠臼的东西。从来日本的筝曲根本不考虑和声，而我却认为日本音乐也必须有和声，于是后来我作曲时，又听西洋音乐，又向西乐的老师请教，很下了一番功夫。随着日益长大成人，我不愿再长期呆在朝鲜，很想到大城市去学习，将来独树一帜，因而来到东京。在这里很可以从事各种学习和研究，以提高自己的技艺，而要使自己的技艺臻于尽善尽美，不仅一辈子不够，再活两三辈子也是不够的。

我虽身为盲人，可是有盲文可供学习，并不感到不便。想学音乐时，有德国出版的盲文管弦乐和钢琴曲的谱子，我可以摸着来读它。

每当我作曲时，晚饭后我先睡上一小觉。等到周围安静下来以后，便在自己的屋内孜孜矻矻地工作起来，好像学生考试时的情形一样，甚至彻夜不眠。当夜深人静，也许是自己的神经有问题，仿佛能听见种种的音响。

听有人说起过这样一件事：西洋的一位作曲家来到深山的僻静之处，忽然听见了山之声。但这声音模糊不清，不可能将它谱写下来。不过他确实听见了什么音响，他想捕捉到这音乐而总不成功，终于耗费了一生的光阴。

我也是，随着夜渐深，便有各种声响传入耳鼓。最初是朦朦胧胧不成形的混沌不清的曲调，用绘画来打比方，这可以说是构图，然后再用盲文将它写成详细的乐谱。而且一到作曲，便忆起儿童时代见过的高山、圆月和鲜花，在心里想象着这些形象并把它变成乐曲。

作曲或读诗时，四季的风光比人物更使人受感动。而当我谛听世上的音响，如晨之声，夜之声，心灵便似乎为所诱惑，飞驰到遥远的地方去。

其次，同为雨声，春雨和秋雨声音完全不同；初秋草木尚茂的声音与初冬枝叶枯干的声音自然也不一样。还有红叶艳丽的颜色，自己虽不能目睹其状，但走近跟前，也不禁产生一种赏红叶的情趣。

有一次，我参加学校组织的演出旅行，去到岐阜。共演了日夜两场。演完日场以后，应县知事之邀到长良饭店去赴宴。我身旁的人都异口同声地夸说这里风景极美。我不知怎的便也如同看到了河流两岸的广阔原野，于是深感自己已远离东京来到一个新的天地。这使我想起原业平❶远离都城东去后，看到来自都城的鸟时吟咏的一首古诗：

汝名都之鸟，

有事急相问：

京师旧相知，

❶原业平：日本平安时代前期的故事诗《伊势物语》的主人公。

死生可曾闻？

我不知为何也产生了这种离愁。

今天是高速度的时代，即便是距东京遥远的地方，坐火车去也毫无问题。但在屡次迎来日暮时，方感到自己已置身远方的异地。现在从法国坐飞机只用四天时间便可抵达日本。每逢听到这类消息，便为自己的脑子和工作提高速度之难而深感遗憾。我想探索研究之事物尚多，为此，须从现在起提高脑力的速度，勤奋地学习。

春之海

听说有位法国的了不起的女提琴家来到日本。一天，评论家须永克己先生来告诉我说："这次来的这位提琴家对日本的筝颇为向往，请你务必弹给她听听。"由于须永先生的介绍，才得以和施梅女士会面。

这时，我弹了自己作曲的《春之海》、《山谷的水车》、《樱变奏曲》和一些古曲给她听。看来，施梅女士对《春之海》很感兴趣，问道："有这个的谱子吗？"我把谱子递给了她，又为她弹了一遍这支曲子。后来施梅提出，想把这支曲子改为提琴曲，我同意了。她只用一个晚上就把《春之海》改成了提琴曲。第二天，她又在须永先生的陪伴下来到我家，拉给我听，只听一遍，我便认为它如实地表达了我所要表达的感情。虽然语言不通，施梅和我的心情完全一致。须永先生在一旁听着很为之感动。施梅在她的独奏会上拉了这支曲子，效果也很好。

后来，她提出作为从日本带回去的礼品，定要把这曲子灌成唱片。我原以为西洋人善于交际辞令，不会是真的，可是发现她的态度很真诚，就一起在胜利唱片公司灌了唱片。

听说，施梅回到法国后，表示办了件极好的事。须永和我也都认为这是件快意的事，由衷的欢喜。我认为这是须永先生从中帮忙的结果，至今仍很感激他。

这事使我懂得了不管相距多么遥远，艺术的精神并无二致，并为此感到高兴。

《山谷的水车》及其他

我九岁时被夺去了眼睛，从此以后我便生活在音响的世界之中。走上音乐的道路之后，不单是用耳朵而是用全身去听，如同看东西一样。当我伫立在辽阔的原野上时，在寂静之中，能用全身感知早晨的肃穆，午间的悠闲，日暮的哀愁，沉浸在自然的怀抱之中，似乎与大自然、宇宙融为一体。我作曲时，音符与音符之间产生之物，也不是用听觉，而有种用全身去感知的气氛。

从前，我曾到大分县的耶马溪去游玩。那时，走着走着，忽听前面发出吱吱的水车声。越走越近,流水的声音清晰可闻。水车大概也有许多种类吧,这个水车似乎不同于普通的水车,随着水流每转动一次,间歇一下,便发出吱吱的声音。这天是个日丽风和的好天,倾耳静听,那声音在悠闲之中带着淡淡的哀愁,飘散在幽谷之间。我在水车旁默默地立了一会儿,然后离去,愈走远时,那声音变成了阵阵微弱的哀鸣,送进我的耳朵。后来声音消失了,然而流水和水车那幽婉的声音仍留在耳际,久久不肯离去。

我的曲子《山谷的水车》就是这样诞生的。是一支尺八与筝的合奏曲。用尺八表现水车的吱吱声和拖长的尾声,而用筝表现淙淙的流水声。

现在我作的曲子数量也不少了,其中《落叶之舞》我印象最深。

那时候,一临近冬天,在我家的院子里,树叶就发出飒飒的音响飘落下来,落叶在秋风吹拂下满院子滑动。我常到面向院子的廊边,一个人静听这声音,引以为乐。我虽然不能用眼睛看到树叶飘落的样子,但只听那声音便如同亲眼目睹一样,于是引起了我想把它谱写成曲的念头。

有一天,我走在街上,听着播放的唱片。偶然听到其中有当时风华正茂、技艺高超的大提琴家海费兹作曲的《恶魔之舞》。我听罢这支曲子,心想:"就这个,就用这个手法!"接着真的用这手法，把正孕育于胸的落叶之曲搞了出来。我意想不到地从《恶魔之舞》中得到启发。当时，我正研制能发出低音来的十七根弦的筝，就这样，为日本三弦和筝的合奏谱写了此曲。

再一个至今印象犹深的是《春之海》。这是我坐船航行濑户内海时，有感于怀，谱写的曲子。万顷碧波的波浪声，翱翔海空的鸟鸣声，咿呀不停的摇橹声，正像芜村❶的诗句"春之海微波荡漾"一样。在春天的濑户内海那恬适的气氛中，我悠然稳坐船头，在胸中谱出了这支曲子。恰在此曲完成后不久，不料法国著名提琴家施梅访日，她竟喜欢上这支曲子，亲自把它改成提琴曲，并灌成了唱片，带回国去，由此我的《春之海》成为众所周知的了。

作曲的难处在于，如果只根据理论把声音排列起来，决计成不了活生生的曲子，那只不过是音的罗列而已。这也许只是我个人的感觉，我认为作曲并非自己一人之功。当自己和宇宙完全融为一体时，方能产生好的曲子。不过嘴上虽如此说，真正进入那种境界的时刻却并非常有。甚至我都想过，今后在我的一生中究竟还能有几回呢？

最近有件事引我深思，促使我想到自己今后要学的东西还很多。前几天，无线电转播了有声电影，从中听到了天才钢

❶芜村(1716—1783)，日本江户时代著名的俳句诗人。

琴家帕底雷弗斯基的演奏。这位音乐家已年过八旬,但其技艺不但不见衰退,反而越来越进入神妙的境界。我用耳细听,那琴声真是美妙活泼之极,连细微的修饰音符都决不忽略地弹奏出来。我如梦方醒,从他那老当益壮,雄厚的演奏实力中受到了很大启发。

如今日本也有弹筝的高手,像今井庆松先生等人,其技艺之妙,是年轻人望尘莫及的。

总之,艺之一道,到一定年龄以后容易转向衰退,但这肯定是由于他心中有松弛之处。我想,技艺应该是老而后工的,故而我在心中总不断鞭策自己。

程在里　译

回归

[日本]东山魁夷

舒伯特的歌曲集《美丽的磨坊女》开头一首歌是《流浪者》。

Das Wandern ist des Müllers Lust, das Wandern!

"旅行是磨面人的快乐,啊,旅行!"开始是跃动的旋律,最后以《小溪摇篮曲》作结。

Gute Ruh, gute Ruh! tu die Augen Zu!

"睡吧,睡吧,闭上眼睛!"这是一首悒郁的眠歌,根据缪勒二十四首诗谱曲。这首歌表达了面店年轻小伙计的悲剧命运。他初踏旅途时心中怀着强烈的激动，他和磨坊姑娘相遇，对爱情充满憧憬，后来因失恋而伤悲，终于苦恼致死。他的咏叹这种情景、表达青年人感情起伏的众多优美的歌曲，尽管不如后来的《冬日旅程》那般深沉，但却像一尘不染的清冽的流水一般，接连飘起一股股动人的音浪，使我如醉如痴。

《冬日旅程》也和《美丽的磨坊女》一样，是从主人初登旅程开始的。不过，它所表现的是一个失意的男子，经过心上人的家门口，逃离了城市，走上了冬日漂泊的旅程。他在雪天的旷野上彷徨不已，迷乱之极，同一个街头求乞的老乐师一起消失在风雪之中。

我打青年时代起就喜欢这两本歌曲集。到了德国，自己虽然不会唱歌，但还是购买了舒伯特的几本歌曲集，经常听黑歇灌制的声音粗劣的唱片。到了密纹唱片流行的时代，我又听了黑歇重新录制的《冬日旅程》和霍塔等人的演唱。大概是 1957 年前后，在日本住了一阵子的黑歇要回德国，临行时举行告别独唱会，唱了这支《冬日旅程》。其后，霍塔来日时，我又去听了《冬日旅程》的演唱。费夏·迪斯卡奥的作品不断被售出，也是一件可喜的事。由于他的再度来朝，以这些歌曲集里的作品为内容举行了独唱音乐会。不用说这使我深为感动。

这两部歌曲集所表现的旅行生活，对于人生具有象征意义，使我这个日本人打心眼儿里产生强烈的反响。尤其像我这样一个长期旅行的人，旅行本身就不是什么比喻的意思，而是我人生道路的真实写照。只是对我来说，不知道诗人缪勒和作曲家舒伯特所意识到的东西是否跟我一样。但我觉得即使在黯淡的令人绝望的冬日旅程中，也还是可以得到救助的。因为，旅途上的姿影，正是自己人生的真实的反映。恋爱、富贵和名声，这些闪光的字眼，只不过是一场春梦，其真实性微乎其微。于悲痛中看到真实，似乎不止我一个人。这两部歌曲集的词作者和曲作者，虽然刚刚到三十岁便相继夭亡了，一百几十年后的今天，他们的歌依然为众多人所传唱，在许多人的心灵里产生共鸣。

我在旅途上写下了我自身逐渐走过的道路。我的一本《我所遍历的山河》于1957年由新潮社出版了。当时固然受到出版部门的约请，但对我来说却有着重要的意义。我写这本书的目的与其说是供人阅读，毋宁说是我自身的反省。这部作品是我从少年时代到战争终结时期的自传，可以说是在悲痛的深渊之中完成的。

战后，我的人生道路一直顺利，被人们称作画坛的宠儿。然而，我以为，不光是艺术这条道路，当获得幸福的时候不也是可怖的吗？

人人都能适应环境的变化，我的艺术不正应该立足于谦虚、诚实和纯洁之上吗？当然，我并不认为艺术仅仅就是这一点，艺术有着无穷无尽的潜力，这决定于各人的不同性格。世上也有这样的艺术家，他们靠着别人的鼓掌和荣誉声名鹊起，煊赫一时，但也有许多人因此而失掉光彩。我是这样一种性格的人：从小喜爱舒伯特的那部歌曲集，青年时代出外游历，是皮埃尔·德拉·弗兰西斯加和弗拉·安吉利科拯救了我。

我的胸中并非没有火热的感情。乍看起来我如此沉稳，而我自己十分明白，我像一个着了魔的人。我将这种感情深深埋藏在心底。有一天，在一个集会上，有个画家对我说："东山君，你太克制自己啦。"但我觉得，正因为我能克制住被魔力支配着的自己，才会得到平衡，使我能连续不断紧张地生活下去。被称为"鬼才"的人的一生(这种人多数中途夭折)，其感情极其炽烈。我不具备"鬼才"之类的素质和品格，也没有大师的禀赋。但我既然是个画家，也许存在着"鬼才"或"大师"以外的淡淡的影像。我感到我还有一条细小而沉寂的路。

当我写《我遍历的山河》一书时，想起痛苦的年代；我有好几次不能不流下眼泪。因此，看起来似乎曾一度变得色彩强烈、名声响亮的我，又回到原来那种沉稳平静、肌理细致，具有内省特质的方向上来了。管它是好是坏，我只能是我。

《晚照》和《光昏》所表现的正是我自己。当然，由于当时心境不同，作品的调子也起了变化。这两幅作品都先后得了奖，一时忙坏了新闻界。获得艺术院奖时，天皇陛下莅临发奖仪式，接着又赐予宫中陪餐的荣誉。如果我的父母兄弟还活着，他们该有多高兴啊！我实在感到快慰，荣幸。这年获得艺术院奖赏的人当中，数我最年少。然而，我又感到，假如我本人陶醉在向我涌来的幸运的波光里，那么也就失掉了我自身最为重要的东西。

1957年的“日展”上，展出了《山阴》，小小的画面上绘着晚秋时节后山坡上一条细细的瀑布，是在箱根取材的。这是一幅凄清的构图。画面中央几段细流跌落下来，几棵树木大都脱光了叶子，上面的那棵树仅剩下几片红叶。整个画面呈现黯淡的焦褐色。这是一幅不显眼的画。我又一次怀着倾听自己内心声音的心情描画了那跌落下来的涓涓细流。

《木灵》这幅作品，是我站在伊豆天城山中的净莲瀑前面，透过冬日里枝条交错的树木，眺望那条瀑布所作的构图。画面比《山阴》更带有沉滞的焦褐色，瀑布笔直下泻，树枝交叉成几何学上的直线，这样的构思比起《山阴》更富于积极意义。

不管怎样，经过《光昏》，还有用更大的画面绘制的《松庭》(参加1956年夏的“日展”)，一跃发展到了《山阴》、《木灵》等注重省察自身的笔法，这种作风的转变，正说明了上述那种心境的变化。越过这些，我又描绘了红叶满山的《秋翳》和岛影沉沉的《暮潮》，我的人生之旅在持续下去。战后，人们说我作风一贯没有什么改变，但从我走过的道路来看，却有着很大的变化。这大概决定形式的是我的心灵，而我的心灵又常常促使我出外旅行的缘故吧。此外，这也许标志着我向东方、向日本传统精神的一次深刻的复归吧。

本章开头提到了舒伯特的两本歌曲集，两相比较，《美丽的磨坊女》以事件描写和心理描写为主要的组织要素；而《冬月旅程》中的心理表现色彩十分浓烈。我眼下写的这本书，继从前那本《我遍历的山河》之后，是我二十年来旅程的记述。不过，前一著作以追溯事件的波折起伏为重点；这本书主要通过一幅幅作品，寻觅我心灵的踪影，捕捉心理的脉动。我将来果真还有机会写第三本书吗？这个我不知道，任何人也都不会知道。舒伯特的第三部歌曲集《天鹅之歌》，就是在舒伯特死后汇集最后一部分歌曲而出版的。

陈德文　译

第一流小提琴家伊萨克·帕尔曼

〔美国〕安娜琳·斯旺

雅沙·海菲茨[1]曾经说过：一个小提琴演奏家必须"具备像斗牛士那样坚强的神经，像夜总会女老板那样充沛的活力，并像和尚那样的专心虔诚才行。"帕尔曼不仅兼有这三点，而且还是一个天才的好出洋相的滑稽大师。最近，在明尼苏达州圣保罗市举行过一次演奏会。演出前几分钟，帕尔曼站在化妆室里，嘴里一边嚼着意大利馅饼，一边大口大口地喝着樱桃汽水。胖乎乎的圆脸，一头卷发，简直就是弗朗斯·哈尔斯[2]画作里活灵活现的人物。当大厅里的灯光暗下来的时候，他转过身来问一个助手："安一个灯泡得用多少加利福

---

❶海菲茨(1901—1987)，著名小提琴家，俄国出生，后入美国籍。
❷弗朗斯·哈尔斯(1598？—1666)，荷兰画家。

尼亚人?"助手摇摇头。帕尔曼咧嘴哈哈大笑起来:"一个人拧灯泡,还有三个人站在旁边学呀!"❶

他说完,便拖着沉重的腿夹,架着双拐(他是小儿麻痹症的受害者),麻利地登上了舞台。为他伴奏的钢琴家塞缪尔·桑德斯走在他前面,替他拿着他的1714年造的斯特拉迪瓦利小提琴。在舞台上,帕尔曼把双拐靠在椅子上,把提琴拿过来夹在颚下。此时此刻,他的滑稽相顿时全消。他演奏莫扎特的《K454降B大调奏鸣曲》,从第一弓起,便俨然以一个干练、圆熟的小提琴演奏家的形象出现在观众面前。他一面掌握着乐曲的旋律,一面悠然自得地让琴声欢鸣。小提琴演奏家都是站着拉琴,而他却是坐着的,演奏时好像完全沉浸在自我的世界里(他的脸上不时地掠过微笑,有时蹙额紧眉)。他的神态是那么大方、自若,好像就在起居室给朋友们演奏。他粗大的手掌和五指忽而灵巧如梭,忽而又迸发出震撼寰宇的力量,好像拉威尔❷的小提琴钢琴奏鸣曲里的轻渺的高音G忽而疾滑到贝多芬不朽的《克罗采奏鸣曲》的无限宽阔、浑厚雄伟的低鸣。听众无不为之惊叹,无不为之倾倒!

情感交融 帕尔曼看来远远不是在演奏乐曲而是通过

---

❶这里帕尔曼在故意开加利福尼亚人的玩笑。据说加利福尼亚人喜欢与人一起干活,以取得经验。

❷拉威尔(1875—1937),法国作曲家。

乐曲在抒发情感。激荡奔腾的感情随着琴声急流般地涌泻出来。当帕尔曼和他理想的伴奏者桑德斯最后演奏到弗里茨·克赖斯勒[1]选曲的时候,台上台下情感交融。听众随着演奏哼起了乐曲,有些人欢呼起来。继海菲茨之后,还从来没有哪一个小提琴家能像帕尔曼那样对听众产生如此巨大的影响。其原因看来是不言而喻的。除去他的令人生畏的音乐家天资和技巧之外,他还具备仅仅鲁宾斯坦[2]、罗斯特罗波维奇[3]、塞戈维亚[4]、霍罗威茨[5]这样一些最伟大的艺术家才有的东西——如饥似渴地热爱演奏艺术。

帕尔曼今年三十四岁。最近几年,他已被公认为小提琴界的"帕瓦罗蒂"[6]。跟他的朋友露西亚诺一样,帕尔曼身上样样东西都是不同凡响的:他的天资、他对生活的热爱、他的近乎稚气的热情和活力。帕尔曼的酬金经常可至五位数字,是古典音乐家中收入最高的人之一。他每年在美国、欧洲和远东的演出都超过一百场。在日本,他的声誉几乎与摇摆乐歌星并驾齐驱。他的录音之多也常常居古典音乐录音之冠。二月份,纽约举办了由电视转播的"交响乐团——帕瓦罗蒂"音

[1]弗里茨·克赖斯勒(1875—1962),奥地利小提琴演奏家。
[2]鲁宾斯坦(1886—1982),波兰钢琴演奏家。
[3]罗斯特罗波维奇(1927—),苏联大提琴演奏家。
[4]塞戈维亚(1893—1987),西班牙六弦琴演奏家。
[5]霍罗威茨(1904—),俄国钢琴演奏家。
[6]帕瓦罗蒂,意大利著名歌唱家。

乐盛会(在整个节目中,帕尔曼只唱了歌剧《托斯卡》第三场男高音独唱曲之前的男中音狱卒那一小段歌曲)。那些当时没有能够在电视里看到他演出的人,在后来无数次的谈话节目里都能见到他。他自己就说:"我上过《今夜》、《明天》、《今天》、《昨天》和《不久》等节目。"

他无论到哪儿,从夏天在科罗拉多州举行的阿斯彭音乐节到佛罗里达州兰德代尔举行的音乐会,他总是吸引大批的狂慕者。(一次在衣阿华城一家中国餐馆里,一对夫妇认出了帕尔曼,对他说:"我们是专程从芝加哥赶来听您演奏的。")他的朋友也极多。最亲密的有著名的音乐"犹太帮"——朱宾·梅塔、丹尼尔·巴伦鲍伊姆、艾萨克·斯特恩、弗拉基米尔(沃瓦)·阿什肯纳齐以及另一个也是从以色列来的才华横溢的年轻小提琴家平奇斯·朱克曼。帕尔曼的生活方式是:大型中国筵席、晚上跟孩子们打扑克、给纽约扬基棒球队和尼克篮球队当拉拉队、和妻子托比及四个孩子一起举行兴高采烈的生日聚会——这一切与他演奏的风格是完全一致的:丰富多彩,生趣盎然。

音感灵敏　从十九世纪初期尼古洛·帕加尼尼[1]使小提琴进入演奏乐器之列以来,小提琴独奏家们一直在从事一项最令人心醉神迷的、充满风险的艺术工作。首先,这种乐器本

[1]尼古洛·帕加尼尼(1782—1840),意大利小提琴家、作曲家。

身就变化莫测。它在音色上与人的嗓子近似，而且与人的嗓子一样对瑕疵非常敏感。在演奏一节乐曲时，四根弦很可能会有一根降下半音来，这就使演奏者不得不铤而走险改变指法。天气也会使琴走调。有报导甚至说小提琴在横渡英吉利海峡后听起来有晕船之感。

小提琴还是极难演奏的乐器，要有非常灵敏的听觉，才能摸到合适的音高。这是由于小提琴不像吉它那样有定音的档子可供手指顺弦摸音。从初学到能登台演奏其间必须付出极大的努力，并要培养出一种几乎是万无一失的直觉能力才行。像颤音，手在指板上颤动的速度与幅度这样一些演奏的细微之处是无法由教师来教授的。帕尔曼说："影响小提琴演奏的因素太多了。连运弓快慢你都得用心考虑。弓子很直吗？应该用多大力量把弓子压在弦上？这一切都得靠右手来操纵。还有左手的功夫呢！……要想拉得声音清正得度，就得花几年时间。也只有在那时候才能开始考虑演奏乐曲和形成自己的独特风格。"

难怪逐一排除障碍，最后完全征服小提琴的音乐家寥若晨星。过去的像约瑟夫·约阿希姆❶、尤金·伊扎伊❷、弗里茨·克赖斯勒和约瑟夫·西盖蒂❸这些人的名字至今仍在我们的

❶约瑟夫·约阿希姆(1831—1907)，匈牙利小提琴演奏家。
❷尤金·伊扎伊(1858—1931)，比利时小提琴演奏家。
❸约瑟夫·西盖蒂(1892—1973)，匈牙利小提琴演奏家。

耳边回响。近期的则有：阿瑟·格鲁米奥克斯、亨利克·塞林、齐诺·弗朗西斯科蒂等，以及杰出的俄美派小提琴家艾萨克·斯特恩和最为杰出的海菲茨。海菲茨在多年来连续多次登台演出之后，于1972年退休。人们把他的退休看作是一个时代的结束。帕尔曼说："小提琴音乐已经是非常注意声音的优美的，而海菲茨对小提琴演奏进行了彻底的改革，使它在技巧的圆熟和艺术表现能力等方面达到了一个空前的高度。海菲茨是以往最富朝气的演奏家。"

非凡的天资　到本世纪60年代，曾一度在世界范围内出现过缺乏年轻的弦乐独奏家的情况，但在那以后已涌现出一代新人。苏联的弗拉基米尔·斯皮瓦科夫是具有精湛技艺和细腻风格的演奏家。南朝鲜出生的郑京和是一位温文尔雅、稍带含蓄的演奏家。在远东新崛起的音乐家中她是最富天资的了。声音洪阔、技巧娴熟的意大利演奏家萨尔瓦托雷可算是西欧首屈一指的年轻小提琴家。

最有生气、最富才华的小提琴家多聚集在美籍以色列人的行列里。斯特恩说："第二次世界大战期间逃到以色列或美国的欧洲人是在经历了一段时间之后才站稳脚跟、形成势力的。现在已非孕育时期了。"在过去十五年里，相继崭露头角的帕尔曼、朱克曼、米里亚姆·弗里德以及初出茅庐的年仅二十二岁的施洛莫·明茨均属此列。他们在不同程度上都是斯特恩的门徒。其中，帕尔曼和年仅三十一岁的朱克曼都明显地继承了那位大演奏家的传统。但多才多艺的朱克曼同时在许多方面均获卓越成就——他也是世界上杰出的小提琴家之一，而且新近被圣保罗室内乐团聘为音乐指挥——这就使帕尔曼独占了人所公认的小提琴"王储"的地位。

小提琴演奏总是把观众搞得心醉神迷，少见的是帕尔曼的演奏，是使别的小提琴家们心醉神迷。斯特恩说："他的天才是无与伦比的。"没有人能用小提琴表现出跟他一样的东西。他的手宽大(在钢琴上可跨十二个键)，而且演奏起来是那么惊人的准确和灵巧。帕尔曼还有极高的定音本领。他的朋友阿什肯纳齐最近举行了一次独奏音乐会，演奏肖邦前奏曲时由于雷鸣般的敲击，钢琴的弦断了。在巨大的轰鸣声中看来很难判断是哪根弦出了问题，可帕尔曼轻轻地说了一声："A弦。"他说对了——就是A弦。

银铃般的声音　帕尔曼一直轻视音调优美的重要性，起码看不上在十几年前还得宠的那种温柔而多愁善感的咖啡馆情调。他曾说："如果你能拉出优美的音调，那很好，人们也很容易被你的演奏所吸引，但一些最优秀的小提琴家如海菲茨、西盖蒂等并不太讲究音调。"帕尔曼够得上是一名骑士。他演奏的音色纯正宛转，犹如银铃。可是人们很快会发现他拉的音调也是洪亮有力的。其效果就像提善[1]的画：画面华丽

---

[1]提善(1490—1576)，威尼斯画家。

闪烁，内里苍劲有力，给人以无比深刻的印象。

可是，海菲茨的风格还不只是在音调与技巧方面令人惊叹。现在就断言帕尔曼继承了那位出类拔萃的天才大师的表现手法还为时过早，但已有的征兆表明他是大有前途的。最突出的一点就是他的极为质朴的风格。说到此，人们会马上想到他演奏的音乐：脉络是那么清晰，分句是那么自如。这种自如既不脱俗也不稀世少见。他把每个音符都处理得无懈可击。他演奏一些最令人生畏的乐段时好像毫不费力。他自己说过："最杰出的演奏也是最简单的演奏，这时，你对自己说，'当然，应该是这样演奏的。'"

帕尔曼还是一个富于变化的小提琴家。他显然熟悉演奏的全部节目的细微之处，使自己的演奏风格与作品的内容协调一致。他拉莫扎特的作品完全是古典气派；他演奏柴可夫斯基的作品又充满柔情和伤感；他演奏布拉姆斯[1]的作品则热情洋溢，如火如炽。不管他演奏什么乐曲，人们都可以听到一种浪漫主义的激情(俄国"屋顶派"小提琴家的风格)与古典主义的沉静完美结合的格调。他像海菲茨一样，是一位最有抑制力的演奏家；他也像斯特恩：演奏时兼容理智与情感，并且总是用听觉在探求着乐曲的条理。

火星飞迸　尤为重要的一点是帕尔曼具有已故的乐团

[1]布拉姆斯(1833—1897)，德国作曲家。

指挥索尔·休洛克称之为"超越舞台限制的能力"。帕尔曼自己曾说:"你演奏时,人们只是用一半注意力听你拉的乐曲而另一半则看你演奏的动作。"只要他愿意,他可以把帕加尼尼的喧闹嘈杂的曲调演奏得火星飞迸。连被认为是最苛刻的批评家之一的海菲茨也称赞帕尔曼。他告诉《新闻周刊》的记者艾比盖尔·库夫利克说:"帕尔曼不但是一位杰出的小提琴家,而且是一个有教养的人。"

联想到帕尔曼身上的残疾,他所取得的成就简直是不可置信的。优秀的小提琴家们总是站着拉琴,为的是整个身子可置于弓后。"可帕尔曼由于残疾的障碍不得不坐着拉琴而且拉得极为出色,这实在是奇迹。"朱克曼说。同样令人惊奇的是他必须对付无数机场、旅馆和舞台的巨大勇气。一个独奏音乐家是少不了跟这些地方打交道的,然而这些地方在设计时却从未考虑过一个残疾人的困难。他在旅途中总要提前想到将会遇到的障碍,但从来没有人见到过他灰心丧气或发脾气。朱克曼说:"他身上有一种从容不迫的优良品质,这一点,在他的演奏中也表现出来。"

小儿麻痹症　在帕尔曼的记忆里,他从小就醉心于小提琴。帕尔曼是一个波兰移民的独生子,两岁半时就能随着收音机学唱歌剧咏叹调而且音调还很准。三岁半时,他爱上了收音机里小提琴的声音,向大人要一把小提琴。四岁,他患了小儿麻痹症。从医院一回来他便如饥似渴地学拉小提琴了。

他所以这样，原因之一是他丧失了做其他许多事情的能力。(“可我还在街上踢足球呢，”他回忆说，“我是守门员，腿、拐杖并用。谁也甭想把球踢进来。”)他的当理发师的父亲卖掉了在市中心的店铺，在居民区买下了一间洗衣店，这样帕尔曼就可就近上学了。帕尔曼说：“当时的习惯是把有残疾的孩子打发到别的地方去。可我的父母本能地做对了。他们对待我的态度是听其自然。”

帕尔曼是在每天练三小时琴的情况下长大的。“练音阶，做手指练习，拉练习曲，练习海菲茨经常拉的东西。”在特拉维夫音乐学院，他与里夫卡·戈德加特一起学习。他经常给有名望的来访者像斯特恩、阿瑟·鲁宾斯坦和莱奥纳德·伯恩斯坦❶拉琴(“我拉过克赖斯勒和魏欧当❷的小曲子”)。在耶路撒冷，他还与电台乐队一起为广播音乐会演奏过。他自己说：“我是受父母的推动的，可我自己还是觉得大型独奏的生涯高不可攀。”

梦想 1958年情况有了变化。那一年帕尔曼被选为代表以色列参加“埃德·沙里文节目”❸的演出小组“埃德·沙里文明星旅行团”成员赴美，并在美进行巡回演出。帕尔曼说：“在以色列，被选参加这样的演出是人们梦寐以求的事。在一

❶莱奥纳德·伯恩斯坦(1918—)，美国作曲家。
❷魏欧当(1820—1881)，比利时小提琴演奏家。
❸这是美国的一个电视节目。

个小国，人们总想到国外去，这次就是一个机会。这个机会实在得之不易啊！”他和他的母亲(现已去世)随团旅行了两个月。“我们那时还是奉守犹太教规的，”帕尔曼回忆说，“所以我们只吃面包、黄油和沙丁鱼。我永远不会忘记在到达洛杉矶时找到了一家犹太熟食馆。”最后，他们母子二人在曼哈顿上西区的一家旅馆里住了下来。

他在美国的最初几年是很艰苦的。帕尔曼老惦记他的朋友们和他的爸爸(一年之后也赴美)。在美国，他先是在家里跟家庭教师学琴，一方面是由于他的残疾，另一方面也是由于他父母总想让他有最充分的时间练琴。他通过在犹太人的筹款宴会上演奏来维持家里的生活。他回忆说：“在筹款宴会之后，我要演奏到十一点半左右，有时甚至到深夜。而且，我是在招待员收拾餐具的叮当响声中演奏的。那真是绝妙的训练。相比之下，我后来在卡内基音乐厅第一次登台演奏就只能算是‘家常便饭’了。”

帕尔曼曾拜多萝西·迪莱和伊万·加拉米恩为师。这两人都是朱利亚德学校最优秀的小提琴教师，也是当代最杰出的小提琴教师。(斯特恩曾说：“我们这儿有个说法：加拉米恩能把椅子都教会拉小提琴。”)迪莱回忆说：“帕尔曼由于绝顶聪明并具有丰富的想象力，所以他从一开始就与众不同。他总是保持在创造性的最高水准上，从不停顿。我始终认为他把我教给他的每一点、每一滴都吸收进去了。”迪莱不仅教他拉琴,还带他去博物馆,鼓励他的父母给他上绘画课。她还教他开汽车。(他现在有一辆带手控器的沃尔沃牌汽车。)

戏弄 在梅多芒特——一所有很多迪莱和加拉米恩学生学习的音乐学校里,他遇到了后来成为他妻子的托比·弗里德兰德,她也是小提琴家。托比回忆说:"在一次下午的音乐会上,帕尔曼演奏了拉威尔的乐曲《茨冈幻想曲》。我听完第一个分句之后就说'这是为我演奏的!'于是我就跑到后台。要他娶我。帕尔曼的回答是'你一定在戏弄我'之类的话。"但三年半之后,即1967年,他们结婚了。

当时,艾萨克·斯特恩已是帕尔曼的良师益友了。斯特恩曾亲自去听帕尔曼荣获"利文特利特"奖的演奏。帕尔曼说:"当时身边有这样一位权威小提琴家,实在太好了。这意味着各乐团将对我刮目相看。他们对比赛获奖者通常持有怀疑的态度,因为人家到底还不真正了解你。"这次对帕尔曼来说可算是马到成功。在米尔斯坦毁约之后,帕尔曼应邀参加蒙特利尔交响乐团协同演出。朱宾·梅塔回忆帕尔曼参加演奏柴可夫斯基协奏曲的情况说:"听这小伙子拉琴实在受益不浅!他已经完全掌握了这部作品。"梅塔是帕尔曼此后演奏中共事最久的一位指挥。梅塔还说:"为他伴奏实在令人高兴,他总是努力使他的琴声与乐队的演奏融为一体,同心协力地进行精心的音乐创作。"

他的朋友，朱利亚德弦乐四重奏乐队第一小提琴手罗伯特·曼说："帕尔曼无论干什么都是专心致志的。他对生活极其热爱。他若走起极端来,他就会变成一个十足的享乐主义者。"帕尔曼还爱当众露一手。在阿斯彭一次野餐晚会上，他从一个用自制乐器演奏的乐队队员手里抓过一把提琴就拉了一曲声音沙哑的《火鸡伏窝》,节奏快赶上音速了。在他公寓里举行的一次令人难忘的除夕晚会上,他宣布愿意为来宾演唱任何独唱曲。接着,由丹尼尔·巴伦博伊姆钢琴伴奏，他就唱起了著名的咏叹调,他只是"马马咪呀"地哼着歌词,而唱的声调则是从假声一直到庄严的男低音。

掩饰 有时帕尔曼的幽默简直达到神经质的程度。托比说："帕尔曼之所以如此滑稽，原因之一是他从未享受过自己的童年时代的欢乐。"再有就是他的残疾经常造成旁人也感觉得到的窘境。他总想用幽默来掩饰这种窘境。他想让人看起来极为正常。他好出洋相,爱出风头,还有从不练琴的名声，这一切使人看来好像他是一个轻浮的人。

事实并非如此。"帕尔曼是一个很容易给人以假象的人，" 尤金妮亚·朱克曼说道,"他开玩笑的背后还隐藏着不少别的东西。"玩笑的背后隐藏的是帕尔曼为人极其严肃,很少为人所知的方面。很明显的一个例子是帕尔曼宁愿用一把斯特拉迪瓦利[1]小提琴而不用格纳里[2]小提琴。根据通常的经验，一个性格外向的演奏家传统上爱用声音圆厚、强劲有力的格纳里小提琴，而性格相对内向的演奏家则比较喜欢用斯特拉迪瓦利小提琴，因为它的声音纯正、音色柔美。

罗伯特·曼说："帕尔曼是一个滑稽可笑、性格矛盾的人。没有人会说他有什么知识分子的气味。可他却是我所知的最聪颖明智的人之一。他并不像别的许多音乐家只是个音乐狂。他无论干什么都干劲十足。他搞起音乐来也是百分之百地投身其中。其他音乐家出人头地可能更多地是靠他们的理智，可帕尔曼则完全靠他的直觉。"他经常去拜访罗伯特·曼和斯特恩，征求他们对他的演奏的意见。帕尔曼说："歌唱家们都有指导教师，连世界拳击冠军也有教练，但器乐演奏家什么也没有。谁都不会永远正确。"

他相信学习一部新乐曲的最好办法是循序渐进地学，他要花一整年时间来学习一部新作品。他是先看乐谱，然后听乐曲的录音。最后他才开始艰辛的练习。在每次巡回演出之前，他都要把要演奏的曲目搞得滚瓜烂熟，这样在他演出之前仅用几分钟时间活动活动手指就行了。他认为在演奏莫扎特和贝多芬的作品之前不仅需要做身体上的，而且也要做精

[1]斯特拉迪瓦利(1644—1737)，意大利著名小提琴制作家。
[2]格纳里，意大利小提琴制作家。

神上的准备活动。

帕尔曼认为演奏古典曲目是最不容易的事。“演奏浪漫主义作曲家——布拉姆斯、柴可夫斯基，以至巴尔托克❶——的作品，你可单纯地演奏乐曲，因为乐曲本身就表现了思想与感情，但演奏古典作品时，则只有你和乐曲，拍节与速度更为关键。例如贝多芬的小提琴协奏曲，基本上是音阶与琶音，以及少数的旋律。演奏时必须使之彼此完全相互衔接才行。可我总是不能使之尽善尽美。”帕尔曼简直对贝多芬后期的作品着了迷，就像学习一门新的语言那样，完全沉浸到作品里去了。他在阿斯彭两度参加四重奏演出，曾花了一个月的工夫排练贝多芬后期的一首四重奏曲。

有些音乐家演出时像自动化操作似的进行演奏，可帕尔曼不是这样。他说：“不论什么演奏会，至关重要的一条就是我一边用手操琴一边用耳听自己拉出的声音。你必须把感情传递给听众，正如托比所说：必须把你的灵魂暴露给听众。”当帕尔曼完全沉浸在乐曲中时，常常无意识地像歌唱家那样一口气拉完一段乐曲。他自己说：“有时候，我和朱克曼一起录音时，他从带子里听到一声喘气声就对我说：‘听见了吗？你太胖了！’可我告诉他：‘你在开玩笑吧——这半个小时我根本就没有呼吸！’”

❶巴尔托克(1881—1945)，匈牙利钢琴演奏家、作曲家。

“本色” 与多数音乐家不同的是：帕尔曼还是一个精明的商人。他有若干经纪人，他能就澳大利亚的金矿高谈阔论，他喜欢参加投资午餐会，而同时又过着简朴的生活。不管什么日子你去看他，都可能看到他在厨房里准备午餐(他曾跟沃吉尼亚·李学过中国烹调)，而雷米正在地上高兴地爬来爬去，利奥拉穿着新滑冰鞋在大厅里嗖嗖地滑着，电话铃铃铃地响个不停。他说：“你可根据一个人保有的本色来判断他是什么样的人。因为人们太容易陷入‘名人非凡人’的俗念了。”

到一定的时间，小提琴演奏家的生涯会开始使人生厌(因而朱克曼才决定加入那些由小提琴家改行成的乐队指挥的行列)。原因主要是供小提琴演奏的乐曲数目总是很有限的。尽管有五花八门的小提琴曲：从维瓦尔迪❶和科雷利❷奇风异格的作品到现代的斯特拉文斯基❸和伯格❹的作品，但比起钢琴曲来，数目就少多了。很多传统的乐曲，帕尔曼都已演奏过并录过音。帕尔曼说：“根据听众要你演奏的乐曲就可说明你的年龄。十九岁时我拉帕加尼尼、柴可夫斯基、维尼亚弗斯基❺的乐曲，现在我拉莫扎特、贝多芬、布拉姆斯、巴尔托克和斯特拉文斯基的作品——我老了！”

---

❶维瓦尔迪(1678—1741)，意大利小提琴演奏家、作曲家。
❷科雷利(1653—1713)，意大利小提琴演奏家、作曲家。
❸斯特拉文斯基(1882—1971)，俄国作曲家，1945 年入美国籍。
❹伯格(1885—1935)，奥地利作曲家。
❺维尼亚弗斯基(1835—1880)，波兰小提琴演奏家。

更加了解 但帕尔曼一直在不断地探索新的途径。他曾努力使人们对弗里茨·克赖斯勒的作品再次产生兴趣。他说："演奏克赖斯勒的作品就像坐在灯光柔和的小房间里，人们吃着松软的萨切尔圆蛋糕。他的乐曲像糖块、像酥糖，可听起来会使你感觉快活至极。"下个月帕尔曼将灌制一套由安德烈·普雷文钢琴伴奏的爵士音乐唱片集锦。在此之前，他们已合作灌制了一套极为畅销的斯科特·乔普林作的"拉格泰姆"音乐[1]唱片。他还打算尽可能地多演奏室内音乐。他与阿什肯纳齐合作录制了贝多芬的全部共十首钢琴和小提琴奏鸣曲，被誉为近年来最杰出的音乐合作典范之一。目前，他正与阿什肯纳齐和大提琴家林·哈里尔录制贝多芬的三重奏曲。除此之外，他还打破独奏家的常规，在阿斯彭教授高级班(经常吸引成千的听众旁听)，而且作为布鲁克林学院的教员，他还个别教授学生。他说："这些工作都使我对自己的演奏更加了解。"

每个杰出的小提琴家都有自己的风格，即自己的音乐手法，但要发展这种风格是要花费时间的。跟其他小提琴家一样，帕尔曼在做学生时是经历过模仿阶段的。"我有过海菲茨阶段：那时我经常使用快颤和快速奏法；有过奥伊斯特拉赫阶段：那时我试用宽颤奏法并尽力使音调优美、丰富；然后是

---

[1]一种源于美国黑人乐队的早期爵士音乐。

斯特恩阶段——其间我整整一年没有使用颤音。”帕尔曼说罢，哈哈大笑起来。但是，正如迪莱所说的，过去几年里，“帕尔曼的音乐理解能力有了极其惊人的提高。”现在正在兴起一种把颤音、音调、分句和速度混为一体的演奏法——这无疑就是帕尔曼的演奏法。

社会活动 与此同时，帕尔曼在个人方面的活动也在不断地扩大。在过去几年里，随着名气愈来愈大，他一直在利用他的名气来帮助残疾人。他积极参加了由“美国协助残疾人国际组织”发起的使飞机更适应残疾人乘坐的运动。(他说：“要想法把轮椅放进飞机的盥洗室。”)他会见了罗莎琳·卡特和著名建筑师贝聿铭，与他们讨论了建筑方面的障碍问题。贝的公司正在设计一座规模宏大的纽约会议中心。帕尔曼还是两座为严重受残儿童服务的疗养院：纽约瓦尔哈拉的布莱思代尔儿童医院和耶路撒冷的阿林医院的董事会成员。

最近，在从欧洲巡回演出归来之后的一天早上，他带着拐杖和小提琴，乘坐他的沃尔沃牌汽车到离城半小时路程的布莱思代尔医院去访问。他后来说：“我之所以要访问那些地方是为了向那儿的人们表明：尽管我身体有问题，但我从未间断工作。”有一次，在医院里，他面对着一片轮椅和病床，坐着演出了一场对他本人来说也是极其生动活泼的节目。他用一个问题做开场白：“这儿有多少人会演奏乐器？”然后，他把小提琴的弓子拆开，给大家看弓毛(“哈哈——一看就知道这是从塞克里特亚特马[1]尾巴上取下的！”)，他接着把小提琴咔咔、吱吱地拉了一通。他让孩子们随便唱了首歌，并以最快的速度跟上了它的曲调。然后，他让孩子们向他提出问题。一个小男孩问他："你拉琴拉了多长时间啦？"他回答说："我从五岁开始拉琴，今年我三十四岁，也就是说我拉了二十九年琴了。""你拉腻了吗？"小男孩接着问他。帕尔曼和大家一起笑了起来，说："不腻！"——的的确确，他从来没有拉腻过。好像为了证明这一点，他拿起弓子，又拉了一通帕加尼尼的《二十四号随想曲》。这位传奇般的音乐大师简直把琴都拉神了。当他的手指在指板上飞舞如梭的时候，不禁令他想起一位妇女——也是一位残疾人，新近在一次飞行途中，她俯过身来对帕尔曼说："看到有人从未向困难低过头，实在是太好了！"帕尔曼的回答是："小儿麻痹症并没有影响我的双手呀！"

吴燕泉　译

[1] 一种名马。

杰出的音乐家

〔巴西〕安德拉德

我犹豫了许久才接受《晨报》[1]的音乐轶闻专栏。主要有两个理由使得我不愿打破两个月来已使我在我国的报纸上销声匿迹的沉默，况且现在我在音乐艺术方面的能力是有限的。我没有任何原因抱怨巴西的报纸，这是不言而喻的。恰恰相反，每当想到自己的"本事"，我就为经常受到的欢迎感到惊讶。那一次，当我必须在我的七种职业选择中选定一种在邪恶的祖国可以使我得到一张职业证书的职业时，我竟然选中了新闻工作。至今我都为此感到万分惊讶。在我工作过和现在仍然工作的报社里，我遇到的气氛都是自由的。所以我

[1] 当时圣保罗最著名的报纸之一。

只能感谢我曾经战斗过的每个报纸编辑部。促使我保持这样的沉默达一年之久的原因是个人的怀疑、痛苦，对和平的人们来说这个可怕的时刻的悲观失望。

但是，在使我不能果断接受这个音乐专栏的两个理由中，第一个理由具有强烈的个人色彩，这就是我的……是的，我的白头发。在这个世界上已经判定，秃头的人是不能提他的白头发的……归根结底，绝对的秃头是极为罕见的，这样的秃头适合佩戴假发。总而言之，这样的秃头，柏拉图认为是"世界上秃头的标准式样"。于是，在多数情况下，秃头就镶嵌上了幸福的头发，有的很谨慎，有的弄巧成拙，都是由于使人厌倦、头发变白的命运所致。这样的头发和其他长头发的两足动物毫无区别。我的头发就这样白了。是多次的斗争和大量的工作使它变白的。我提到它就是由于这个原由。因为我觉得我像它一样疲劳，我已经不想在职业批评领域里奋力、斗争和吃苦了。

然而我确信，我们从来也不像现在这么需要巴西有一种真正的职业批评。我们的一切艺术正在迅速地从业余爱好的层次，至多是从间断的职业化，向正统的、日常的职业化过渡。一种职业艺术应该有相应的职业批评，在目前来说其作用是使这种艺术具有其职业化的意识。在它的众多价值中，我认为在我们的雕塑艺术方面，塞尔希奥·米列特艺术的最大的和精神上最高的价值就在于此。在我们的绘画中产生过和仍在产生的几乎令人痛苦的不安是在艺术家们面前展示这样一种批评形式，它不拒绝将它的见解变成花朵之战，目的是硬把花朵变成一种职业。

当然，我应承认，我的疲惫的白发正渐渐向花朵之战发展。但是在这种情况下有人提醒我，在报纸为我提供的栏目并非职业批评，因为这种批评已经交给受器重的人。就如通俗歌曲里唱的那样，我的音乐世界"在遥远的地方"。在那个世界，我可以做分外的事，可以任意发动花朵之战。这是因为，朋友们，因为存在一种花朵之战，这种战斗往往比职业批评的不可改变的公正更自由、更公开。这种战斗被非凡的葡萄牙随笔作家奥索里奥·德·奥利维拉称为"辩护式的批评"。这是我们对可敬的朋友们的批评，是对不理解和含有敌意的骗局预先进行的分析。因为花朵会在了解和爱心的老根上开放。

使我犹豫不决的第二个理由还要严肃一些，它和喜欢和平的人有关。我们生活在一个对人类具有决定意义的战争时期，我们的全部存在应该和战争相适应。那么，在这个战争时期，和平的艺术还有存在的余地吗?还有一幅维纳斯画像、一部心理小说、一场钢琴独奏音乐会……存在的余地吗？答案只能是断然的：这一切都是治疗战争的办法，是反对神经战争的战争，是治疗身心枯竭的战士的巫医术。在发生战争的国家，艺术需要一块地盘。巴西也处在战争中，但是特别使我担心的是发现无数巴西人拒绝接受和理解“我们的”战争;同样,另一些人,为数更多的人也让我们感到不安:他们消失在完全满不在乎的迷雾中。这些不幸的人应该享受某种艺术吗?他们不是正在把艺术变作不理解和麻木不觉的新借口吗?……

我知道,在人的生活中应该有一种和谐的环境,使他能在现在这样的时期自由地欣赏杰米尼亚尼的小提琴或海顿的更愉快的钢琴曲,而想不到要去谴责它们。根本就无须把它们同我们这些反对一切绝对优势的战争的利益联系起来。当然,在附近就存在着艺术爱好者,第五纵队队员,他们在阴暗角落里把一切搅乱。但是另一方面,我面临两个月写新闻的时间,我必须注意我的世界,防止在那些卑鄙的人中间和我的自由的题目将只是静养我的疲劳的精神的日子里发生任何混乱。

在这种必须立即明确自己的工作性质的情况下,我想到了这第一篇文章,向我的读者介绍一位音乐家。我认为他是现代世界上最伟大的、应该受到世人最崇敬和学习的音乐家。对我来说,介绍这位音乐家是不存在选择和犹豫的。我说过,艺术是生活的要素,而不是幸存的要素。艺术家之存在,不是为了成为富翁或名人,而是为了用他的定义和判断在生活的过程中帮助人;我的信念,我的激情,毫不迟疑地将聂耳的名字印在这张纸上。在我们中间,知道这位伟大的中国人的人不多。我本人对他也不了解,我渴望了解他。多亏《音乐教育》杂志,我才能为他唱一支赞歌,介绍一下他的生活。

聂耳(不妨勉强地把他同我们的卡洛斯·戈麦斯[1]相比),有一天从父母家逃走。但是他比我们这位音乐家幸运得多,他在路上没有碰到任何官员送他去意大利学歌剧。这位出生在云南的中国人很快遇到一群流浪歌手,跟着他们拉小提琴。他就这样开始了流浪生涯,时而生活在繁忙的码头上,时而生活在汗流浃背的城市工人中间,时而又生活在种大米的农民和茶农中间,他了解大千世界的各种人。他在他们中间生活,和他们一起干活,用小提琴的声音鼓舞着他们。聂耳的心中装满了故乡的歌曲。

在故乡的古老旋律的精神激励下,他也开始歌唱了。聂耳当时对音乐所知甚少,只会拉他的小提琴。但是他的富于人情味的歌曲以难以置信的速度传播开来,比如《码头工人歌》、《开路先锋》、《渔光曲》。他的歌家喻户晓,无人不唱,想唱歌的人都喜欢他的歌。

但是,众人最爱唱的、聂耳出于对他一生最重要的问题的关心而作的歌,却是《起来!》这支歌表现了他对压迫者日本人的仇恨。他睁大噙着愤怒的泪水的眼睛高喊:“起来!不愿做奴隶的人们!”……全中国的人在“起来!”的呐喊声中站

---

[1]卡·戈麦斯(1836—1896),巴西作曲家。

起来了。当然,人民的背后也有叛徒。但是千百万、成千上万的中国人高唱“起来! ”最后连“勇敢的”蒋介石也认输了。感谢上帝。

不寻常的故事发生在日本人袭击沿海大城市的时候。中国的大学就在那些城市里,后来遭到了破坏。但是“起来!”的歌声总是回荡在师生中间。决定把大学迁到敌人达不到的内地去。铁路和火车都被破坏,也没有汽车和足够的卡车,没有任何运输工具,只好用师生的双肩把书和仪器扛走。仅有几副临时绑的担架由哲学、医学和文学系的“脚夫”抬着,把最重的仪器运走。

这是人类的全部历史上所知道的最罕见、最奇特的撤退。课没有停上。当走到一座树林的荫凉里,当一天的疲劳一步步换来夜晚的安静,必定有一位教授讲老子,有一班学生分析莎士比亚。有时会有一只日本乌鸦在云端轰鸣,迅速冲下来,又立即逃走。因为那些撤退者,骨瘦如柴的撤退者,只能用孔子的教导和对日寇的蔑视来回答。大家面临的是死亡和死亡的考验。三个学法律的学生濒临死亡,他们是最勇敢的。学方言的葡萄牙小学生已经死去,化学教授也离开了他们。“起来!起来!”大家唱起来。聂耳的颂歌发自大家的内心,在挂着眼泪的嘴上爆发。在聂耳的歌曲鼓舞下,大学慢慢撤退到了中国的边远地区。

聂耳?……他很久以前就去世了,是被日本人杀死的。有一天，他意识到自己肩负的责任，于是发生了思想斗争。毫无疑问，他把自己的歌曲服务于了中国的建设事业，把自己的全部力量献给了最早的爱国歌唱团的组建工作。但是这一切，无论其伟大的意义还是他实践的生动艺术，都不能说明他在技巧上的欠缺是应该的。他需要深造。但是去哪里呢？中国不具备他需要的条件；富足的美国或欧洲也不会接纳他这个乞丐和他的小提琴。他唯一可能的选择只有日本。

聂耳把他的朋友们叫在一起，把他的决定告诉他们。是的，他很清楚，他的名字在黑名单上，敌人很可能暗杀他。但是面对他对祖国所负的责任，他宁肯死去也不耻辱地活着。他又把他最亲密的朋友刘良沫找来，把最后的嘱托告诉他，便于1933年6月动身去日本了。他是小青年，还只有23岁。但是过了不到一个月他就死了。在检查了一具流血的尸体后，日本警察正式发表看法说："他是溺死的。"

聂耳是我们时代最伟大的音乐家。他非常清楚，在生活的某些决定性时刻，艺术应该自愿地服务。聂耳的见解促进了中国数百个爱国的歌唱团的产生。聂耳极大地推动了他的人民的觉醒。在他的祖国，谁都会唱"起来"。它已经变成中国千百万游击队员的国歌。聂耳是我们时代最伟大的音乐家。

朱景冬　译